二馬

經典新版

老舍

老舍——著

二馬 目錄

老舍先生為現代文學史上的大家，
其行文習慣與用語可能與當下的用法不同，
為尊重歷史原貌，本書一律不做改動。

總序

文學星座中，最特立獨行的那一顆星

秦懷冰

上世紀三十年代，由於適值新舊文化、中西思想處於強烈對接和震盪的不安時期，又是白話文學和現代藝術的創作剛好進入多元互激的豐收時期，所以，當時的文壇湧現了一波又一波令人目眩神迷的重要作家和作品。那個時代的文學星空，簡直可謂燦爛輝煌，極一時之盛。

有人認為魯迅、周作人兄弟是那個文學星空中的啟明星與黃昏星，撐起了一整個時代的文采與氣象；也有人認為胡適、徐志摩、梁實秋等「新月派」作者群係屬當時讀者公認的文壇主幹；更有人認為後起的巴金、茅盾、曹禺等左派前衛作家才是那個時代的主流與健將。

然而，無論是日後撰寫現代華人文學史的書齋學者們，或是稍為熟悉三十年代文藝實況的當今讀者們，恐怕沒有人會否認：那個總是刻意避開浮名虛譽，習慣於孑然一身、特立獨行的作家老舍，乃是當時的文學星空中持久熠熠發光的一顆恆星。他的作品所煥發的光輝和熱力，在洶湧起伏的潮流激盪中，撐起了一片人文的、鄉土的、人道的文學園圃。有了老舍的作品，現代華文小說才算是已走向鮮活與成熟。

眾所周知，本名舒慶春的老舍，是世居北京的正紅旗滿洲人，自幼喪父，家境貧寒。正因曾經家世不凡，出生時卻已淪為社會底層，所以他對世態炎涼、人情冷暖的現實社會，早有深刻而切膚的體會。憑著自己特異的天賦和不懈的努力，他青年時代即抓住機會赴英國留學並任教，同時開始文學創作。在英國，他時常尋訪當時的人文重鎮牛津、劍橋，親身接觸了西方現代文藝思潮與技法的奧妙，並與當時炙手可熱的「百花園作家圈」有過互動，故而日後他的創作中極自然地融入了諸多前衛的西方文學因素。返國後，他一往無前地投身文學創作，終身不渝。

老舍的作品，風格相當鮮明而獨特，這是因為：首先，他的語言非常鮮活，正宗北京話中又帶有胡同廝混的鄉土腔，令人一讀之下即難以忘懷。其次，他筆下的人物形象生動，往往只消寥寥幾個場景或動作，即令人如見其人，如聞其聲。尤其，他所抒寫的主角都是社會底層飽經生活折磨的辛苦人，每日須遭風刀霜劍摧折，甚至受傷害、受侮辱，但往往只為了一絲微弱的希望、或一個掛心的人，就不惜忍氣吞聲地活下去。他對人性的深刻挖掘，即是從對都市平民、弱勢群體的理解與同情出發的。

老舍的長篇名著《駱駝祥子》，抒寫從農村來到都市的破產青年祥子，一次又一次掙扎著在現實而勢利的社會中求生存、求上進的艱辛過程，卻因環境和命運的播弄，一次又一次跌倒，其間情節，令人鼻酸。這種人道主義的關懷和刻畫，正是老舍作品最動人的特色。他的短篇名作《月牙兒》，描述一位天真可愛的小姑娘，從七歲起就生活顛沛困頓，與母親相依為命，然因母親患病，她不得不面對人世間種種的冷眼和苛待，最終陷入不堪的命運；這篇小說，近年被拍成電視劇，播出後萬千觀眾為之淚奔。

至於老舍的長篇小說《四代同堂》，刻畫一個大家族內種種相煦以濕、相濡以沫的人際呵護，以及椿椿利益傾軋、誤會齟齬的恩怨情仇，猶如一幅有倫有脊、大開大闔的都市生活風情畫，委實是大師手筆。而他的話劇名著《茶館》，透過一個歷經清末戊戌變法流血、民初北洋軍閥割據、國民政府施政失敗這三大時代鉅變的古舊茶館，反映了半個世紀中國動亂與傾覆的情狀；藉由茶館裡人來人往、匯聚了三教九流各路人馬的場景，以高度的藝術概括力，生動地展示了中國近代史和現代史滄桑變幻的社會縮影。老舍早年在英國曾悉心觀摩和鑽研西方現代話劇的展演，他的《茶館》更融合了他對華人社會與歷史的反思，精采迭出，無怪乎成為歷久不衰的名劇，直到現在，老舍的《茶館》每次演出，仍然轟動遐邇，觀眾人山人海。

老舍在瘋狂的文革時代，為了保持一己基本的人性尊嚴，不惜自沉於北京太平湖，以示無言的抗議。時至今日，他已被公認是大師級的作家，同時被定位為華人文學中「都市平民的代言人」，因為老舍從來不願、也不屑去抒寫北京城裡的豪門富戶、達官貴人，他只關心活生生的、辛苦掙扎的底層平民。正是這種終身不渝的人道主義情懷，和由此情懷所陶冶、所匯聚出來的文學造詣與藝術感性，使我們認為，即使在出版文學作品在書市簡直可謂相當困難的當前時刻，仍一定要出齊老舍的代表作，以向文學星座中這顆特立獨行的閃亮星宿致意！

第一段　出走

1

馬威低著頭兒往玉石牌樓走。走幾步兒，不知不覺的就楞磕磕的站住一會兒。抬起頭來，有時候向左，有時候向右，看一眼。他看什麼呢？他不想看什麼，也真的沒看見什麼。

他想著的那點事，像塊化透了的鰾膠，把他的心整個兒糊滿了；不但沒有給外面的東西留個鑽得進去的小縫兒，連他身上筋肉的一切動作也滿沒受他的心的指揮。他的眼光只是直著出去，又直著回來了，並沒有帶回什麼東西來。他早把世界忘了，他恨不得世界和他自己一齊消滅了，立刻消滅了，何苦再看呢！

猛孤丁的他站定不走啦。站了總有兩三分鐘，才慢慢的把面前的東西看清楚了。

「啊，今天是禮拜。」他自己低聲兒說。

禮拜下半天，玉石牌樓向來是很熱鬧的。綠草地上和細沙墊的便道上，都一圈兒一圈兒的站滿了人。打著紅旗的工人，伸著脖子，張著黑粗的大毛手，扯著小悶雷似的嗓子喊「打倒資本階級。」把天下所有的壞事全加在資本家的身上，連昨兒晚上沒睡好覺，也是資本家鬧的。

緊靠著這面紅旗，便是打著國旗的守舊黨，脖子伸得更長，（因為戴著二寸高的硬領兒，脖子是沒法縮短的。）張著細白的大毛手，拚著命喊：「打倒社會黨，」「打倒不愛國的奸細。」把天下所有的罪惡都擱在工人的肩膀上，連今天早晨下雨，和早飯的時候煮了一個臭雞蛋，全是工人搗亂的結果。

緊靠著這一圈兒是打藍旗的救世軍，敲著八角鼓，吹著小笛兒，沒結沒完的唱聖詩。他們讚美上帝越歡，紅旗下的工人嚷得越加勁。有時候聖靈充滿，他們唱得驚天動地，叫那邊紅旗下的朋友不得不用字典上找不出來的字罵街。

緊靠著救世軍便是天主教講道的，再過去還有多少圈兒：講印度獨立的，講趕快滅中國的，講自由黨復興的；也有什麼也不講，大夥兒光圍著個紅鬍子小乾老頭兒，彼此對看著笑。

紅旗下站著的人們，差不多是小泥煙袋嘴裡一叼，雙手插在褲兜兒裡。台上說什麼，他們點頭贊成什麼。站在國旗下面聽講的，多半是戴著小硬殼兒黑呢帽，點頭咂嘴的嘟囔著：「對了！」「可不是！」有時候兩個人說對了勁，同時說出來：「對了。」還彼此擠著眼，一咧嘴，從嘴犄角兒擠出個十分之一的笑。

至於那些小圈兒就不像這些大圈兒這麼整齊一致了。他們多半是以討論辯駁為主體，把腦瓜兒擠熱羊似的湊在一塊兒，低著聲兒彼此嚼爭理兒。此外單有一群歪戴帽，橫眉立目的年青小夥子，繞著這些小圈兒，說俏皮話，打哈哈，不為別的，只為招大家一笑，露露自己的精細。圈兒外邊圍著三五成群的巡警，都是一邊兒高，一樣的大手大腳，好像倫敦的巡警都是一母所生的哥兒們。

這群人裡最出鋒頭，叫好兒的，是穿紅軍衣的禁衛軍。他們的腰板兒挺得比圖畫板還平還直，褲子的中縫像裡面撐著一條鐵棍兒似的那麼直溜溜的立著。個個乾淨抹膩，臉上永遠是笑著，露著雪白的門牙，頭髮剪得正好露出青青的頭皮兒。他們是什麼也不聽，光在圈兒外邊最惹人注目的地方站著，眼睛往四下裡溜。站個三五分鐘，不知道怎麼一股子勁兒，就把胳臂插在姑娘的白手腕上，然後乾跺著腳後跟，一同在草地上談心去了。

青草地上的男男女女，也有臉對臉坐著的，也有摟著脖子躺著的，也有單人孤坐拿著張晚報，不看報，光看姑娘的腿的。一群群的肥狗都撒著歡兒亂跳，莫名其妙的汪汪的咬著。小孩兒們，有的穿著滿身的白羊絨，有的從頭到腳一身紅絨的連腳褲，都拐著胖腿東倒西歪的在草地上跑來跑去，奶媽子們戴著小白風帽，嘮裡嘮叨的跟著這些小神仙們跑。馬威站了好大半天，沒心去聽講，也想不起上那兒去好。

他大概有二十二三歲的樣子。身量不矮，可是很瘦。黃白的臉色兒，瘦，可是不顯著枯弱。兩條長眉往上稍微的豎著一些，眼角兒也往上吊著一點；要是沒有那雙永遠含笑的大眼睛，他的面目便有些可怕了。他的眼珠兒是非常的黑，非常的亮；黑與亮的調和，叫他的黑眼珠的邊兒上淺了一些，恰好不讓黑白眼珠像冥衣鋪糊的紙人兒那樣死呆呆的黑白分明。一條不很高的鼻子，因為臉上不很胖，看著高矮正合適。嘴唇兒往上兜著一點，和他笑迷迷的眼睛正好聯成一團和氣。

從他的面貌和年紀看起來，他似乎不應當這樣愁苦。可是，他的眉毛擰著，頭兒低著，脊樑也略彎著一點，青年活潑的氣象確是丟了好些。

他穿著一身灰呢的衣裳，罩著一件黑呢大氅。衣裳作得是很講究，可是老沒有撢刷，看著正像他的臉，因為頹喪把原來的光彩減少了一大些。拿他和那些穿紅軍衣，夾著姑娘胳臂的青年比起來，他真算是有點不幸了。

無心中的他掏出手巾擦了擦臉；擦完了，照舊的在那裡楞磕磕的站著。

已經快落太陽了，一片一片的紅雲彩把綠絨似的草地照成紫不溜兒的。工人的紅旗慢慢的變成一塊定住了的紫血似的。聽講的人也一會兒比一會兒稀少了。

馬威把手揣在大氅兜兒裡，往前只走了幾步，在草地邊兒上的鐵欄杆上靠住了。西邊的紅雲彩慢慢的把太陽的餘光散盡了。先是一層一層的蒙上淺葡萄灰色，借著太陽最後的那點反照，好像野鴿脖子上的那層灰裡透藍的霜兒。這個灰色越來越深，無形的和地上的霧圈兒聯成一片，把地上一切的顏色，全吞進黑暗裡去了。工人的紅旗也跟著變成一個黑點兒。遠處的大樹悄悄的把這層黑影兒抱住，一同往夜裡走了去。

人們一來二去的差不多散淨了。四面的煤氣燈全點著了。圍著玉石牌樓紅的綠的大汽車，一閃一閃的繞著圈兒跑，遠遠的從霧中看過去，好像一條活動的長虹。

草地上沒有人了，只是鐵欄杆的旁邊還有個黑影兒。

2

李子榮已經鑽了被窩。正在往左伸伸腿，又往右挪挪手，半睡不睡的時候，恍恍忽忽的似乎聽見門鈴響了一聲。眼睛剛要睜開，可是腦袋不由的往枕頭下面溜了下去。心裡還迷迷忽忽的記得：剛才有個什麼東西響了一聲。可是，……

「吱——啷！」門鈴又響了。

他把才閉好的眼睛睜開了一小半，又慢慢把耳朵唇兒往枕頭上面湊了一湊。

「吱——啷！」

「半夜三更鬼叫門！誰呢？」他一手支著褥子坐起來，一手把窗簾掀開一點往外看。胡同裡雖有煤氣燈，可是霧下得很厚，黑咕籠咚的什麼也看不見。

「吱——啷！」比上一回的響聲重了一些，也長了一些。

李子榮起來了。摸著黑兒穿上鞋，冰涼的鞋底碰上腳心的熱汗，他不由的身上起了一層小雞皮疙瘩；雖然是四月底的天氣，可是夜間還是涼滲滲的。他摸著把電燈開開。然後披上大氅，大氣不出的，用腳尖兒往樓下走。樓下的老太太已經睡了覺，一不小心把她吵醒了，是非挨罵不可的。他輕輕的開了門，問了聲：「誰呀？」他的聲音真低，低得好像怕把外邊的稠霧嚇著似的。

「我。」

「老馬？怎麼一個勁兒的按鈴兒呀！」

馬威一聲兒沒言語，進來就往樓上走。李子榮把街門輕輕的對好，也一聲不出的隨著馬威上了樓。快走到自己的屋門，他站住聽了聽，樓下一點聲兒也沒有，心裡說：「還好，老太太沒醒。不然，明兒的早飯是一半麵包，一半兒罵！」

兩個人都進了屋子，馬威脫了大氅放在椅子背兒上，還是一語不發。

「怎麼啦，老馬？又和老頭兒拌了嘴？」李子榮問。馬威搖了搖頭。他的臉色在燈底下看，更黃得難瞧了。眉毛皺得要皺出水珠兒來似的。眼眶兒有一點發青，鼻子尖上出著些小碎汗珠兒。

「怎麼啦？」李子榮又問了一句。

待了半天，馬威歎了口氣，又舐了舐乾黃的嘴唇，才說：「我乏極了，老李！我可以在你這兒住一夜嗎？」

「這兒可就有一張床啊。」李子榮指著他的床，笑著說。

「我來這張躺椅。」馬威低著頭說：「好歹對付一夜，明天就好辦了！」

「明天又怎麼樣呢？」李子榮問。

馬威又搖了搖頭。

李子榮知道馬威的脾氣！他要是不說，問也無益。

「好吧，」李子榮抓了抓頭髮，還是笑著說：「你上床去睡，我照顧照顧這個躺椅。」說著他就往椅子上鋪氈子。「可有一樣，一天亮你就得走，別讓樓底下老太太瞧見！好，睡你的呀！」

「不，老李！你睡你的去，我在椅子上忍一會兒就成。」馬威臉上帶出一釘點兒笑容來：「我天亮就走，準走！」

「上那兒呢？」李子榮看見馬威的笑容，又想往外套他的話：「告訴我吧！不然，這一夜不用打算睡著覺！又跟老頭兒鬧了氣，是不是？」

「不用提了！」馬威打了個哈啸：「我本不想找你來，不湊巧今天晚上沒走了，只好來打攪你！」

「上那兒去，到底？」李子榮看出馬威是決不上床去睡，一面說話，一面把他自己的大氅和氈子全細細的給馬威圍好。然後把電燈撚下去，自己又上了床。

「德國，法國，——沒準兒！」

「給老頭兒張羅買賣去？」

「父親不要我啦！」

「啊！」李子榮楞磕磕的答應了一聲，沒說別的。兩個人都不出聲了。

街上靜極了，只有遠遠的火車和輪船的笛兒，還一陣陣的響，什麼別的聲音也聽不見了。街後教堂的鐘打了兩點。

「你不冷啊？」李子榮問。

「不冷！」

…………

李子榮臨睡的時候，心裡邊一個勁兒的盤算：「早早兒起來，別叫老馬跑了！起來用涼水洗洗臉，給樓下老太太寫個字條兒，告訴她：有急事，不必等吃早飯啦！然後和他出去，送他回家——對，還是上舖子去好，父子見面也不好意思在舖子裡再搗亂。……常有的事，父子拌嘴罷咧！……年青，老馬！……太認真！……」

在夢裡他還不斷的這麼想著。……胡同裡送牛奶的小車子咕碌咕碌的響起來了，街上汽車的聲音也越來越多了。李子榮一機靈睜開了眼，太陽已經從窗簾的縫兒射進一條金絲兒。

「老馬！」

氈子大氅都在椅子背兒上搭拉著，可是馬威沒影兒啦！他起來，把後面的窗簾打開，披上大氅，呆呆的站在窗子旁邊。從窗子往外看，正看太晤士河。河岸上還沒有什麼走道兒的，河上的小船可是都活動開了。岸上的小樹剛吐出淺綠的葉子，樹梢兒上繞著一層輕霧。太陽光從霧薄的地方射到嫩樹葉兒上，一星星的閃著，像剛由水裡撈出的小淡綠珠子。河上的大船差不多全沒掛著帆，只有幾支小划子掛著白帆，在大船中間忽悠忽悠的搖動，好像幾支要往花兒上落的大白蝴蝶兒。

早潮正往上漲，一滾一滾的浪頭都被陽光鑲上了一層金鱗：高起來的地方，一擁一擁的把這層金光擠破；這擠碎了的金星兒，往下落的時候，又被後浪激起一堆小白花兒，真白，恰像剛由蒲公英梗子上擠出來的嫩白漿兒。

最遠的那支小帆船慢慢的忽悠著走，河浪還是一滾一滾的往前追，好像這條金龍要把那個小蝴蝶兒趕跑似的。這樣趕來趕去，小帆船拐過河灣去了。

李子榮呆呆的一直看著小帆船拐了河灣，才收了收神，走到前面靠街的窗子，把窗戶擋兒打開。然後想收拾收拾書桌上的東西。桌子上有個小玩藝兒，一閃一閃的發亮。這個小東西底下還放著一個小字條兒。他把這些東西一齊拿起來，心裡涼了多半截。慢慢的走到躺椅那裡去，坐下，細細的看紙條上的字。只有幾個字，是用鉛筆寫的，筆畫東扭西歪，好像是摸著黑兒寫的：

「子榮兄：謝謝你！小鑽石戒指一個祈交溫都姑娘。再見！威。」

第二段　遺囑

1

這段事情現在應從馬威從李子榮那裡走了的那一天往回倒退一年。

伊牧師是個在中國傳過二十多年教的老教師。對於中國事兒，上自伏羲畫卦，下至袁世凱作皇上，（他最喜歡聽的一件事）他全知道。除了中國話說不好，簡直的他可以算一本帶著腿的「中國百科全書」。他真愛中國人：半夜睡不著的時候，總是禱告上帝快快的叫中國變成英國的屬國；他含著熱淚告訴上帝：中國人要不叫英國人管起來，這群黃臉黑頭髮的東西，怎麼也升不了天堂！

伊牧師順著牛津大街往東走，雖然六十多了，他走得還是飛快。

從太陽一出來直到半夜，牛津大街總是被婦女擠滿了的。這條大街上的鋪子，除了幾個賣煙卷兒的，差不多全是賣婦女用的東西的。她們走到這條街上，無論有什麼急事，是不會在一分鐘裡往前挪兩步的。鋪子裡擺著的花紅柳綠的帽子，皮鞋，小手套，小提箱兒……都有一種特別的吸力，把她們的眼睛，身體，和靈魂一齊吸住。伊牧師的宗教上的尊嚴到了這條街上至少要減去百分之九十九：往前邁一大步，那支高而礙事的鼻子非碰在老太太的小汗傘上不可；往回一煞步，大皮鞋的底兒（他永遠不安橡皮底兒）十之八九是正放在姑娘的小腳指頭上；伸手一掏手巾，胳臂肘兒準放在婦人提著的小竹筐兒裡，……。每次他由這條街走過，至少回家要換一件汗衫，兩條手巾。至於「對不起」，「沒留神」這路的話，起碼總說百八十個的。

好容易擠過了牛津圈了，他深深的吸了一口氣，說了聲「謝謝上帝！」腳底下更加了勁，一直往東走。汗珠子好像雪化了似的從雪白的鬢角兒往下流。

伊牧師雖然六十多歲了，腰板還挺得筆直。頭髮不多，可是全白了。沒留鬍子，腮上刮得晶亮；要是臉上沒有褶兒，簡直的像兩塊茶青色的磁磚。兩隻大眼睛，鬆鬆鬆鬆的安著一對小黃眼珠兒。眼睛上面掛著兩條肉稜兒，大概在二三十年前稜兒上也長過眉毛。眼睛下面搭拉著一對小眼鏡，因為鼻子過高的原故，眼鏡和眼睛的距離足有二寸來的；所以從眼鏡框兒上邊看東西，比從眼鏡中間看方便多了。嘴唇兒很薄，而且嘴犄角往下垂著一點。傳道的時候，兩個小黃眼珠兒在眼鏡框兒上一定，薄嘴片往下一垂，真是不用說話，就叫人發抖。可是平常見了人，他是非常的和藹；傳教師是非有兩副面孔辦不了事的。

到了博物院街，他往左拐了去。穿過陶靈吞大院，進了戈登胡同。

這一帶胡同住著不少中國學生。

在倫敦的中國人，大概可以分作兩等，工人和學生。工人多半是住在東倫敦，最給中國人丟臉的中國城。沒錢到東方旅行的德國人，法國人，美國人，到倫敦的時候，總要到中國城去看一眼，為是找些寫小說，日記，新聞的材料。

中國城並沒有什麼出奇的地方，住著的工人也沒有什麼了不得的舉動。就是因為那裡住著中國人，所以他們要瞧一瞧。就是因為中國是個弱國，所以他們隨便給那群勤苦耐勞，在異域找飯吃的華人加上一切的罪名。

中國城要是住著二十個中國人，他們的記載上一定是五千；而且這五千黃臉鬼是個個抽大煙，私運軍火，害死人把屍首往床底下藏，強姦婦女不問老少，和做一切至少該千刀萬剮的事情的。作小說的，寫戲劇的，作電影的，描寫中國人全根據著這種傳說和報告。然後看戲，看電影，念小說的姑娘，老太太，小孩子，和英國皇帝，把這種出乎情理的事牢牢的記在腦子裡，於是中國人就變成世界上最陰險，最汙濁，最討厭，最卑鄙的一種兩條腿兒的動物！

二十世紀的「人」是與「國家」相對待的：強國的人是「人」，弱國的呢？狗！

中國是個弱國，中國「人」呢？是──！

中國人！你們該睜開眼看一看了，到了該睜眼的時候了！你們該挺挺腰板了，到了挺腰板的時候了！──除非你們願意永遠當狗！

中國城有這樣的好名譽，中國學生當然也不會吃香的。稍微大一點的旅館就不租中國人，更不用說講體面的人家了。只有大英博物院後面一帶的房子，和小旅館，還可以租給中國人；並不是這一帶的人們特別多長著一分善心，是他們吃慣了東方人，不得不把長臉一拉，不得不和這群黃臉的怪物對付一氣。雞販子養雞不見得他準愛雞，英國人把房子租給中國人又何嘗是愛中國人呢。

戈登胡同門牌三十五號是溫都寡婦的房子。房子不很大，三層小摟，一共不過七八間房。門外攔著一排綠柵欄。三層白石的台階，刷得一釘點兒土也沒有。一個小紅漆門，門上的銅環子擦得晶光。一進門是一間小客廳。客廳後面是一間小飯廳。從這間小飯廳繞過去，由樓梯下去，還有三間小房子。樓上只有三間屋子，臨街一間，後面兩間。

伊牧師離著這個小紅門還老遠，就把帽子摘下來了。擦了擦臉上的汗，又正了正領帶，覺得身上一點缺點沒有了，才輕輕的上了台階。在台階上又站了一會兒，才拿著音樂家在鋼琴上試音的那個輕巧勁兒，在門環上敲了兩三下。一串細碎的腳步兒從樓上跑下來，跟著，門兒稍微開開一個縫兒，溫都太太的臉露出一半兒來。

「伊牧師！近來好？」她把門開大了一點，伸出小白手，在伊牧師的手上輕輕的挨了一挨。

伊牧師隨著她進去，把帽子和大氅掛在過道兒的衣架上，然後同她進了客廳。

小客廳裡收拾得真叫乾淨爽利，連掛畫的小銅釘子都像含著笑。屋子當中鋪著一塊長方兒的綠毯子，毯子上放著兩個不十分大的臥椅。靠著窗戶擺著一支小茶几，茶几上一個小三彩中國磁瓶，插著兩朵小白玫瑰花。茶几兩旁是兩把橡木椅子，鑲著綠絨的椅墊兒。裡手的山牆前面擺著一架小鋼琴，琴蓋兒上放著兩三張照像片兒。琴的前邊放著一支小油漆凳兒。凳兒上臥著個白胖白胖的小獅子狗，見伊牧師進來，慌著忙著跳下來，搖頭擺尾的在老牧師的腿中間亂蹦。順著屋門的牆上掛著張油畫，兩旁配著一對小磁碟子。畫兒底下一個小書架子，擺著些本詩集小說什麼的。

溫都寡婦坐在鋼琴前面的小凳兒上，小白狗跳在她懷裡，歪著頭兒逗伊牧師。

伊牧師坐在臥椅上，把眼鏡往上推了一推，開始誇獎小白狗。誇獎了好大半天，才慢慢的說到：「溫都太太，樓上的屋子還閒著嗎？」

「可不是嗎。」她一手抱著狗，一手把煙碟兒遞給伊牧師。

「還想租人嗎？」他一面裝煙一面問。

「有合適的人才敢租。」她拿著尺寸這麼回答。

「有兩位朋友，急於找房。我確知道他們很可靠。」他從眼鏡框兒上面瞅了她一眼，把「確」字說得特別的清楚有勁。他停頓了一會兒，把聲音放低了些；鼻子周圍還畫出個要笑的圈兒，「兩個中國人——」說到「中國」兩個字，他的聲音差不多將將兒的能叫她聽見：「兩個極老實的中國人。」

「中國人？」溫都寡婦整著臉說。

「極老實的中國人！」他又重了一句，又偷偷的看了她一眼。

「對不——」

「我擔保！有什麼錯兒朝我說！」他沒等溫都太太說完，趕緊把話接過來：

「我實在沒地方給他們找房去，溫都太太，你得成全成全我！他們是父子爺兒倆，父親還是個基督徒。看上帝的面上，你得——」伊牧師故意不再往下說，看看「看上帝的面上」到底發生什麼效力不發。

「可是——」溫都太太好像一點沒把上帝擱在心上，臉上掛著一千多個不耐煩的樣子。

伊牧師又沒等她說完就插嘴：「那怕多要他們一點房租呢！看他們不對路，攆他們搬家，我也就不再——」他覺得往下要說的話似乎和《聖經》的體裁不大相合，於是吸了一口煙，連煙帶話一齊咽下去了。

「伊牧師！」溫都太太站起來說：「你知道我的脾氣：這條街的人們靠著租外國人發財的不少，差不多只剩我這一處，寧可少賺錢，不租外國人！這一點我覺得是很可以自傲的！你為什麼不到別處給他們找找房呢？」

「誰說沒找呢！」伊牧師露著很為難的樣子說：「陶靈吞大院，高威胡同，都挨著門問到了，房子全不合適。我就是看你的樓上三間小屋子正好，正夠他們住的：兩間作他們的臥房，一間作書房，多麼好！」

「可是，牧師！」她從兜兒裡掏出小手絹擦了擦嘴，其實滿沒有擦的必要：

「你想我能叫兩個中國人在我的房子裡煮老鼠吃嗎？」

「中國人不——」他正想說：「中國人不吃老鼠，」繼而一想，這麼一說是分明給她個小釘子碰，房子還能租到手嗎？於是連忙改嘴：「我自然囑咐他們別吃老鼠！溫都太太，我也不耽誤你的工夫了；這麼說吧：租給他們一個禮拜，看他們不好，叫他們搬家。房租呢，你說多少是多少。旅館他們住不起，不三不四的人家呢，我又不肯叫兩個中國人跟他們打交道。咱們都是真正的基督徒，咱們總得受點屈，成全成全他們爺兒兩個！」

溫都太太用手搓著小狗脖子下的長毛，半天沒言語。心裡一個勁兒顛算：到底是多租幾個錢好呢，還是一定不伺候殺人放火吃老鼠的中國人好呢？想了半天，還是不能決定；又怕把伊牧師僵在那裡，只好順口支應著：「他們也不抽鴉片？」

「不！不！」伊牧師連三並四的說。

她跟著又問了無數的問題，把她從小說，電影，戲劇，和傳教士造的謠言裡所得來的中國事兒，兜著底兒問了個水落石出。問完了，心裡又後悔了：這麼問，豈不是明明的表示已經有意把房租給他們嗎？

「謝謝你！溫都太太！」伊牧師笑著說：「就這麼辦了！四鎊十五個先令一

個禮拜，管早晚飯！」

「不准他們用我的澡盆！」

「對！我告訴他們，出去洗澡。」

伊牧師說完，連小狗兒也沒顧得再逗一逗，抓起帽子大氅就跑。跑到街上，找了個清靜地方才低聲的說：「他媽的！為兩個破中國人……」

2

馬家父子從上海坐上輪船，一直忽忽悠悠的來到倫敦。馬老先生在海上四十天的工夫，就扎掙著爬起來一回；剛一出艙門，船往外手裡一歪，摔了個毛兒跟頭；一聲沒出，又扶著艙門回去了。第二次起來的時候，船已經紋絲不動的在倫敦碼頭靠了岸。小馬先生比他父親強多了，只是船過台灣的時候，頭有點發暈；過了香港就一點事沒有了。小馬先生的模樣兒，我們已經看見過了。所不同的是：在船上的時候，他並不那麼瘦，眉頭子也不皺得那麼緊。又是第一次坐海船出外，事事看著新鮮有趣；在船欄杆上一靠，卷著水花的海風把臉吹得通紅，他心裡差不多和海水一樣開暢。

老馬先生的年紀至多也不過去五十，可是老故意帶出頹唐的樣子，好像人活到五十就應該橫草不動，豎草不拿的，一天吃了睡，睡了吃；多邁一步，都似乎與理不合。他的身量比他的兒子還矮著一點，臉上可比馬威富泰多了。重重的眉毛，圓圓的臉，上嘴唇上留著小月牙兒似的黑鬍子，在最近的一二年來才有幾根慘白的。眼睛和馬威的一樣，又大，又亮，又好看；永遠戴著玳瑁邊的大眼鏡。他既不近視，又不遠視，戴著大眼鏡只是為叫人看著年高有威。

馬則仁（這是馬老先生的名字）年青的時候在美以美會的英文學校念過書。英文單字兒記得真不少，文法的定義也背得飛熟，可是考試的時候永遠至多得三十五分。有時候拿著《英華字典》，把得一百分的同學拉到清靜地方去：「來！咱們搞搞！你問咱五十個單字，咱問你五十個，倒得領教領教您這得一百分的怎麼個高明法兒！」於是把那得一百分的英雄撅得乾瞪眼。他把字典在夾肢窩裡一夾，嘴裡哼唧著「A Noun is……」把得三十五分的羞恥，算是一掃兒光，雪得乾乾淨淨。

他是廣州人，自幼生在北京。他永遠告訴人他是北京人，直到孫中山先生的三民主義價值增高，廣東國民政府的勢力擴大的時候，他才在名片上印上了「廣州人」三個字。

在教會學校畢業後，便慌手忙腳的抓了個妻子。仗著點祖產，又有哥哥的幫助，小兩口兒一心一氣的把份小日子過得挺火熾。他考過幾回學部的錄事，白摺子寫不好，作錄事的希望只好打消。托人找洋事，英文又跟不上勁。有人給他往學堂裡薦舉去教英文，作官心盛，那肯去拿藤子棍兒當小教員呢。閒著沒事也偷著去嫖一嫖，回來晚了，小夫婦也拌一通兒嘴，好在是在夜裡，誰也不知道。還有時候把老婆的金戒指偷出去押了寶，可是永遠笑著應許哥哥寄來錢就再給她買個新的。她半惱半笑的說他一頓，他反倒高了興，把押輸了的情形一五一十說給她聽。

結婚後三年多，馬威才降生了。馬則仁在事前就給哥哥寫信要錢，以備大辦滿月。哥哥的錢真來了，於是親戚朋友全在馬威降世的第三十天上，吃了個「泰山不下土」；連街坊家的四眼狗也跟著啃了回豬腳魚骨頭。

現在小夫婦在世上的地位高多了，因為已經由「夫婦」變成「父母」。他們對於作父母的責任雖然沒十分細想，可是作父母的威嚴和身分總得拿出來。於是馬則仁老爺把上嘴唇的毫毛留住不剃，兩三個月的工夫居然養成一部小黑鬍子。馬夫人呢，把臉上的胭脂擦淺了半分，為是陪襯著他的小黑鬍子。

最痛心的：馬威八歲的時候，馬夫人，不知道是吃多了，還是著了涼，一命嗚呼的死了。馬則仁傷心極了：扔下個八歲的孩子沒人管，還算小事。結婚一場，並沒給夫人弄個皇封官誥，這有多麼對不起死去的靈魂！由不得大眼淚珠兒一串跟著一串的往下流，把小鬍子都哭得像賣蜜麻花的那把小糖刷子！

喪事一切又是哥哥給的錢，不管誰的錢吧，反正不能不給死鬼個體面發送。接三，放焰口，出殯，辦得比馬威的滿月又熱鬧多了。

一來二去的，馬先生的悲哀減少了。親戚朋友們都張羅著給他再說個家室。他自己也有這個意思，可是選擇個姑娘真不是件容易事。續弦不像初婚那麼容易對付，現在他對於婦人總算有了經驗：好看的得養活著，不好看的也得養活著，一樣的養活著，為什麼不來個好看的呢。可是，天下可有多少好看的婦人呢。這個續弦問題倒真不容易解決了：有一回差點兒就成功了，不知是誰多嘴愛說話，說馬則仁先生好吃懶作沒出息，於是女的那頭兒打了退堂鼓。又有一回，也在快成功的時候，有人告訴他：女的鼻子上有三個星點兒，好像骨牌裡的「長三」；又散了，娶媳婦那能要鼻子上有「長三」的呢！

還有一層：馬先生唯一增光耀祖的事，就是作官。雖然一回官兒還沒作過，可是作官的那點虔誠勁兒是永遠不會歇鬆的。凡是能作官的機會，沒有輕易放過去的；續弦也是個得官兒的機會，自然也不能隨便的拍拍腦袋算一個。假如娶個官兒老爺的女兒，靠著老丈人的力量，還不來份差事？假如，……他的「假如」多了，可是「假如」到底是「假如」，一回也沒成了事實。

「假如我能娶個總長的女兒，至小咱還不弄個主事，」他常對人們說。

「假如總長有個女兒，能嫁你不能？」人們這樣回答他。婚事和官事算是都沒希望。

馬威在家裡把三本小書和《四書》念完之後，馬老先生把他送到西城一個教會學堂裡去，因為那裡可以住宿，省去許多麻煩。沒事的時候，老馬先生常到教會去看兒子；一來二去的，被伊牧師說活了心，居然領了洗入了基督教。左右是沒事作，閒著上教會去逛逛，又透著虔誠，又不用花錢。領洗之後，一共有一個多禮拜沒有打牌，喝酒；而且給兒子買了一本紅皮的英文《聖經》。

在歐戰停了的那年，馬則仁的哥哥上了英國，作販賣古玩的生意。隔個三五個月總給兄弟寄點錢來，有時候也托他在北京給搜尋點貨物。馬則仁是天生來看不起買賣人的，好歹的給哥哥買幾個古瓶小茶碗什麼的。每次到琉璃廠去買這些東西，總繞到前門橋頭都一處去喝幾碗黃酒，吃一頓炸三角兒。

馬先生的哥哥死在英國了，留下遺囑教兄弟上倫敦來繼續著作買賣。這時候伊牧師已經回了英國二三年，馬老先生拿著《英華字典》給他寫了封長信，問他到底應該上英國去不去。伊牧師自然樂意有中國教友到英國來，好叫英國人看看：傳教的人們在中國不是光吃飯拿錢不作事。他回了馬先生一封信，叫他們父子千萬上英國來。於是馬先生帶著兒子到上海，買了兩張二等船票，兩身洋服，幾筒茶葉，和些個零七八碎的東西。輪船出了江口，馬老先生把大眼鏡摘下來，在船艙裡一躺，身上紋絲不敢動，還覺得五臟一齊往上翻。

3

英國海關上的小官兒們，模樣長像雖然不同，可是都有那麼一點派頭兒，叫長著眼睛的一看，就看得出來他們是幹什麼的。他們的眼睛總是一隻看著人，那一隻看著些早已撕破的舊章程本子。鉛筆，永遠是半截的，在耳朵上插著。鼻子老是皺皺著幾個褶兒，為是叫臉上沒一處不顯著忙的「了不得」的樣子。他們對本國人是極和氣的，一邊查護照，一邊打哈哈說俏皮話；遇見女子，他們的話是特別的多。對外國人的態度，就不同了：肩膀兒往起一端，嘴犄角兒往下一扣，把帝國主義十足的露出來；有時候也微微的一笑，笑完了准是不許你登岸。護照都驗完，他們和大家一同下了船，故意的搓著手告訴你：「天氣很冷。」然後還誇獎你的英國話說得不錯……。

馬家父子的護照驗完了。老馬先生有他哥哥的幾件公文在手，小馬先生有教育部的留學證書，於是平平安安過去，一點麻煩沒有。驗完護照，跟著去驗身體。兩位馬先生都沒有髒病，也沒有五痨七傷，於是又平安的過了一關。而且大夫笑著告訴他們：在英國多吃點牛肉，身體還要更好；這次歐戰，英國能把德國打敗，就是英國兵天天吃牛肉的緣故。

身體檢查完了，父子又把箱子盒子都打開，叫人家查驗東西。幸而他們既沒帶著鴉片，又沒帶著軍火，只有馬先生的幾件綢子衣裳，和幾筒茶葉，上了十幾鎊錢的稅。馬老先生既不知為什麼把這些寶貝帶來，又不知為什麼要上稅；把小鬍子一撅，糊裡糊塗的交了錢完事。種種手續辦完，馬老先生差點沒暈過去；心裡說，早知道這麼麻煩，要命也不上外國來！下了船就上火車，馬老先生在車犄角兒一靠，什麼沒說，兩眼一閉，又睡了。馬威順著窗子往外看：高高低低沒有一處是平的，高的土崗兒是綠的，窪下去的地也是綠的。火車跑得飛快，看不清別的東西，只有這個高低不平的綠地隨著眼睛走，看那兒，那兒是綠的。火車越走越快，高低不平的綠地漸漸變成一起一落的一片綠浪，遠遠的有些牛羊，好像在春浪上飄著的各色花兒。

綠地越來越少了，樓房漸漸多起來。過了一會兒，車走得慢多了，車道兩旁都是大街了。汽笛響了兩聲，車進了利務普街車站。

馬老先生還小菩薩似的睡著，忽然咧了咧嘴，大概是說夢話呢。

月台上的人真多。「嘿嘍，這邊！」腳夫推著小車向客人招呼。「嘿嘍，那邊！」丈夫搖著帽子叫媳婦。那邊的車開了，車上和月台上的人們彼此點手的點手，搖手巾的搖手巾，一溜黑煙，車不見了。賣報的，賣花的，賣煙卷兒的，都一聲不言語推著小車各處出溜，英國人作買賣和送殯是拿著一樣的態度的。

馬威把父親推醒。馬老先生打了個哈哧，剛要再睡，一位姑娘提著皮包往外走，使勁一開門，皮包的角兒正打在他的鼻子上。姑娘說了聲「對不起」，馬先生摸了摸鼻子，算是醒過來了。馬威七手八腳的把箱子什麼的搬下去，正要往車外走，伊牧師跳上來了。他沒顧得和馬老先生拉手，提起最大的那只箱子就往外走。

「你們來得真快！海上沒受罪？」伊牧師把大箱子放在月台上問馬氏父子。

馬老先生提著個小盒子，慢慢的下了車，派頭滿像前清「道台」下大轎似的。「伊牧師好？」他把小盒子也放在月台上，對伊牧師說：「伊太太好？伊小姐好？伊——？」

伊牧師沒等馬先生問完了好，又把大箱子抄起來了：「馬威！把箱子搬到這邊來！除了那只手提箱，你拿著；剩下的全搬過來！」

馬威努著力隨著伊牧師把箱子全搬到行李房去。馬老先生手裡什麼也沒拿，慢慢的扭過來。

伊牧師在櫃檯上把寄放東西的單子寫好，問明白了價錢，然後向馬老先生說：「給錢，今天晚上，箱子什麼的就全給你們送了去。這省事不省事？」

馬老先生給了錢，有點不放心：「箱子丟不了哇？」

「沒錯！」伊牧師用小黃眼珠繞著彎兒看了老馬一眼，跟著向馬威說：「你們餓不餓？」

「不——」馬老先生趕緊把話接過來，一來是：剛到英國就嚷嚷餓，未免太不合體統。二來是：叫伊牧師花錢請客，於心也不安。

伊牧師沒等他把「餓」字說出來，就說：「你們來吧！隨便吃一點東西。不餓？我不信！」

馬老先生不好意思再客氣，低聲的和馬威用中國話說：「他要請客，別駁他的面子。」

他們父子隨著伊牧師從人群裡擠出月台來。馬威把腰板挺得像棺材板一樣的直，脖子梗梗著，噔噔的往前走。馬老先生兩手撇著，大氅後襟往起撅著一點，慢條斯禮的搖晃著。月台外邊的大玻璃棚底下有兩三家小酒館，伊牧師領著他們進了一家。他挑了一張小桌，三個人圍著坐下，然後問他們吃什麼。馬老先生依然說是不餓，可是肚子裡直叫喚。馬威沒有他父親那樣客氣，可是初來乍到，不知道要什麼好。伊牧師看出來了：問是沒用；於是出了主意：「這麼著好不好？每人一杯啤酒，兩塊火腿麵包。」說完了，他便走到櫃上去要。馬威跟著站起來，幫著把酒和麵包端過來。老馬連一動也沒動，心裡說：「花錢吃東西，還得他媽的自己端過來，哼！」

「我平常不喝酒，」伊牧師把酒杯端起來，對他們說：「只是遇著朋友，愛來一杯半碗的喝著玩兒。」他在中國喝酒的時候，總是偷偷的不叫教友們看見，今天和他們父子一塊兒喝，不得不這麼說明一下。一氣下去了半杯，對馬威開始誇獎酒館的乾淨，然後誇獎英國的有秩序：「到底是老英國呀！馬威，看見沒有？啊！」嚼了一口麵包，用假牙細細的磨著，好大半天才咽下去。「馬威，暈船沒有？」

「倒不覺得怎麼的，」馬威說：「父親可是始終沒起來。」

「我說什麼來著？馬先生！你還說不餓！馬威，再去給你父親要杯啤酒，啊，也再給我來一杯，愛喝著玩兒。馬先生，我已經給你們找好了房，回來我帶你們去，你得好好的歇一歇！」

馬威又給他們的酒端來，伊牧師一氣灌下去，還一個勁兒說：「喝著玩兒。」

三個人都吃完了，伊牧師叫馬威把酒杯和碟子都送回去，然後對馬老先生說：「一個人一個先令。不對，咱們倆還多喝著一杯酒，馬威是一個先令，你是一個零六，還有零錢？」老馬先生真沒想到這一招兒，心裡說：幾個先令的事，你作牧師的還不花，你算那道牧師呢！他故意的透著俏皮，反張羅著會伊牧師的賬。

「不！不！到英國按著英國法子辦，自己吃自己，不讓！」伊牧師說。

三個人出了酒館，伊牧師掏出六個銅子來，遞著馬威：「去，買三張票，兩個銅子一張。說：大英博物館，三張，會不會？」

馬威只接過兩個銅子，自己掏出四個來，往伊牧師指著的那個小窗戶洞兒去買票。把票買來，伊牧師樂了：「好孩子！明白怎麼買票了吧？」說著，在衣襟的裡面掏了半天，掏出一張小地圖來：「馬威，給你這個。看，咱們現在是在利務普街。看見這條紅線沒有？再走四站就是博物院。這是倫敦中央地道火車。記著，別忘了！」伊牧師領著二馬下了地道。

4

溫都先生死了十幾多年了。他只給溫都夫人留下一處小房子和一些股票。每逢溫都寡婦想起丈夫的時候，總把二寸見方的小手絹哭濕了兩三塊。除了他沒死在戰場上，和沒給她留下幾百萬的財產，她對於死去的丈夫沒有什麼不滿意的地方。可是這些問題是每逢一哭丈夫，就梢帶腳兒想起來的。他設若死在戰場上，除了得個為國捐軀的英名，至少她還不得份兒恤金。恤金縱然趕不上幾百萬財產，到底也可以叫她一年多買幾頂新帽子，幾雙長筒的絲襪子；禮拜天不喜歡上教堂的時候，還可以喝瓶啤酒什麼的。

在她丈夫死後不久，歐洲就打開了大仗。她一來是為愛國，二來為掙錢，到一個汽油公司裡去打字。那時候正當各處缺人，每個禮拜她能掙到三鎊來錢。

在打字的時候，忽然想起男人來，或者是恨男人死得早，錯過了這個盡忠報國的機會，她的淚珠兒隨著打字機鍵子的一起一落，吧噠吧噠的往下落。設若他還活著，至不濟還不去打死百八十來個德國兵！萬一把德皇生擒活捉，他豈不升了元帥，她還不穩穩當當的作元帥太太！她越這麼想，越恨德國人，好像德國故意在她丈夫死後才開仗，成心不叫溫都先生得個「戰士」的英名。殺德國人！雞犬不留！這麼一想，手下的打字機響得分外有勁；打完了一看，竟會把紙戳破了好幾個小窟窿——只好從新再打！

溫都姑娘的年紀比她母親小著一半。出了學校，就入了六個月的傳習所，學習怎麼賣帽子，怎麼在玻璃窗裡擺帽子，怎麼替姑娘太太往頭上試帽子。……出了傳習所，就在倫敦城裡帽舖找了個事，一個禮拜掙十六個先令。

溫都寡婦在大戰的時候剩了幾個錢，戰後她只在公司缺人的時候去幫十天半個月的忙，所以她總是在家裡的時候多，出門的時候少。溫都姑娘念書的時候，母女老是和和氣氣的，母親說什麼，女兒聽什麼。到了溫都姑娘上帽舖作事以後，母女的感情可不像先前那麼好了；時常的母女一頂一句的拌嘴。「叫她去她的！黃頭髮的小東西子！」溫都太太含著淚對小狗兒說。說完，還在狗的小尖耳朵上要個嘴兒，小狗兒有時候也傻瓜似的陪著吊一對眼淚。

吃飯時間的問題，就是她們倆拌嘴的一個大原因。母親是凡事有條有款，有一定的時候。女兒是初到外邊作事，小皮包裡老有自己掙的幾個先令，回家的時候在賣糖的那裡看幾分鐘，裁縫鋪外邊看幾分鐘，珠寶店外又看幾分鐘。一邊看一邊想：等著，慢慢的長薪水，買那包紅盒子的皮糖，買那件綠綢子繡邊兒的大衫。越看越愛看，越愛看越不愛走，把回家那回事簡直的忘死了。不但光是回來晚了，吃完晚飯，立刻扣上小帽子，小鳥兒似的又飛出去了。

她母親準知道女兒是和男朋友出去玩，這本來不算怎麼新奇；她所不高興的是：姑娘夜間回來，把和男人出去的一切經過，沒結沒完的告訴母親。跟著，還談好些個結婚問題，離婚問題，談得有來有去，一點拘束沒有。有一回伊牧師來看她們，溫都姑娘把情人給她的信，挑了幾篇長的，念給老牧師聽；牧師本是來勸溫都姑娘禮拜天去上教堂，一聽姑娘念的信，沒等勸她，拿起帽子就跑了。

溫都太太年青的時候，一樣的享過這種愛的生活。可是她的理想和她女兒的不同了。她心目中的英雄是一拳打死老虎，兩腳踹倒野象，可是一見女人便千般的柔媚，萬般的奉承。女的呢，總是腰兒很細，手兒很小，動不動就暈過去，暈的時候還永遠是倒在英雄的胳臂上。這樣的英雄美人，只能在月下花前沒人的地方說些知心話，小樹林裡偷偷的要個嘴兒。如今溫都姑娘的愛的理想和經驗，與這種小說式的一點也不同了：一張嘴便是結婚後怎麼和情人坐汽車一點鐘跑八十英里；怎麼性情不相投就到法廳離婚；怎麼喜歡嫁個意大利的廚子，好到意國去看看莫索里尼到底長著鬍子沒有；要不然就是嫁個俄國人，到莫斯科去看一眼。專為看俄國婦人的裙子是將蓋住磕膝蓋兒，還是簡直的光腿不穿裙子。

溫都寡婦自從丈夫死後，有時候也想再嫁。再嫁最大的難處是經濟問題，沒有准進項的男人簡直不敢拉攏。可是這點難處，她向來沒跟別人提過。愛情的甜美是要暗中咂摸的，就是心中想到經濟問題，也不能不設法包上一層愛的蜜皮兒。「去！去！嫁那個俄國鬼去！」溫都太太急了，就這樣對她女兒說。

「那是！在莫斯科買皮子一定便宜，叫他給我買一打皮襖，一天換一件，看美不美？啊？媽媽！」溫都姑娘撒著嬌兒說。

溫都太太一聲不出，抱著小狗睡覺去了。

溫都姑娘不但關於愛情的意見和母親不同，穿衣裳，戴帽子，掛珠子的式樣也都不一樣。她的美的觀念是：什麼東西都是越新越好，自要是新的便是好的，美不美不去管。衣裳越短越好，帽子越合時樣越好。據她看：她母親的衣裳都該至少剪去一尺；母親的帽子不但帽沿兒大得過火，帽子上的長瓣子花兒更可笑的要命。母親一張嘴便是講材料的好壞，女兒一張嘴便是巴黎出了什麼新樣子。說著說著，母女又說僵了。

母親說：「你要是再買那小雞蛋殼似的帽子，不用再跟我一個桌兒上吃飯！」

女兒回答：「你要是還穿那件鄉下老的青褂子，我再不和你一塊兒上街！」

母女的長像兒也不一樣。溫都太太的臉是長長兒的，自上而下的往下溜，溜到下巴頦兒只剩下尖尖的一個小三角兒。淺黃的頭髮，已經有了幾根白的，盤成兩個圓髻兒，在腦瓢上扣著。一雙黃眼珠兒，一只小尖鼻子，一張小薄嘴，只有笑的時候，才能把少年的俊俏露出一點來。身量不高，戴上寬沿帽子的時候更顯得矮了。

溫都姑娘和她母親站在一塊兒，她要高出一頭來。那雙大腳和她母親的又瘦又尖的腳比起來，她們娘兒倆好像不是一家的人。因為要顯著腳小，她老買比腳小著一號兒的皮鞋；繫上鞋帶兒，腳面上凸出兩個小肉饅頭。母親走道兒好像小公雞啄米粒兒似的，一逗一逗的好看。女兒走起道兒來是咚咚的山響，連臉蛋上的肉都震得一哆嗦一哆嗦的。順著腳往上看，這一對兒長腿！裙子剛壓住磕膝蓋兒，連襪子帶腿一年到頭的老是公眾陳列品。衣裳短，裙子瘦，又要走得快，於是走道兒的時候，總是介乎「跑」與「扭」之間；左手夾著旱傘皮包，右手因而不能不僵著一點搖晃，只用手腕貼著大腿一個一個的從左而右畫半圓的小圈。帽子將把腦袋蓋住，脖子不能不往回縮著一點。（不然，脖子就顯著太長了。）這樣，周身上下整像個扣著蓋兒的小圓縮脖罈子。

她的臉是圓圓的，胖胖的。兩個笑渦兒，不笑的時候也老有兩個像水泡兒將散了的小坑兒。黃頭髮剪得像男人一樣。藍眼珠兒的光彩真足，把她全身的淘氣，和天真爛漫，都由這兩個藍點兒射發出來。笑渦四圍的紅潤，只有剛下樹兒的嫩紅蘋果敢跟她比一比。嘴唇兒往上兜著一點，而且是永遠微微的動著。

溫都太太看著女兒又可愛又可氣，時常的說：「看你的腿！裙子還要怎麼短！」女兒把小笑渦兒一縮，攏著短頭髮說，「人家都這樣嗎！媽！」

5

溫都太太整忙了一早晨，把樓上三間屋子全收拾得有條有理。頭上罩著塊綠綢子，把頭髮一絲不亂的包起來。袖子挽到胳臂肘兒上面，露著胳臂上的細青筋，好像地圖上畫著的山脈。褂子上繫著條白布圍裙。把桌子全用水洗了一遍。地毯全搬到小後院細細的抽了一個過兒。地板用油擦了。擦完了電燈泡兒，還換上兩個新綠紗燈罩兒。

收拾完了，她插著手兒四圍看了看，覺得書房裡的粉色窗簾，和牆上的藍花兒紙不大配合，又跑到樓下，把自己屋裡的那幅淺藍地，細白花的，摘下來換上。換完了窗簾，坐在一把小椅子上，把手放在磕膝蓋兒上，輕輕的歎了口氣。然後把「拿破侖」（那隻小白胖狗。）叫上來，抱在懷裡；歪著頭兒，把小尖鼻子擱在拿破侖的腦門兒上，說：「看看！地板擦得亮不亮？窗戶簾好看不好看？」拿破侖四下瞧了一眼，搖了搖尾巴。「兩個中國人！他們配住這個房嗎？」拿破侖又搖了搖尾巴。溫都太太一看，狗都不愛中國人，心中又有點後悔了：「早知道，不租給他們！」她一面叨嘮著，一面抱著小狗下樓去吃午飯。

吃完了飯，溫都太太慌忙著收拾打扮：把頭髮從新梳了一回，臉上也擦上點粉，把最心愛的那件有狐皮領子的青綢子襖穿上，（英國婦女穿皮子是不論時節的。）預備迎接客人。她雖然由心裡看不起中國人，可是既然答應了租給他們房子，就得當一回正經事兒作。換好了衣裳，才消消停停的在客廳裡坐下，把狄·

昆西的《鴉片鬼自狀》找出來念；為是中國客人到了的時候，好有話和他們說。

快到了溫都太太的門口，伊牧師對馬老先生說：「見了房東太太，她向你伸手，你可以跟她拉手；不然，你向她一點頭就滿夠了。這是我們的規矩，你不怪我告訴你吧？」馬先生不但沒怪伊牧師教訓他，反說了聲「謝謝您哪！」

三個人在門外站住，溫都太太早已看見了他們。她趕緊又掏出小鏡子照了一照，回手又用手指頭肚兒輕輕的按按耳後的髻兒。聽見拍門，才抱著拿破侖出來。開開了門，拿破侖把耳朵豎起來吧吧的叫了兩聲。溫都太太連忙的說：「淘氣！不准！」小狗兒翻了翻眼珠，把耳朵搭拉下去，一聲也不出了。

溫都太太一手抱著狗，一手和伊牧師握手。伊牧師給馬家父子和她介紹了一回，她挺著脖梗兒，只是「下巴頦兒」和眉毛往下垂了一垂，算是向他們行了見面禮。馬老先生深深鞠了一躬，他的腰還沒直起來，她已經走進客廳去了。馬威提著小箱兒，在伊牧師背後瞪了她一眼，並沒行禮。三個人把帽子什麼的全放在過道兒，然後一齊進了客廳。溫都太太用小手指頭指著兩個大椅請伊牧師和馬老先生坐下，然後叫馬威坐在小茶几旁邊的椅子上，她自己坐在鋼琴前面的小凳兒上。

伊牧師沒等別人說話，先誇獎了拿破侖一頓。溫都太太開始講演狗的歷史，她說一句，他誇一聲好，雖然這些故事他已經聽過二十多回了。

在講狗史的時候，溫都太太用「眉毛」看了看他們父子。看著：這倆中國人倒不像電影上的那麼難看，心中未免有點疑惑：他們也許不是真正中國人；不是中國人？又是……老馬先生坐著的姿式，正和小官兒見上司一樣規矩：脊樑背兒正和椅子墊成直角，兩手拿著勁在膝上擺著。小馬先生是學著伊牧師，把腿落在一塊兒，左手插在褲兜兒裡。當伊牧師誇獎拿破侖的時候，他已經把屋子裡的東西看了一個過兒；伊牧師笑的時候，他也隨著抿抿嘴。

「伊牧師，到樓上看看去？」溫都太太把狗史講到一個結束，才這樣說：「馬先生？」

老馬先生看著伊牧師站起來，也僵著身子立起來；小馬先生沒等讓，連忙站起來替溫都太太開開門。

到了樓上，溫都太太告訴他們一切放東西的地方。她說一句，伊牧師回答一句：「好極了！」

馬老先生一心要去躺下歇歇，隨著伊牧師的「好極了」向她點頭，其實她的話滿沒聽見。他也沒細看屋裡的東西，心裡說：反正有個地方睡覺就行，管別的幹嗎！只有一樣，他有點不放心：床上鋪著的東西看著似乎太少。他走過去摸了摸，只有兩層氈子。他自己跟自己說：「這不冷嗎！」在北京的時候，他總是蓋兩床厚被，外加皮襖棉褲的。

把屋子都看完了，伊牧師見馬先生沒說什麼，趕快的向溫都太太說：「好極了！我在道兒上就對他們說來著：回來你們看，溫都太太的房子管保在倫敦找不出第二家來！馬先生！」他的兩個黃眼珠釘著馬老先生：「現在你信我的話了吧！」馬老先生笑了一笑，沒說什麼。

馬威看出伊牧師的意思，趕緊向溫都太太說：「房子是好極了，我們謝謝你！」

他們都從樓上下來，又到客廳坐下。溫都太太把房錢，吃飯的時間，晚上鎖門的時候，和一切的規矩，都當著伊牧師一字一板的交待明白了。伊牧師不管聽見沒有，自要她一停頓，一喘氣的時候，他便加個「好極了」，好像樂隊裡打鼓的，在喇叭停頓的時候，加個鼓輪子似的。馬老先生一聲沒出，心裡說：「好大規矩呀！這要娶個外國老婆，還不叫她管得避貓鼠似的呀！」

溫都太太說完了，伊牧師站起來說：「溫都太太，我不知道怎麼謝謝你才好！改天到我家裡去喝茶，和伊太太說半天子話兒，好不好？」

馬老先生聽伊牧師說：請溫都寡婦喝茶，心裡一動。低聲的問馬威：「咱們的茶葉呢？」

馬威說小箱兒裡只有兩筒，其餘的都在大箱子裡呢。「你把小箱子帶來了不是？」馬老先生問。

馬威告訴父親，他把小箱子帶來了。

「拿過來！」馬老先生沉著氣說。

馬威把小箱子打開，把兩筒茶葉遞給父親。馬老先生一手托著一筒，對他們說：「從北京帶來點茶葉。伊牧師一筒，溫都太太一筒，不成敬意！」說完把一筒交給伊牧師，那一筒放在鋼琴上了：男女授受不親，那能交給溫都太太的手裡呢！

伊牧師在中國多年，知道中國人的脾氣，把茶葉接過去，對溫都寡婦說：「準保是好茶葉！」

溫都太太忙著把拿破侖放在小凳上，把茶葉筒拿起來。小嘴微微的張著一點，細細的看筒上的小方塊中國字，和「嫦娥奔月」的商標。

「多麼有趣！有趣！」她說著，正式的用眼睛——不用眉毛了——看了馬老先生一眼。「我可以這麼白白的收這麼好的東西嗎？真是給我的嗎？馬先生！」

「可不是真的！」馬先生撅著小鬍子說。

「嘔！謝謝你，馬先生！」

伊牧師跟溫都太太要了張紙，把茶葉筒包好，一邊包，一邊說：「伊太太最愛喝中國茶。馬先生，她喝完你的茶，看她得怎麼替你禱告上帝！」

把茶葉筒兒包好，伊牧師楞了一會兒，全身紋絲不動，只是兩個黃眼珠慢慢的轉了幾個圈兒。心裡想：白受他的茶葉不帶他們出去逛一逛，透著不大和氣；再說當著溫都太太，總得顯一手兒，叫她看看咱這傳教的到底與眾不同；雖然心裡真不喜歡跟著兩個中國人在街上走。

「馬先生，」伊牧師說：「明天見。帶你們去看一看倫敦；明天早點起來呀！」他說著出了屋門，把茶葉筒卷在大氅裡，在腋下一夾；單拿著那個圓溜溜的筒兒，怕人家疑心是瓶酒；傳教師的行為是要處處對得起上帝的。

馬老先生要往外送，伊牧師從溫都太太的肩膀旁邊對他搖了搖頭。溫都太太把伊牧師送出去，兩個人站在門外，又談了半天。馬老先生才明白伊牧師搖頭的意思。心裡說：「洋鬼子頗有些講究，跟他們非講圈套不可呢！」

「看這倆中國人怎樣？」伊牧師問。

「還算不錯！」溫都太太回答：「那個老頭兒倒挺漂亮的，看那筒茶葉！」

同時，屋子裡馬威對父親說：「剛才伊牧師誇獎房子的時候，你怎麼一聲不出呢？還沒看出來嗎：對外國人，尤其是婦女，事事得捧著說。不誇獎他們，他們是真不願意！」

「好，不好，心裡知道，得了！何必說出來呢！」馬老先生把馬威幹了回去，然後掏出「川綢」手巾，照撣綠皮臉官靴的架式撣了撣皮鞋。

6

正是四月底的天氣：晴一會兒，陰一會兒，忽然一陣小雨；雨點還落著，太陽又出來了。窗戶稜上橫掛著一串小水珠，太陽一出來，都慢慢化成股白氣。屋外剛吐綠葉的細高挑兒楊樹，經過了雨，樹幹兒潮潤的像剛洗過澡的象腿，又潤，又亮，可是灰濛濛的。

馬老先生雖然在海上已經睡了四十天的覺，還是非常的疲倦。躺在床上還覺得床鋪一上一下的動，也好像還聽得見海水沙沙的響。夜裡醒了好幾次，睜開眼，屋子裡漆黑，迷迷糊糊的忘了自己到底是在那兒呢。船上？北京？上海？心裡覺得無著無靠的，及至醒明白了，想起來已經是在倫敦，又覺得有點說不出來的淒慘！北京的朋友，致美齋的餛飩，廣德樓的坤戲，故去的妻子，哥哥……上海……全想起來了，一會兒又全忘了，可是從眼犄角流下兩個大淚珠兒來。「離合悲歡，人生不過如此！轉到那兒吃那兒吧！」馬老先生安慰著自己：「等馬威學成了，再享幾天福，當幾天老爺吧！」這麼一想，心裡痛快多了。把一手心熱汗的手伸出來，順著氈子邊兒，理了理小鬍子。跟著把腦袋從枕頭上抬起一點來，聽聽隔壁有聲音沒有。一點聲兒沒有。「年青力壯，吃得飽，睡得著！有出息，那孩子！」他自己嘟囔著，慢慢的把眼睛又閉上。

醒一會兒又睡，睡一會兒又醒，到了出太陽的時候，他才睡安穩了。好像聽見馬威起來了，好像聽見街上過車的聲音，可是始終沒睜眼。大概有七點半鐘了，門上輕輕的響了兩聲，跟著，溫都太太說：「馬先生，熱水！」

「謝——哼，啊，」他又睡著了。

不到七點鐘，馬威就起來了。一心的想逛倫敦，抓耳撓腮的無論怎樣也不能再睡。況且昨天只見了溫都姑娘一面，當著父親的面兒，也沒好意思和她談話。今天吃早飯是他的好機會，反正父親是決起不來的。他起來，輕輕的把窗子開開。雨剛住了，太陽光像回窩的黃蜂，帶著春天的甜蜜，隨著馬威的手由窗戶縫兒擠進來。他把在上海買的那件印花的西式長袍穿上，大氣不出的等著熱水來好刮臉。刮臉的習慣是在船上才學來的，上船之前，在上海先施公司買了把保險刀兒。在船上的時候，人家還都沒起來，他便跑到浴室裡去，細細的刮一回；臉上共總有十來根比較重一點的鬍子渣兒，可是刮過幾天之後，不刮有點刺鬧的慌；而且刮完了，對著鏡子一照，覺得臉上分外精神，有點英雄的氣象。他常看電影裡的英雄，刮臉的時候，滿臉抹著胰子，就和人家打起來；打完了，手連顫也不顫，又去繼續刮臉；有的時候，打完了，抱著姑娘要嘴兒，還把臉上的胰子沫兒印在她的腮上。刮臉，這麼看起來，不光是一種習慣，裡面還含著些情韻呢。

好容易把熱水等來了，趕緊漱口刮臉。梳洗完了，把衣裳細細的刷了一回。穿戴好了，想下樓去；又怕下去太早，叫房東太太不願意。輕輕開了門往外看：父親門外的白磁水罐，還冒著點熱氣。樓下母女說話的聲音，他聽得真真的。溫都姑娘的聲音聽得尤其真切，而且含著點刺激性，叫他聽見一個字，心裡像雨點兒打花瓣似的那麼顫一下。

樓下鈴兒響了，他猜著：早飯必定是得了。又在鏡子裡照了一照：兩條眉毛不但沒有向上吊著，居然是往下彎彎著，差不多要彎到眼睛下面來。又正了正領帶，拉了拉衣襟，然後才咚咚的下了樓。

溫都母女平常是在廚房吃早飯的。因為馬家父子來了，所以改在小飯廳裡。馬威進了飯廳，溫都太太還在廚房裡，只有溫都姑娘在桌子旁邊坐著，手裡拿著張報紙，正看最新式帽子的圖樣。見馬威進來，她說了聲：「咳嘍！」頭也沒抬，還看她的報。

她只穿著件有肩無袖的綠單衫，胸脯和胳臂全在外邊露著。兩條白胖的胳臂好像一對不知道用什麼東西作的一種象牙：又綿軟，又柔潤，又光澤，好像還有股香味兒。馬威端了端肩膀，說了聲：「天氣不錯？」

「冷！」她由紅嘴唇擠出這麼個字來，還是沒看他。

溫都太太托著茶盤進來，問馬威：「你父親呢？」

「恐怕還沒起呢。」馬威低聲兒說。

她沒說什麼，可是臉像小簾子似的撂下來了。她坐在她女兒的對面，給他們倒茶。她特意沏的馬先生給的茶葉，要不是看著這點茶葉上面，她非炸了不可。饒這麼著，倒茶的時候還低聲說了一句：「反正我不能做兩回早飯！」

「誰叫你把房租給中國人呢！」溫都姑娘把報紙扔在一邊，歪著頭兒向她母親說。

馬威臉上一紅，想站起來就走。皺了皺眉，——並沒往起站。

溫都姑娘看著他，笑了，好像是說：「中國人，挨打的貨！就不會生氣！」

溫都太太看了她女兒一眼，趕緊遞給馬威一碗茶，跟著說：「茶真香！中國人最會喝茶。是不是？」

「對了！」馬威點了點頭。

溫都太太咬了口麵包，剛要端茶碗，溫都姑娘忙著拉了她一把：「招呼毒藥！」她把這四字說得那麼誠懇，自然；好像馬威並沒在那裡；好像中國人的用毒藥害人是千真萬確，一點含忽沒有的。她的嘴唇自自然然的顫了一顫，讓你看出來：她決沒意思得罪馬威，也決不是她特意要精細；她的話純是「自然而然」說出來的，沒心得罪人，她就不懂得什麼叫得罪人。自要戲裡有個中國人，他一定是用毒藥害人的。電影，小說，也都是如此。溫都姑娘這個警告是有歷史的，是含著點近於宗教信仰的：回回不吃豬肉，誰都知道；中國人用毒藥害人——一種信仰！

馬威反倒笑了。端起茶碗喝了一口，一聲沒言語。他明白她的意思，因為他看過英國小說——中國人用毒藥害人的小說。

溫都太太用小薄嘴唇抿了半口茶，然後搭訕著問馬威：中國茶有多少種？中國什麼地方出茶？他們現在喝的這種叫什麼名字？是怎麼製造的？

馬威把一肚子氣用力壓制著，隨便回答了幾句，並且告訴她，他們現在喝的叫作「香片」。

溫都太太又叫他說了一回，然後把嘴嘟著說：「杭便，」還問馬威她學的對不對。

溫都姑娘警告她母親留心毒藥以後，想起前幾天看的那個電影：一個英國英雄打死了十幾個黃臉沒鼻子的中國人，打得真痛快，她把兩隻肉嘟嘟的手都拍紅了，紅得像擱在熱水裡的紅胡蘿蔔。她想入了神，一手往嘴裡送麵包，一手握著拳在桌底下向馬威比畫著心裡說：不光是英國男子能打你們這群找揍的貨，女英雄也能把你打一溜跟頭！心裡也同時想到她的朋友約翰：約翰在上海不定多麼出鋒頭呢！他那兩只大拳頭，一拳頭還不捶死幾十個中國鬼！

她的藍眼珠一層一層的往外發著不同的光彩，約翰是她心目中的英雄！……他來信說：「加入義勇軍，昨天一排槍打死了五個黃鬼，內中還有個女的！」……「打死個女人，不大合人道！」溫都姑娘本來可以這樣想，可是，約翰打死的，打死的又是個中國女人；她只覺得約翰的英勇，把別的都忘了。……報紙上說：

中國人屠宰了英國人，英國人沒打死半個中國人，難道約翰是吹牛撒謊？她正想到這裡，聽見她母親說：「杭便。」她歪過頭去問：「什麼？媽！」她母親告訴她這個茶叫「杭便」，於是她也跟著學。英國人是事事要逞能的，事事要叫別人說好的，所以她忘了馬威——只是因為他是中國人——的討厭。「杭辦」「杭辦」「對不對」？她問馬威。

馬威當然是說：「對了！」

吃完了早飯，馬威正要上樓看父親去。溫都姑娘從樓下跑了上來，戴著昨天買的新帽子，帽子上插著一捆老鼠尾巴，看著好像一把兒蕎麥麵麵條；戴老鼠尾巴是最新的花樣，——所以她也戴。她斜著眼看了馬威一下，說了聲「再見，」一溜煙似的跑了。

7

溫都姑娘上鋪子去作工，溫都寡婦出來進去的收拾房屋，拿破侖跟著她左右前後的亂跑。馬威一個人坐在客廳裡等著伊牧師來。

馬威自從八歲的時候死了母親，差不多沒有經過什麼女性的愛護。在小學裡的時候，成天和一群小泥鬼兒打交道；在中學裡，跟一群稍微個兒大一點的泥鬼瞎混；只有禮拜天到教堂作禮拜去，能看見幾位婦女：祈禱的時候，他低著頭從眼角偷偷的看她們；可是好幾回都被伊太太看見，然後報告給伊牧師，叫伊牧師用一半中國話，一半英國話臭罵他一頓：「小孩子！不要看姑娘！在禱告的時候！明白？See?……」伊太太禱告的時候，永遠是閉著一隻眼往天堂上看上帝，睜著一隻眼看那群該下地獄的學生；馬威的「看姑娘」是逃不出伊太太的眼線的。

教堂的姑娘十之八九是比伊太太還難看的。他橫著走的眼光撞到她們的臉上，有時候叫他不由的趕快閉上眼，默想上帝造人的時候或者有點錯兒；不然，……有時候也真看到一兩個好看的，可是她們的好看只在臉上那一塊，縱然臉上真美，到底叫他不能不聯想到冥衣舖糊的紙人兒；於是心中未免有點兒害怕！且不管紙人兒吧，不紙人兒吧，能看到她們已經是不容易！跟她們說說話，拉拉手，——妄想！就是有一回，他真和女人們在一塊兒做了好幾天的事。

這回事是在他上英國來的前一年，學界鬧風潮：校長罷長，教員罷教，學生也罷了學；沒有多少人知道為什麼這樣鬧，可是一個不剩，全鬧起活兒來；連教會的學堂也把《聖經》扔了一地，加入戰團。馬威是向來能說會道，長得體面，說話又甜甘受聽，父親又不大管他，當然被舉為代表。代表會裡當然有女代表，於是他在風潮裡頗得著些機會和她們說幾句話，有一回還跟她們拉手。風潮時期的長短是不能一定的，也許三天，也許五個月；雖然人人盼著越長越好，可是事事總要有個結束，好叫人家看著像一回事兒似的。這回風潮恰巧是個短期的，於是馬威和女人們交際的命運像舞台上的小武丑兒，剛翻了一個跟頭，就從台簾底下爬進後台去了。

馬威和溫都姑娘不一定有什麼前緣，也不是月下老人把他和她的大拇腳指頭隔著印度洋地中海拴上了根無形的細紅線。她不過是西洋女子中的一個。可是，馬威頭一個見的恰巧是她。她那種小野貓似的歡蹦亂跳，一見面他心裡便由驚訝而羨慕而憐愛而癡迷，好像頭一次喝酒的人，一盅下去，臉上便立刻紅起來了。可是，她的神氣，言語……叫他心裡涼了好多……她說：「再見」的時候確是笑著，眼睛還向他一飛……或者她不見得是討厭他……對了：她不過是不喜歡中國人罷了！等著，走著瞧，日子多了叫她明白明白中國人到底是怎麼回事！……何必一定跟她套交情呢，女子可多了，……

馬威翻過來掉過去的想，問題很多，可是結論只有一個：「等著吧，瞧！」摸了摸自己的臉蛋兒，顴骨尖兒上那一點特別的熱，像有個香火頭兒在那裡燒著。

「等著瞧，別忙！」「別忙！」他這麼叨嘮著，嘴唇張著一些，好像是要笑，可是沒笑出來；好像要惱——惱她？——，又不忍的。一會兒照照鏡子看自己的白牙，一會兒手插在褲兜裡來回走……「別忙！走著瞧！」

「馬威！馬威！」馬老先生一嗓子痰在樓上叫，跟著嗽了嗽，聲音才尖溜了一點：「馬威！」

馬威收了收神，三步兩步跑上樓上。馬老先生一手開著門，一手端著那個磁水罐。臉上睡的許多紅褶兒，小鬍子也在一塊擰擰著。

「去，弄點熱水來！」他把磁罐交給馬威。

「我不敢上廚房去呀！」馬威說：「昨天晚上您沒聽房東說嗎：不叫咱們到廚房去！早飯的時候，你沒去，她已經說了閒話；您看——」

「別說了！別說了！」馬老先生揉著眼睛說：「不刮臉啦，行不行？」

「回來伊牧師不是要和咱們一塊兒出去哪嗎——」

「不去，行不行？」

馬威沒言語，把水倒在漱口盂裡，遞給父親。

馬老先生漱口的當兒，馬威把昨天晚上來的箱子打開，問父親換衣裳不換。馬老先生是一腦門子官司，沒理馬威。馬威本想告訴父親：在英國就得隨著英國辦法走；一看父親臉上的神氣，他一聲沒出，溜出去了。

馬老先生越想越有氣：「這是上外國嗎？沒事找罪受嗎！——找罪受嗎！起晚了不行，熱水沒有！沒有！早知道這麼著，要命也不來！」想了半天：「有啦！住旅館去！多少錢也花，自要不受這個臭罪！」跟著看了看箱子什麼的，心裡又冷靜下去一點：「東西太多，搬著太麻煩！」又待了一會兒，氣更少了：「先在這兒忍著吧，有合適的地方再搬吧！」這麼一想，氣全沒有了，戴上大眼鏡，拿起煙袋往書房裡去了。

思想是生命裡最賤的東西：想一回，覺著有點理；再想一回，覺得第一次所想的並不怎麼高明；第三次再想——老實待著吧，越想越糊塗！於是以前所想的全算白饒！馬先生的由「住旅館去！」到「忍著吧！」便是這麼一檔子事；要不怎麼他輕易不思想呢！

溫都太太專等著馬先生起來問她要早飯，她好掄圓了給他個釘子碰；頭一次釘子碰得疼，管保他不再想碰第二次。她聽見他起來了，約摸著他已經梳洗完，她嘴裡哼唧著往樓上走。走到馬先生的屋門外，門兒半開著，一點聲兒沒有。忽然聽見馬先生咳嗽了兩聲，她回頭一看，書房的門也開著呢：馬先生叼著煙袋在椅子上坐著呢。

「怪不得伊牧師說：中國人有些神魔鬼道兒的，」她心裡說：「你不給他早飯吃，他更好，連問也不問！好！你就餓著！」

馬先生一動也沒動，吧嗒著煙袋，頭上一圈一圈的冒著藍煙。

伊牧師到十一點多鐘才來，他沒見溫都太太，在街門口問馬威：「你父親呢？出去不出去？」馬威跑到樓上去問父親，馬老先生搖了把頭，把頭上繞著的藍煙圈弄散開一些。馬威跑下來告訴伊牧師：他父親還沒歇過來，不打算出去，於是他自己和伊牧師走下去了。

8

民族要是老了，人人生下來就是「出窩兒老」。出窩老是生下來便眼花耳聾痰喘咳嗽的！一國裡要有這麼四萬萬出窩老，這個老國便越來越老，直到老得爬也爬不動，便一聲不出的嗚呼哀哉了！

「我們的文明比你們的，先生，老得多呀！」到歐洲宣傳中國文化的先生們撇著嘴對洋鬼子說：「再說四萬萬人民，大國！大國！」看這「老」字和「大」字用得多麼有勁頭兒！

「要是『老的』便是『好的』，為什麼貴國老而不見得好呢？」不得人心的老鬼子笑著回答：「要是四萬萬人都是飯桶，再添四萬萬又有什麼用呢？」

於是這些宣傳中國文化的先生們，（凡是上西洋來念書的，都是以宣傳中國文化為主，念鬼子書不過是那麼一回事；鬼子書多麼不好念！）聽了這類的話，只好溜到中國人唯一的海外事業，中國飯館，去吃頓叉燒肉，把肚子中的惡氣往外擠一擠。

馬則仁先生是一點不含糊的「老」民族裡的一個「老」分子。由這兩層「老」的關係，可以斷定：他一輩子不但沒用過他的腦子，就是他的眼睛也沒有一回釘在一件東西上看三分鐘的。為什麼活著？為作官！怎麼能作官？先請客運動呀！為什麼要娶老婆？年歲到了嗎！怎麼娶？先找媒人呀！娶了老婆幹嗎還討姨太太？一個不夠嗎！……這些東西滿夠老民族的人們享受一輩子的了。馬老先生的志願也自然止於此。

他到英國來，真像個摸不清的夢：作買賣他不懂；不但不懂，而且向來看不起作買賣的人。發財大道是作官；作買賣，拿著血汗掙錢，沒出息！不高明！俗氣！一點目的沒有，一點計劃沒有，還叼著煙袋在書房裡坐著。「已到了英國，」坐膩了，忽然這麼想：「馬威有機會念書，將來回去作官！……咱呢？吃太平飯吧！哈哈！……」除此以外，連把窗簾打開看看到底倫敦的胡同什麼樣子都沒看；已經到了倫敦，幹什麼還看，這不是多此一舉嗎！不但沒有看一看倫敦，北京什麼樣兒也有點記不清了，雖然才離開了四五十天的工夫。到底四牌樓南邊有個餑餑舖沒有？想不起來了！哎呀，北京的餑餑也吃不著了，這是怎話說的！這麼一來，想家的心更重了，把別的事全忘了。咳！——北京的餑餑！

快一點鐘了，馬老先生的肚子微微響了幾聲；還勉強吸著煙，煙下去之後，肚子透著分外的空得慌。心裡說：「看這樣兒，是非吃點什麼不可呀！」好幾次要下樓去向房東說，總覺得還是不開口好。站起來走了幾步，不行，越活動越餓。又坐下，從新裝上一裝煙；沒抽，把煙袋又放下了。又坐了半天，肚子不但響，也有點疼了。「下樓試試去！」站起來慢慢往樓下走。

「馬先生，夜裡睡得好吧？」溫都太太帶著點譏諷的意思問。

「很好！很好！」馬先生回答：「溫都太太，你好？姑娘出去了吧？」

溫都寡婦哼兒哈兒的回答。馬先生好幾回話到嘴邊——要吃飯——又吞回去了；而且問她的話越來越離「吃飯」遠：「天氣還是冷呀？啊！姑娘出去了？——嘔，已經問過了，對不起！拿破侖呢？」

溫都太太把拿破侖叫來，馬老先生把牠抱起來，拿破侖喜歡極了，直舐馬先生的耳朵。

「小狗真聰明！」馬先生開始誇獎拿破侖。

溫都太太早已不耐煩了，可是一聽老馬稱讚狗，登時拉不斷扯不斷的和他說起來。

「中國人也愛狗嗎？」她問。

「愛狗！我妻子活著的時候，她養著三個哈吧狗，一隻小兔，四隻小東西在一塊兒吃食，決不打架！」他回答。

「真有趣！有趣極了！」

他又告訴了她一些中國狗的故事，她越聽越愛聽。馬先生是沒事兒慣會和三姥姥五姨兒談天的，所以他對溫都太太滿有話回答；婦女全是一樣的，據他瞧，所不同的，是西洋婦女的鼻子比中國老娘兒們的高一點兒罷了。

說完了狗事，馬先生還是不說他要吃飯。溫都太太是無論怎麼也想不到：他是餓了。英國人是事事講法律的，履行條件，便完事大吉，不管別的。早飯他沒吃，因為他起晚了，起晚了沒早飯吃是當然的。午飯呢，租房的時候交待明白了，不管午飯。溫都太太在條件上沒有作午飯的責任，誰還管你餓不餓呢。

馬先生看著沒希望，爽得餓一回試試！把拿破侖放下，往樓上走。拿破侖好像很喜愛馬先生，搖著尾巴追了上來。馬先生又歸了位坐下，拿破侖是東咬西抓跟他一個勁兒鬧：一會兒藏在椅子背兒後面揪他的衣襟，一會兒繞到前面啃他的皮鞋。「我說，見好兒就收，別過了火！」馬先生對拿破侖說：「你吃飽了，在這兒亂蹦；不管別人肚子裡有東西沒有！……」

溫都太太不放心拿破侖，上樓來看；走到書房門口，門是開著的，正聽見馬先生對拿破侖報委屈。

「嘔！馬先生，我不知道你要吃飯，我以為你出去吃飯呢！」

「沒什麼，還不十分——」

「你要吃，我可以給你弄點什麼，一個先令一頓。」

「算我兩個先令吧，多弄點！」

待了半天，溫都太太給他端上來一壺茶，一盤子涼牛肉，幾片麵包，還有一點青菜。馬先生一看東西都是涼的，（除了那壺茶。）皺了皺眉；可是真餓，不吃真不行。慢慢的把茶全喝了，涼牛肉只吃了一半，麵包和青菜一點沒剩。吃飽喝足又回到椅子上一坐，打了幾個沉重的嗝兒，然後撅短了一根火柴當牙籤，有滋有味的剔著牙縫。

拿破侖還在那裡，斜著眼兒等著馬先生和牠鬧著玩。馬先生沒心再逗牠，牠委委屈屈的在椅子旁邊一臥。溫都太太進來收拾傢伙；看見拿破侖，趕快放下東西，走過來跪在地毯上，把狗抱起來，問牠和馬先生幹什麼玩來著。

馬先生從一進門到現在，始終沒敢正眼看溫都太太；君子人嗎，那能隨便看婦人呢。現在她的頭髮上的香味，他聞得真真的。心裡未免一熱，跟著一顫，簡直不知怎麼辦才好。溫都夫人問他：北京一年開多少次「賽狗會」，中國法律上對於狗有什麼保護，哈吧狗是由中國來的不是……馬先生對於「狗學」和「科學」一樣的沒有研究，只好敷衍她幾句；反正找她愛聽的說，不至於出錯兒。一邊說，一邊放大了膽子看著她。她雖然已經差不多有三十七八歲了，可是臉上還不顯得老。身上的衣裳穿得乾淨抹膩，更顯得年青一些。

他由靜而動的試著伸手去逗拿破侖。她不但不躲，反倒把狗往前送了一送；馬先生的手差點兒沒貼著她的胸脯兒。——他身上一哆嗦！忽然一陣明白，把椅子讓給溫都太太坐，自己搬過一隻小凳兒來。兩個人由狗學一直談到作買賣，她似乎都有些經驗。

「現在作買賣頂要緊的是廣告。」她說。

「我賣古玩，廣告似乎沒用！」他回答。

「就是賣古玩，也非有廣告不行！」

「可不是！」他很快的由辯論而承認，反倒嚇了她一跳。她站起來說：

「把拿破侖留在這兒吧？」

他知道拿破侖是不可輕視的，連忙接過來。

她把傢伙都收拾在托盤裡，臨走的時候對小狗說：「好好的！不准淘氣！」

她出去了，老馬先生把狗放在地上，在臥椅上一躺又睡著了。

…………

馬威到六點多鐘才回來，累得腦筋漲起多高，白眼珠上橫著幾條血絲兒。伊牧師帶他先上了倫敦故宮，（就手兒看倫敦橋。）聖保羅教堂和上下議院。倫敦不是一天能逛完的，也不是一天就能看懂的；伊牧師只帶他逛了這三處，其餘的博物院，美術館，動物園什麼的，等他慢慢的把倫敦走熟了再自己去。上聖保羅教堂的時候，伊牧師就手兒指給馬威，他伯父的古玩鋪就正在教堂左邊的一個小巷兒裡。

伊牧師的兩條秫秸棍兒腿是真走得快，馬威把腰躬起一點，還追不上；可是他到底不肯折脖子，拚命和伊牧師賽了半天的跑。

他剛進門，溫都姑娘也回來了，走的很熱，她臉更紅得好看。他搭訕著要告訴她剛才看見的東西，可是她往廚房跑了去。

馬威到樓上去看父親，馬老先生還叼著煙袋在書房裡坐著。馬威一一把看見的東西告訴了父親，馬老先生並沒十分注意的聽。直說到古玩鋪，馬老先生忽然想起個主意來：「馬威！明天咱們先上你伯父的墳，然後到鋪子去看一眼，別忘了！」

鈴兒響了，父子到飯廳去吃飯。

吃完飯，溫都寡婦忙著刷洗傢伙。馬老先生又回到書房去吃煙。

馬威一個人在客廳裡坐著，溫都姑娘忽然跑進來：「看見我的皮夾兒沒有？」

馬威剛要答聲，她又跑出去了，一邊跑一邊說：「對了，在廚房裡呢。」

馬威站在客廳門口看著她，她從廚房把小皮夾找著，跑上來，慌著忙著把帽子扣上。

「出去嗎？」他問。

「可不是，看電影去。」

馬威從客廳的窗戶往外看：她和一個男的，挨著肩膀一路說笑走下去了。

9

馬老先生想起上墳，也就手兒想起哥哥來了；夜裡夢見哥哥好幾回，彼此都吊了幾個眼淚。想起哥哥的好處來，心中稍有一點發愧：花過哥哥多少錢！哥哥的錢是容易掙得！不但淨花哥哥的錢，那回哥哥寄來錢，還喝得醉貓兒似的，叫兩個巡警把他攙回家去。拿哥哥的錢喝酒！還醉得人事不知！……可是又說回來了，過去的事反正是過去的了，還想它作什麼？……現在呢，在倫敦當掌櫃的，縱然沒有作官那麼榮耀，到底總得說八字兒不錯，命星兒有起色！……對了，怎麼沒帶本陰陽合曆來呢！明天上墳是好日子不是呢？……信基督教的人什麼也不怕，上帝的勢力比別的神都大的多；太歲？不行！太歲還敢跟上帝比比勁頭兒！……可是……種種問題，七個上來，八個下去，叫他一夜沒能睡實在了。

第二天早晨，天還是陰的很沉，東風也挺涼。老馬先生把駝絨緊身法蘭絨汗衫，厚青呢衣褲，全穿上了。還怕出去著了涼，試著把小棉襖絮在汗衫上面，可是棉襖太肥，穿上繫不上褲子。於是罵了鬼子衣裳一頓，又把棉襖脫下來了。……要不怎麼說，東西文化不能調和呢！看，小棉襖和洋褲子就弄不到一塊兒！……

吃過早飯，吧嗒了幾袋煙，才張羅著出去。

馬威領著父親出了戈登胡同，穿過陶靈吞大院，一直往牛津街走。馬威一邊走，一邊問父親：是坐地道火車去，還是坐公眾汽車去。墳地的地點，他昨天已經和伊牧師打聽明白了。馬老先生沒有主意，只說了聲：「到街上再說吧。」

到了牛津街，街上的汽車東往的西來的，一串一串，你頂著我，我擠著你。大汽車中間夾著小汽車，小汽車後面緊釘著摩托自行車，好像走歡了的駝鳥帶著一群小駝鳥。好像都要擠在一塊兒碰個粉碎，也不是怎股勁兒沒擠上；都像要把前面的車頂出多遠去，打個毛跟頭，也不怎麼沒頂上。車後面突突的冒著藍煙，車輪磁拉磁拉的響，喇叭也有僕僕的，有的吧吧的亂叫。遠處也是車，近處也是車，前後左右也全是車：全冒著煙，全磁拉磁拉的響，全僕僕吧吧的叫，把這條大街整個兒的作成一條「車海」。兩旁便道上的人，男女老少全像丟了點東西似的，扯著脖子往前跑。往下看，只看見一把兒一把兒的腿，往上看只見一片腦袋一點一點的動；正像「車海」的波浪把兩岸的沙石沖得一動一動的。

馬老先生抬頭看看天，陰得灰糊糊的；本想告訴馬威不去了，又不好意思；待了一會兒，看見街心站著一溜汽車：「馬威，這些車可以雇嗎？」

「價錢可貴呢！」馬威說。

「貴也得雇！」馬老先生越看那些大公眾汽車越眼暈。

「坐地道火車呢？」馬威問。

「地道裡我出不來氣兒！」馬先生想起到倫敦那天坐地道車的經驗。

「咱們可別太費錢哪。」馬威笑著說。

「你是怎麼著？——不但雇車，還得告訴趕車的繞著走，找清靜道兒走！我告訴你！暈！——」

馬威無法，只得叫了輛汽車，並且囑咐趕車的繞著走。

上了車，馬老先生還不放心：不定那一時就碰個腦漿迸裂呀！低著聲說：「怎麼沒帶本憲書來呢！這東西趕上『點兒低』，非死不可呀！」

「帶憲書幹嗎？」馬威問。

「我跟我自己說呢，少搭碴兒！」馬老先生斜著眼瞪了馬威一眼。

趕車的真是挑著清靜道兒走。一會兒向東，一會兒往西，繞過一片草地，又進了一個小胡同……走了四五十分鐘，到了個空場兒。空場四圍圈著一人來高的鐵柵欄，柵欄裡面繞著圈兒種著一行小樹。草地上高高矮矮的都是石椿和石碑。倫敦真有點奇怪：熱鬧的地方是真熱鬧，清靜的地方是真清靜。

車順著鐵欄杆轉，直轉到一個小鐵門才站住。父子下了車，馬威打算把車打發了，馬老先生非叫車等著不可。小鐵門裡邊有間小紅房子，孤孤零仃的在那群石椿子前面站著山牆上的小煙筒曲曲彎彎的冒著一股煙兒。他們敲了敲那個小鐵門，小紅屋子的門開了一個縫兒。門縫兒越開越大，慢慢的一個又圓又胖的臉探出來了。兩腮一凸一凹的大概是正嚼著東西。門又開大了一些，這個胖臉和臉以下的那些東西全露出來，把這些東西湊在一塊兒，原來是個矮胖的小老太太。

老太太的臉上好像沒長著什麼玩藝兒，光是「光出溜的」一個軟肉球。身上要是把胳臂腿兒去了，整個兒是個小圓轆軸。她一面用圍裙擦著嘴，一面問他們找誰的墳墓。她走到他們跟前，他們才看出來：她的臉上確是五官俱全，而且兩隻小眼睛是笑瞇瞇的；說話的時候露出嘴裡只有一個牙，因為沒有什麼陪襯，這一個牙看著又長又寬，頗有獨霸一方的勁兒。

「我們找馬先生的墳，一個中國人。」馬威向老太太說。她已經擦完了嘴，用力把手往上湊，大概是要擦眼睛。

「我知道，記得！去年秋天死的！怪可憐的！」老太太又要往起撩圍裙：「棺材上有三個花圈，記得！秋天——十月七號。頭一個中國人埋在這裡，頭一個！可憐！」說著，老太太的眼淚在臉上橫流；臉上肉太多，淚珠不容易一直流下來。「你們跟我來，我知道，記得！」老太太開始向前走，小短腿像剛孵出來的小鴨子的；走的時候，臉上的肉一哆嗦一哆嗦的動，好像冬天吃的魚凍兒。

他們跟著老太太走，走了幾箭遠，她指著一個小石樁子說：「那裡！」馬家父子忙著過去，石樁上的姓名是個外國人的。他們剛要問她，她又說了，「不對！不對！還得走！我知道，記得！那裡——頭一個中國人！」

又走了一兩箭遠，馬威眼快，看見左邊一塊小石碑，上面刻著中國字；他拉了馬老先生一把，兩個人一齊走過去。

「對了！就是那裡！記得！知道！」老太太在後面用胖手指著他們已經找著的石碑說。

石碑不過有二尺來高，上面刻著馬威伯父的名字，馬唯仁，名字下面刻著生死年月。碑是用人造石作的，淺灰的地兒，灰紫色的花紋。石碑前面的花圈已經叫雨水沖得沒有什麼顏色了，上面的紙條已早被風刮去了。石碑前面的草地上，淡淡的開著幾朵淺黃野花，花瓣兒上帶著幾點露水，好像淚珠兒。天上的黑雲，地上的石碑和零散的花圈，都帶出一股淒涼慘淡的氣象；馬老先生心中一陣難過，不由的落下淚來；馬威雖然沒有看見過他的伯父，眼圈兒也紅了。

馬老先生沒管馬威和那個老太太，跪在石碑前頭恭恭敬敬的磕了三個頭，低聲的說：「哥哥！保佑你兄弟發財，把你的靈運回中國去吧！」說到這裡，他不覺的哭得失了聲。

馬威在父親背後向石碑行了三鞠躬禮。老太太已經走過來，哭得滿臉是水，小短胳臂連圍裙都撩不起來了，只好用手在臉上橫來豎去的抹。

哭著哭著，她說了話：「要鮮花不要？我有！」

「多少錢？」馬威問。

「拿來！」馬老先生在那裡跪著說。

「是，我拿去，拿去。」老太太說完，撩著裙子，意思是要快跑，可是腿腕始終沒有一點彎的趨向，乾跺著腳，前仰後合的走了。去了老大半天才慢慢的扭回來，連脖子帶臉全紅得像間小紅房子的磚一樣。一手撩著裙子，一手拿著一把兒杏黃的鬱金香。

「先生，花兒來了。真新鮮！知道——」說著，哆哩哆嗦的把花交給馬老先生。他撿起一個花圈來，從新把鐵條緊了一緊，把花兒都插上；插好了，把花圈放在石碑前面；然後退了兩步，端詳了一番，眼淚又落下來了。

他哭了，老太太也又哭了。

「錢呢！」她正哭得高興，忽然把手伸出來：「錢呢！」

馬老先生沒言語，掏出一張十個先令的票子遞給她了。她看了看錢票，抬起頭來細細的看了看馬老先生：「謝謝！謝謝！頭一個中國人埋在這裡。謝謝！我知道。謝謝！盼著多死幾個中國人，都埋在這裡！」這末兩句話本來是她對自己說的，可是馬家父子聽得真真的。

太陽忽然從一塊破雲彩射出一條光來，正把他們的影子遮在石碑上，把那點地方——埋著人的那點地方——弄得特別的慘淡。馬老先生歎了一口氣，擦了擦眼淚，回頭看了看馬威：「馬威，咱們走吧！」

爺兒倆慢慢的往外走，老太太在後面跟著跑，問他們還要花兒不要，她還有別樣的。馬威看了她一眼，馬老先生搖了搖頭。兩個人走到小鐵門，已經把老太太落下老遠，可是還聽得見她說：「頭一個中國人……」

父子又上了車。馬老先生閉著眼睛想：怎麼把哥哥的靈運回去。又想到哥哥不到六十歲就死了，自己呢，現在已奔著五十走啦！生命就是個夢呀！有什麼意思！——夢！

馬威也還沒把墳地上那點印象忘了，斜靠著車角，兩眼直瞪著駛車的寬脊樑背兒。心裡想：伯父，英雄！到國外來作事業！英雄！自然賣古玩算不了什麼大事業，可是，掙外國的錢，——總算可以！父親是沒用的，他看了馬老先生一眼，不是作官，便是弄盅酒充窮酸。作官，名士，該死！真本事是——拿真知識掙公道錢！

10

馬家的小古玩鋪是在聖保羅教堂左邊一個小斜胡同兒裡。站在鋪子外邊，可以看見教堂塔尖的一部分，好像一牙兒西瓜。鋪子是一間門面，左邊有個小門，門的右邊是通上到下的琉璃窗戶。窗子裡擺著些磁器，銅器，舊扇面，小佛像，和些個零七八碎兒的。窗子右邊還有個小門，是樓上那家修理汗傘、箱子的出入口兒。鋪子左邊是一連氣三個小鋪子，緊靠馬家的鋪子也是個賣古玩的。鋪子右邊是個大衣裝存貨的地方，門前放著兩輛馬車，人們出來進去的往車上搬貨。鋪子的對面，沒有什麼，只有一溜山牆。

馬家父子正在鋪子外面左右前後的端詳，李子榮從鋪子裡出來了。他笑著向他們說：「馬先生吧？請進來。」

馬老先生看了看李子榮：臉上還沒有什麼下不去的地方，只是笑容太過火。再說，李子榮只穿著件汗衫，袖子卷過胳臂肘兒，手上好些銅銹和灰土，因為他正刷洗整理貨物架子。馬老先生心裡不由的給他下了兩個字的批語：「俗氣！」

「李先生吧？」馬威趕緊過來要拉李子榮的手。

「別拉手，我手上有泥！」李子榮忙著向褲袋裡找手巾，沒有找著，只好叫馬威拉了拉他的手腕。腕子是又粗又有力氣，筋是筋骨是骨的好看。馬威親熱的拉著這個滾熱的手腕，他算是頭一眼就愛上李子榮了。汗衫，挽袖子，一手泥，粗手腕，是個幹將！不真幹還能和外國人競爭嗎！

從外國人眼裡看起來，李子榮比馬威多帶著一點中國味兒。外國人心中的中國人是：矮身量，帶辮子，扁臉，腫顴骨，沒鼻子，眼睛是一寸來長的兩道縫兒，撇著嘴，唇上掛著迎風而動的小鬍子，兩條哈吧狗腿，一走一扭。這還不過是從表面上看，至於中國人的陰險詭詐，袖子裡揣著毒蛇，耳朵眼裡放著砒霜，出氣是綠氣炮，一擠眼便叫人一命嗚呼，更是叫外國男女老少從心裡打哆嗦的。

李子榮的臉差不多正合「扁而腫」的格式。若是他身量高一點，外國人也許高抬他一下，叫他聲日本人；（凡是黃臉而稍微有點好處的便是日本人。）不幸，他只有五尺來高，而且兩條短腿確乎是羅圈著一點。頭上的黑髮又粗又多，因腦門兒的扁窄和頭髮的蓬鬆，差不多眉毛以上，頭髮以下，沒有多大的空地方了。眼睛鼻子和嘴全不難看，可惜顴骨太平了一些。他的體格可是真好，腰板又寬又直，脖子挺粗，又加著腿有點彎兒，站在那裡老像座小過山炮似的。

李子榮算把外國人弄糊塗了：你說他是日本人吧，他的臉真不能說是體面。（日本人都是體面的！）說他是中國人吧，他的黃臉確是洗得晶光；中國人可有捨得錢買胰子洗臉的？再說，看他的腰板多直；中國人向來是哈著腰挨打的貨，直著腰板，多麼於理不合！雖然他的腿彎著一點，可是走起路來，一點不含忽，真咯登咯登的招呼；不但不扭，並且走得飛快，……外國老爺們真弄不清了，到底這個傢伙是那種下等人類的產物呢？「啊！」李子榮的房東太太想出來了：「這個傢伙是中日合種，」她背地裡跟人家說：「決不是真正中國人；日本人？他那配！」

馬威和李子榮還沒鬆手，馬老先生早挺著腰板兒進了門。李子榮慌忙跑進來，把地上的東西都收拾起來，然後讓馬老先生到櫃房裡坐。小舖子是兩間的進身，一間是作生意的，一間作櫃房。櫃房很小，靠後山牆放著個保險箱，箱子前面只有放三四把椅子和一張桌子的地方。保險箱旁邊放著個小茶几，上面是電話機和電話簿子。屋子裡有些潮氣味兒，加上一股酸溜溜的擦銅油兒，頗有點像北京的小洋貨店的味兒。

「李夥計，」馬老先生想了半天，才想起「夥計」這麼兩個字：「先沏壺茶來。」

李子榮抓了抓頭上亂蓬蓬的黑頭髮，瞧了老馬一眼，然後笑著對馬威說：

「這裡沒茶壺茶碗，老先生一定要喝茶呢，只好到外邊去買；你有錢沒有？」

馬威剛要掏錢，馬老先生沉著臉對李子榮說：「夥計！」這回把「李」字也省下了：「難道掌櫃的喝碗茶，還得自己掏腰包嗎！再說，架子上有的是茶壺茶碗，你楞說沒有？」馬老先生拉過張椅子來，在小茶几前面坐下；把脊樑往後一仰的時候，差點兒沒把電話機碰倒了。

李子榮慢慢的把汗衫袖子放下來，轉過身來看著馬老先生說：

「馬先生，在你哥哥活著的時候，我就在這裡幫過一年多的忙；他死的時候，把買賣託付給我照應著；我不能不照著買賣作！喝茶是個人的事，不能由公賬上開銷。這裡不同中國，公賬是由律師簽字，然後政府好收稅，咱們不能隨意開支亂用。至於架子上的茶壺茶碗是為賣的，不是為咱們用的。」他又回過身來對馬威說：「你們大概明白我的意思？也許你們看我太不客氣；可是咱們現在是在英國，英國的辦法是人情是人情，買賣是買賣，咱們也非照著這麼走不可。」

「對！」馬威低聲說，沒敢看他父親。

「夠了！夠了！不喝啦，不喝行不行！」老馬先生低著頭說，好像有點怕李子榮的樣兒。

李子榮沒言語，到外間屋把保險箱的鑰匙拿進來，開開箱子，拿出幾本賬簿和文書，都放在馬老先生眼前的一把椅子上。

「馬先生，這是咱們的賬本子什麼的，請過過眼，你看完了，我還有話說。」

「幹什麼呀？反正是那麼一回事，我還能疑心你不誠實嗎？」馬老先生說。

李子榮笑了。

「馬老先生，你大概沒作過買賣——」

「作買賣？哼——」馬老先生插嘴說。

「——好，作過買賣也罷，沒作過也罷，還是那句話：公事公辦。這是一種手續，提不到疑心不疑心。」李子榮笑也不好，不笑也不好的直為難。明知道中國人的脾氣是講客氣，套人情的；又明知道英國人是直說直辦，除了辦外交，沒有轉磨繞圈作文章的。進退兩難，把他鬧得直不知道怎麼辦才好。只好抓了抓頭髮，而且把腦門子上的那縷長的，卷，卷，卷成個小圈兒。

馬威沒等父親說話，笑著對李子榮說：「父親剛由伯父墳地回來，心裡還不大消停，等明天再看賬吧。」

馬老先生點了點頭，心裡說：「到底還是兒子護著爸爸，這個李小子有點成心擠兌我！」

李子榮看了看老馬，看了著小馬，噗哧一笑，把賬本子什麼的又全收回去。把東西擱好，又在保險箱的深處輕輕的摸；摸了半天，掏出一個藕荷色的小錦匣兒來。馬老先生看著李子榮，直要笑，心裡說：「這小子變戲法兒玩呢！還有完哪！」

李子榮把小錦匣遞給馬威。馬威看了看父親，然後慢慢的把小匣打開，裡面滿塞著細白棉花；把棉花揭開，當中放著一個鑽石戒指。

馬威把戒指放在手心上細細的看，是件女人的首飾：一個擰著麻花的細金箍，背兒上稍微寬出一點來，鑲著一粒鑽石，一閃一閃的放著光。

「這是你伯父給你的紀念物。」李子榮把保險箱鎖好，對馬威說。

「給我瞧瞧！」馬老先生說。

馬威趕緊把戒指遞過去。馬老先生要在李子榮面前顯一手兒：翻過來掉後去的看，看了外面，又探著頭，半閉著眼睛看戒指裡面刻著的字。又用手指頭抹上點唾沫在鑽石上擦了幾下。

「鑽石，不錯，女戒指。」馬先生點頭咂嘴的說，說著順手把戒指擱在自己的衣兜裡啦。

李子榮剛要張嘴，馬威看了他一眼，他把話又吞回去了。

待了一會兒，李子榮把保險箱的鑰匙和一串小鑰匙托在手掌上，遞給馬老先生。

「這是鋪子的鑰匙，你收著吧，馬先生！」

「你拿著就結了，唁！」馬先生的手還在兜兒裡摸著那個戒指。

「馬老先生，咱們該把事情說明白了，你還用我不用？」李子榮問，手掌上還托著那些鑰匙。

馬威向父親點了點頭。

「我叫你拿著鑰匙，還能不用你！」

「好！謝謝！你哥哥活著的時候，我是早十點來，下午四點走，一個禮拜他給我兩鎊錢；我的事情是招待客人，整理貨物。他病了的時候，我還是早十點來，可是下午六點才能走；他給我三鎊錢一個禮拜。現在呢，請告訴我：工錢，事情，和作事的時間。我願意只作半天工，工錢少一點倒不要緊；因為我總得勻出點工夫去念書。」

「啊，你還念書？」馬先生真沒想到李子榮是個念書的。心裡說：「這份兒俗氣，還會念書，瞧不透！中國念書的人不這樣！」

「我本來是個學生。」李子榮說：「你——」

「馬威！——」馬老先生沒主意，看著馬威，眼睛裡似乎是說：「你給出個主意！」

「我看，我和李先生談一談，然後再定規一切，好不好？」馬威說。

「就這麼辦吧！」馬老先生站起來了，屋裡挺涼，磕膝蓋兒有點發僵。「你先把我送回家去，你再回來和李夥計談一談，就手兒看看賬；其實看不看並不要緊。」他說著慢慢往外走，走到外間屋的貨架子前面又站住了。看了半天，回頭向李子榮說：「李夥計，把那個小白茶壺給我拿下來。」

李子榮把壺輕輕的拿下來，遞給馬老先生。馬老先生掏出手絹來，把茶壺包好，交給馬威提著。

「等著我，咱們一塊兒吃飯，回頭見！」馬威向李子榮說。

11

父子兩個出了古玩鋪。走了幾步，馬老先生站住了，從新細看看鋪子的外面。這一回才看見窗子上邊橫著條長匾，黑地金字，外面罩著層玻璃。「俗氣！」他搖著頭兒說。說完了，又欠著腳兒，看樓上的牌匾；然後又轉過身來，看對面的山牆。「煙筒正對著咱們的窗口，風水不見強！」馬威沒管他父親說什麼，仰著頭兒看聖保羅堂的塔尖，越看越覺得好看。

「父親，趕明兒個你上這兒來作禮拜倒不錯。」馬威說。

「教堂是不壞，可是塔尖把風水都奪去了，咱們受不了哇！」馬老先生似乎把基督教全忘了，一個勁兒抱怨風水不強。出了小胡同口兒，馬先生還連連的搖頭，抱怨風水不好。馬威看見一輛公眾汽車是往牛津街去的，聖保羅堂的外邊正好是停車的地方，他沒問父親坐不坐，拉著老頭兒就往車上跳；馬老先生還迷迷糊糊的不知道是怎麼回事，車已經開了。馬威買了票，跟父親說：「別叫李子榮『夥計』呀。你看，這車上的人買張票還對賣票的說『謝謝』呢。他在鋪子裡又真有用，你叫他『夥計』，不是叫他不好受嗎！況且——」

「你說該叫他什麼？我是掌櫃的，難道掌櫃的管夥計叫老爺？」馬老先生說著伸手把馬威拿著的小茶壺拿過來，掀開手巾，細細看壺底上的篆字。老先生對於篆字本來有限，加上汽車左右亂搖，越發的看不清楚；心裡罵馬威，不該一聲兒不出便上了汽車。

「叫他聲李先生，也不失咱們的身分哪！」馬威把眉毛皺在一處，可是沒有和父親拌嘴的意思。

汽車正從一個鐵橋底下過，橋上面的火車唧咚咕咚的把耳朵震得什麼也聽不見了；馬威的話，自然老馬先生一點沒聽見。汽車忽然往左邊一閃，馬老先生往前一出溜，差點沒把小茶壺撒了手；嘴裡嘟囔著罵了幾句，好在汽車的聲音真亂，馬威也沒聽見。

「你到底願意用他不願意呢？」馬威乘著汽車站住的工夫問他父親。

「怎麼不用他呢！他會作買賣，我不會！」馬老先生的臉蛋紅了一塊，把腳伸出去一點，好像如果馬威再問，他就往車下跳啦。腳伸出去太猛，差點沒踩著對面坐著的老太太的小腳尖，於是趕快把腿收回來，同時把跳車的心也取消了。

馬威知道問也無益，反正是這麼一回事：「你還用他不用？」——「怎麼不用呀！」「何不叫他聲先生呢？」——「我是掌櫃的，我叫他先生，他該管我叫什麼！」算了吧，不必問了！他回過頭去，留神看街上的牌子，怕走過了站；賣票的雖然到一站喊一站的地名，可是賣票人的英文字的拚法不是馬威一天半天能明白的。

到了牛津街，父子下了車，馬威領著父親往家走。走不遠，馬老先生就站住一會兒，喘口氣，又拿起小茶壺來看一看。有時候忽然站住了，後頭走道的人們，全趕緊往左右躲；不然，非都撞上，跌成一堆不止。馬先生不管別人，那時高興便那時站住；馬威也無法，只好隨著父親背後慢慢軋著步兒走。爺兒倆好像魚盆裡的泥鰍，忽然一動，忽然一靜，都叫盆裡的魚兒亂騰一回。好容易到了家了，馬老先生站在門外，用袖口兒把小茶壺擦了一個過兒。然後一手捧著茶壺，一手拿鑰匙開門。

溫都太太早已吃過午飯，正在客廳裡歇著。看見他們回來，一聲也沒言語。

馬老先生進了街門，便叫：「溫都太太！」

「進來，馬先生。」她在屋裡說。

馬老先生進去了，馬威也跟進去。拿破侖正睡午覺，聽見他們進來，沒睜眼睛，只從鼻子裡哼哼了兩聲。

「溫都太太，瞧！」馬老先生把小茶壺舉起多高，滿臉堆著笑，說話的聲音也嫩了許多，好像頗有返老還童的希望。溫都太太剛吃完了飯，瞓眼巴唧的，鼻子上的粉也謝了，露著小紅鼻子尖兒，像個半熟的山裡紅；可是據馬老先生看，這個小紅鼻子尖有說不出的美。她剛要往起站，馬老先生已經把小茶壺送到她的眼前。他還記得那天逗拿破侖玩的時候，她的頭髮差點沒挨著他的衣裳；現在他所以的放大了膽子往前巴結：愛情是得進一步便進一步的事兒；老不往前邁步，便永遠沒有接上吻的希望；不接吻還講什麼愛情！馬老先生是凡事退步，只有對婦女，他是主張進取的，而且進取的手段也不壞；在這一點，我們不能不說馬則仁先生有一點天才。

溫都寡婦欠著身把小壺兒接過去，歪著頭兒細細的看；馬老先生也陪著看，臉上笑得像個小紅氣球兒。

「多麼好看！真好！中國磁，是不是？」溫都太太指著壺上的紅雞冠子花和兩隻小蘆花雞說。

馬老先生聽她誇獎中國磁，心裡喜歡的都癢癢了。「溫都太太，我給你拿來的！」

「給我？真的？馬先生？」她的兩隻小眼睛都睜圓了，薄片嘴也成了個大寫的「O」，索子骨底下露著的那點胸脯也紅了一點。「這個小壺得值好幾鎊錢吧？」

「不算什麼，」馬老先生指著茶几上的小瓶兒說：「我知道你愛中國磁，那個小瓶兒就是中國的，是不是？」

「你真有眼力，真細心！那只小瓶是我由一個兵手裡買的。拿破侖，還不起來謝謝馬先生！」她說著把拿破侖抱起來，用手按著狗頭向馬先生點了兩點；拿破侖是真睏，始終沒睜眼。叫拿破侖謝完了馬先生，她還是覺得不好意思白收下那個小壺，轉了轉眼珠兒，又說：「馬先生，咱們對換好不好？我真愛這個小壺兒，我要你的壺，你拿我的瓶去賣——大概那個小瓶也值些個錢，我花——多少錢買的呢？你看，我可忘了！」

「對換？別搗麻煩啦！」馬老先生笑著說。

馬威站在窗前，眼睛釘著他父親，心裡想：他也許把那個戒指給她呢。馬老先生確是在兜兒裡摸了摸，可是沒有把戒指拿出來。

「馬先生，告訴我，這個小壺到底值多少錢？人家問我的時候，我好說呀！」

溫都太太把壺抱在胸口前面，好像小姑娘抱著新買的小布人一樣。

「值多少錢？」馬老先生往上推了推大眼鏡，回過頭去問馬威：「你說值多少錢？」

「我那知道呢！」馬威說：「看看壺蓋裡面號著價碼沒有。」

「對，來，咱看上一看。」馬老先生把這幾個字說得真像音樂一般的有腔有調。

「不，等我看！」溫都太太逞著能說，然後輕輕把壺蓋拿下來：「喝！五鎊十個先令！五鎊十個先令！」

馬老先生把頭歪著擠過去看：「可不是，合多少中國錢？六十來塊！冤人的事，六十來塊買個茶壺！在東安市場花一塊二毛錢買把，準比這個大！」

馬威越聽越覺得不入耳，抓起帽子來說：「父親，我得去找李子榮，他還等著我吃飯呢。」

「對了，馬先生，你還沒吃飯哪吧？」溫都寡婦問：「我還有塊涼牛肉，很好，你吃不吃？」

馬威已經走出了街口，隔著窗簾的縫兒看見父親的嘴一動一動的還和她說話。

12

馬威又回到古玩舖去找李子榮。

「李先生，對不起！你餓壞了吧？上那兒去吃飯？」馬威問。

「叫我老李，別先生先生的！」李子榮笑著說。他已經把貨架子的一部分收拾乾淨了，也洗了臉，黃臉蛋上光潤了許多。「出了這個胡同就是個小飯館，好歹吃點東西算了。」說完他把舖子鎖好，帶著馬威去吃飯。

小飯舖正斜對著聖保羅教堂，隔著窗子把教堂的前臉和外邊的石像看得真真的。一群老太太，小孩子，都拿著些個乾糧，麵包什麼的，圍著石像餵鴿子。

「你吃什麼？」李子榮問：「我天天就是一碗茶，兩塊麵包，和一塊甜點心。

這是倫敦最下等的飯鋪子，真想吃好的，這裡也沒有；好在我也吃不起好的。」

「你要什麼，就給我要什麼吧。」馬威想不出主意來。

李子榮照例要的是茶和麵包，可是給馬威另要了一根炸腸兒。

小飯鋪的桌子都是石頭面兒，鐵腿兒，桌面擦得晶光，怪愛人兒的。四面牆上都安著大鏡子，把屋子裡照得光明痛快，也特別顯著人多火熾。點心和麵包什麼的，都在一進門的玻璃窗子裡擺著，東西好吃不好吃先放在一邊，反正看著漂亮乾淨。跑堂的都是姑娘，並且是很好看的姑娘：一個個穿著小短裙子，頭上箍著帶褶兒的小白包頭，穿梭似的來回端茶拿菜；臉蛋兒都是紅撲撲的，和玻璃罩兒裡的紅蘋果一樣鮮潤。吃飯的人差不多都是附近鋪子裡的，人人手裡拿著張晚報，（倫敦的晚報是早晨九點多鐘就下街的。）專看賽馬賽狗的新聞。屋裡只聽得見姑娘們沙沙的來回跑，和刀叉的聲音，差不多沒有說話的；英國人自要有報看，是什麼也不想說的。馬威再細看人們吃的東西，大概都是一碗茶，麵包黃油，很少有吃菜的。

「這算最下等的飯鋪？」馬威問。

「不像啊？」李子榮低聲的說。

「真乾淨！」馬威嘴裡說，心裡回想北京的二葷鋪，大碗居的那些長條桌子上的黑泥。

「唉，英國人擺飯的時間比吃飯的時間長，稍微體面一點的人就寧可少吃一口，不能不把吃飯的地方弄乾淨了！咱們中國人是真吃，不管吃的地方好歹。結果是：在乾淨地方少吃一口飯的身體倒強，在髒地方吃熏雞燒鴨子的倒越吃越瘦……」

他還沒說完，一個姑娘把他們的吃食拿來了。他們一面吃，一面低聲的說話。

「老李，父親早上說話有點兒——」馬威很真誠的說。

「沒關係！」李子榮沒等馬威說完，就接過來了：「老人們可不都是那樣嗎！」

「你還願意幫助我父親？」

「你們沒我不行，我呢，非掙錢不可！放心吧，咱們散不了夥！」李子榮不知不覺的笑的聲音大了一點，對面吃飯的老頭子們一齊狠狠的瞪他一眼，他連忙低下頭去嚼了一口麵包。

「你還念書？」

「不念書還行嗎！」李子榮說著又要笑，他總覺得他的話說得俏皮可笑，還是不管別人笑不笑，他自己總先笑出來：「我說，快吃，回鋪子去說。話多著呢，這裡說著不痛快，老頭子們淨瞪我！」

兩個人忙著把東西吃完了，茶也喝淨了，李子榮立起來和小姑娘要賬單兒。他把賬單兒接過來，指著馬威對她說：「你看他體面不體面？他已經告訴我了，你長的真好看！」

「去你的吧！」小姑娘笑著對李子榮說，然後看了馬威一眼，好像很高興有人誇她長的美。

馬威也向她笑了一笑，看李子榮和她說話的神氣，大概是李子榮天天上這裡吃飯來，所以很熟。李子榮掏出兩個銅子，輕輕的放在盤子底下，作為小賬。李子榮給了飯錢，告訴馬威該出十個便士；馬威登時還了他。

「英國辦法，彼此不客氣。」李子榮接過錢來笑著對馬威說。

兩個人回到鋪子，好在沒有照顧主兒，李子榮的嘴像開了閘一樣，長江大河的說下去：「我說，先告訴你一件事：喝茶的時候別帶響兒！剛才你喝茶的時候，沒看見對面坐著的老頭兒直瞪你嗎！英國人擤鼻子的時候是有多大力量用多大力量，可是喝東西的時候不准出聲兒；風俗嗎，沒有對不對的理由；你不照著人家那麼辦，便是野蠻；況且他們本來就看不起我們中國人！當著人別抓腦袋，別剔指甲，別打嗝兒；喝！規矩多啦！有些留學的名士滿不管這一套，可是外國人本來就看不起我們，何必再非討人家的厭煩不可呢！我本來也不注意這些事，有一回可真碰了釘子啦！是這麼回事：有一回跟一個朋友到人家裡去吃飯，我是吃飽了氣足，仰著脖兒來了個深長的嗝兒；喝！可壞了！旁邊站著的一位姑娘，登時把臉子一撂，扭過頭去跟我的朋友說：『不懂得規矩禮道的人，頂好不出來交際！』請吃飯的人呢是在中國傳過教的老牧師，登時得著機會，對那位姑娘說：『要不咱們怎得到東方去傳教呢，連吃飯喝茶的規矩都等著咱們教給他們呢！』我怎麼辦？在那裡吧，真僵的慌；走吧，又覺得不好意思，好難過啦！其實打個嗝兒算得了什麼，他們可是真拿你當野蠻人對待呢！老馬，留點神吧！你不怪我告訴你？」

「不！」馬威坐下說。

李子榮也坐下了，跟著說：「好，我該告訴你，我的歷史啦！我原是出來留學的，山東官費留學生。先到了美國，住了三年，得了個商業學士。得了學位就上歐洲來了，先上了法國；到了巴黎可就壞了，國內打起仗來，官費簡直的算無望了。我是個窮小子，跟家裡要錢算是辦不到的事。於是我東胡摟西抓弄，弄了幾個錢上英國來了。我準知道英國生活程度比法國高，可是我也準知道在英國找事，工錢也高；再說英國是個商業國，多少可以學點什麼。還有一層，不瞞你說！巴黎的婦女我真惹不起；這裡，在倫敦，除非妓女沒有人看得起中國人，倒可以少受一點試探。」說到這裡，李子榮又樂起來了；而且橫三豎四的抓了抓頭髮。

「老李，你不是說，別當著人抓腦袋嗎？」馬威故意和他開玩笑。

「可是你不是外國人哪！當著外國人決不幹！說到那兒啦——對，到了倫敦，官費還是不來，我可真抓了瞎啦！在東倫敦住了一個來月，除了幾本書和身上的衣裳，簡直成了光屁股狗啦！一來二去，巡警局給我找了去啦，叫我給中國工人當翻譯。中國工人的英國話有限，巡警是動不動就察驗他們，（多麼好的中國人也是一腦門子官司，要不怎麼說別投生個中國人呢！）我替他們來回作翻譯；我的廣東話本來有限，可是還能對付，反正我比英國巡警強。

「我要是不怕餓死，我決不作這個事；可是人到快餓死的時候是不想死的！看著這群老同鄉叫英國巡警耍笑！咳，無法！餓，沒法子！我和咱們這群同鄉一樣沒法子！作這個事情，一個月不過能得個三四鎊錢，那夠花的；後來又慢慢的弄些個廣告什麼的翻成中國文，這筆買賣倒不錯：能到中國賣貨的，自然不是小買賣，一篇廣告翻完了，總掙個一鎊兩鎊的。這兩筆錢湊在一處，對付著夠吃麵包的了，可還是沒錢去念書。可巧你伯父要找個夥計，得懂得作買賣，會說英國話；我一去見他，事情就成了功。你想，留學的老爺們誰肯一禮拜掙兩鎊錢作碎催；可是兩鎊錢到我手裡，我好像登了天堂一樣。行了，可以念書了！白天作翻譯，作買賣，晚上到大學去聽講。你看怎樣？老馬！」

「不容易，老李你行！」馬威說。

「不容易？天下沒有容易的事！」李子榮咚的一聲站起來，頗有點自傲的神氣。「在倫敦一個人至少要花多少錢？論月說吧。」馬威問。「至少二十鎊錢一個月，我是個例外！我在這兒這麼些日子了，一頓中國飯還沒吃過；不是我吃不起一頓，是怕一吃開了頭兒，就非常吃不可！」

「這兒有中國飯館嗎？」

「有！作飯，洗衣裳，中國人在海外的兩大事業！」李子榮又坐下了：「日本人所到的地方，就有日本窯子；中國人所到的地方，就有小飯鋪和洗衣裳房。中國人和日本人不同的地方，是日本人除了窯子以外，還有輪船公司，銀行，和別的大買賣。中國人除了作飯，洗衣裳，沒有別的事業。要不然怎麼人家日本人老挺著胸脯子，我們老不敢伸腰呢！歐美人對日本人和對中國人一樣的看不起；可是，對日本人於藐視之中含著點「怕」，「佩服」的勁兒。對中國人就完全不擱在跟裡了。對日本人是背後叫Ｊａｐ，當面總是奉承；對中國人是當著面兒罵，滿不客氣！別提啦，咱們自己不爭氣，別怨人家！問我點別的事好不好？別提這個了，真把誰氣死！」

「該告訴我點關於這個舖子的事啦。」

「好，你聽著。你的伯父真是把手，真能幹！他不專靠著賣古玩，古玩又不是麵包，那能天天有買賣；他也買賣股票，替廣東一帶商人買辦貨物什麼的。這個古玩舖一年作好了不過賺上，除了一切開銷，二百來鎊錢；他給你們留下個二千來鎊錢，都是他作別的事情賺下的。你們現在有這點錢，頂好把這個生意擴充一下，好好的幹一下，還許有希望；要是還守著這點事情作，連你們爺倆的花銷恐怕也賺不出來；等把那二千來鎊錢都零花出來，事情可就不好辦了。

「老馬，你得勸你父親立刻打主意：擴充這個買賣，或是另開個別的小買賣。據我看呢，還是往大了弄這個買賣好，因為古玩是沒有定價的，湊巧了一樣東西就賺個幾百鎊；自然這全憑咱們的能力本事。開別的買賣簡直的不容易，你看街上的小舖子，什麼賣煙的，賣酒的，全是幾家大公司的小分號，他們的資本是成千累萬的，咱們打算用千十來鎊錢跟他們競爭，不是白饒嗎！」

「父親不是個作買賣的人，很難說話！」馬威的眉毛又皺在一塊，臉上好像也白了一點。

「老人家是個官迷，糟！糟！中國人不把官迷打破，永不會有出息！」李子榮楞了一會，又說：「好在這裡有咱們兩個呢，咱們非逼著他幹不可！不然，鋪子一賠錢，你們的將來，實在有點危險呢！我說，你打算幹什麼呢？」

「我？念書啊！」

「念什麼？又是翻譯篇《莊子》騙個學位呀？」李子榮笑著說。

「我打算學商業，你看怎麼樣？」

「學商業，好哇！你先去補習英文，把英文弄好，去學商業，我看這個主意不錯。」

兩個人又說了半天，馬威越看李子榮越可愛，李子榮是越說越上精神。兩個人一直說到四點多鐘才散。馬威臨走的時候，李子榮告訴他：明天早晨他同他們父子到巡警局去報到：

「律師，醫生，是英國人離不開身的兩件寶貝。可是咱們別用他們才好。我告訴你：別犯法，別生病，在英國最要緊的兩件事！」李子榮拉不斷扯不斷的和馬威說，「我說，從明天起，咱們見面就說英國話，非練習不可。有許多留學生最討厭說外國話，好在你我是『下等』留學生，不用和老爺們學，對不對？」

兩個人站在鋪子外面又說了半天的話。說話的時候，隔壁那家古玩鋪的掌櫃的出來了，李子榮趕緊的給馬威介紹了一下。

馬威抬頭看著聖保羅堂的塔尖，李子榮還沒等他問，又把他拉回去，給他說這個教堂的歷史。

「我可該回去啦！」馬威把聖保羅堂的歷史聽完，又往外走。

李子榮又跟出來，他好像是魯濱孫遇見禮拜五那麼親熱。

「老馬，問你一件事：你那個戒指，父親給了你沒有？」

「他還拿著呢！」馬威低聲兒說。

「跟他要過來，那是你伯父給你的；誰的東西是誰的！」

馬威點了點頭，慢慢的往街上走。聖保羅教堂的鐘正打五點。

第三段　英國人與中國人

1

春天隨著落花走了，夏天披著一身的綠葉兒在暖風兒裡跳動著來了。倫敦也居然有了響晴的藍天，戴著草帽的美國人一車一車的在街上跑，大概其的看看倫敦到底什麼樣兒。街上高楊樹的葉子在陽光底下一動一動的放著一層綠光，樓上的藍天四圍掛著一層似霧非霧的白氣；這層綠光和白氣叫人覺著心裡非常的痛快，可是有一點發燥。

頂可憐的是大「牛狗」，把全身的力量似乎都放在舌頭上，喘吁吁的跟著姑娘們腿底下跑。街上的車更多了，旅行的人們都是四五十個坐著一輛大汽車，戴著各色的小紙帽子，狼嚎鬼叫的飛跑，簡直的要把倫敦擠破了似的。車站上，大街上，汽車上，全花紅柳綠的貼著避暑的廣告。街上的人除了左右前後的躲車馬，都好像心裡盤算著怎樣到海岸或鄉下去歇幾天。姑娘們更顯著漂亮了，一個個的把白胳臂露在外面，頭上戴著壓肩的大草帽，帽沿上插著無奇不有的玩藝兒，什麼老中國繡花荷包咧，什麼日本的小磁娃娃咧，什麼駝鳥翎兒咧，什麼大朵的鮮蜀菊花咧，……坐在公眾汽車的頂上往下看，街兩旁好像走著無數的大花蘑菇。

每逢馬威看到這種熱鬧的光景，他的大眼睛裡總含著兩顆熱淚，他自言自語的說：「看看人家！掙錢，享受！快樂，希望！看看咱們，省吃儉用的苦耐——省下兩個銅子還叫兵大爺搶了去！哼！……」

溫都姑娘從五月裡就盤算著到海岸上去歇夏，每天晚上和母親討論，可是始終沒有決定。母親打算到蘇格蘭去看親戚，女兒嫌車費太貴，不如到近處海岸多住幾天。母親改了主意要和女兒到海岸去，女兒又覺著上蘇格蘭去的鋒頭比上海岸去的高的多。

母親剛要給在蘇格蘭的親戚寫信，女兒又想起來了：海岸上比蘇格蘭熱鬧的多。本來姑娘們的歇夏並不為是歇著，是為找個人多的地方歡蹦亂跳的鬧幾天：露露新衣裳，顯顯自己的白胳臂；自然是在海岸上還能露露白腿。於是母親一句，女兒一句，本著英國人的獨立精神，一人一個主意，誰也不肯讓誰，越商量雙方的意見越離的遠。有一天溫都太太說了：「瑪力！咱們不能一塊兒去；咱們都走了，誰給馬先生作飯呢！」（瑪力是溫都姑娘的名字。）

「叫他們也去歇夏呀！」溫都姑娘說，臉上的笑渦一動一動的像個小淘氣兒。

「我問過馬老先生了，他不歇工！」溫都太太把「不」字說得特別有力，小鼻子尖兒往上指著，好像要把棚頂上倒落著的那個蒼蠅哄跑似的——棚頂上恰巧有個蒼蠅。

「什麼？什麼？」瑪力把眼睛睜得連眼毛全一根一根的立起來了：「不歇夏？沒聽說過！」——英國人真是沒聽說過，世界上會有終年幹活，不歇工的！待了一會兒，她噗哧一笑，說：「那個小馬對我說了，他要和我一塊兒上海岸去玩。我告訴了他，我不願和中——國——人——一塊兒去！跟著他去，笑話！」

「瑪力！你不應當那麼頂撞人家！說真的，他們父子也沒有什麼多大不好的地方！」

溫都太太雖然不喜歡中國人，可是天生來的有點願意和別人嚼爭理兒；別人要說玫瑰是紅的最香，她非說白的香得要命不可；至不濟也是粉玫瑰頂香；其實她早知道粉玫瑰不如紅的香。

「得啦，媽！」瑪力把腦袋一歪，撇著紅嘴唇說：「我知道，你愛上那個老馬先生啦！你看，他給你一筒茶葉，一把小茶壺！要是我呀，我就不收那些寶貝！看那個老東西的臉，老像叫人給打腫了似的！瞧他坐在那裡半天不說一句話！那個小馬，更討厭！沒事兒就問我出去不出去，昨天又要跟我去看電影，我——」

「他跟你看電影去，他老給你買票，啊？」溫都太太板著臉給了瑪力一句！

「我沒叫他給我買票呀！我給他錢，他不要！說起來了，媽！你還該我六個銅子呢，對不對，媽？」

「明天還你，一定！」溫都太太摸了摸小兜兒，真是沒有六個銅子：「據我看，中國人比咱們還寬宏，你看馬老先生給馬威錢的時候，老是往手裡一塞，沒數過數兒。馬威給他父親買東西的時候，也不逼著命要錢。再說，」溫都太太把腦袋搖了兩搖，趕緊用手指肚兒輕輕的按了按腦袋後邊掛著的小髻兒：「老馬先生每禮拜給房錢的時候，一手把賬條往兜兒裡一塞，一手交錢，永遠沒問過一個字。你說——」

「那不新新！」瑪力笑著說。

「怎麼？」她母親問。

「倫理是隨著經濟狀況變動的。」瑪力把食指插在胸前的小袋裡，腆著胸脯兒，頗有點大學教授的派頭：「咱們的祖先也是一家老少住在一塊，大家花大家的錢，和中國人一樣；現在經濟制度改變了，人人掙自己的錢，吃自己的飯，咱們的道德觀念也就隨著改了：人人拿獨立為榮，誰的錢是誰的，不能有一點兒含忽的地方！中國人，他們又何嘗比咱們寬宏呢！他們的經濟的制度還沒有發展得——」

「這又是打那裡聽來的，跟我顯排？」溫都太太問。

「不用管我那兒聽來的！」瑪力姑娘的藍眼珠一轉，歪稜著腦袋噗哧一笑：「反正這些話有理！有理沒有？有理沒有？媽？」看著她媽媽點了點頭，瑪力才接著說：「媽，不用護著中國人，他們要是不討人嫌為什麼電影上，戲裡，小說上的中國人老是些殺人放火搶女人的呢？」

（瑪力姑娘的經濟和倫理的關係是由報紙上看來的，她的討厭中國人也全是由報紙上，電影上看來的，其實她對於經濟與中國人的知識，全不是她自己揣摸出來的。也難怪她，設若中國不是一團亂糟，外國報紙又何從得到這些壞新聞呢！）

「電影上都不是真事！」溫都太太心裡也並不十分愛中國人，不過為和女兒辯駁，不得不這麼說：「我看，拿弱國的人打哈哈，開玩笑，是頂下賤的事！」

「啊哈，媽媽！不是真事？篇篇電影是那樣，齣齣戲是那樣，本本小說是那樣，就算有五成謊吧，不是還有五成真的嗎？」瑪力非要把母親說服了不可，往前探著頭問：「對不對，媽？對不對？」

溫都太太乾嗽了一聲，沒有言語。心裡正預備別的理由去攻擊女兒。

客廳的門響了兩聲，好像一根麻繩碰在門上一樣。「拿破侖來了，」溫都太太對瑪力說：「把牠放進來。」瑪力把門開開，拿破侖搖著尾巴跳進來了。

「拿破侖，寶貝兒，來！幫助我跟她抬杠！」溫都太太拍著手叫拿破侖：「她沒事兒去聽些臭議論，回家來跟咱們露精細！是不是？寶貝兒？」

溫都姑娘沒等拿破侖往裡跑，早並著腿跪在地毯上和牠頂起牛兒來。她爬著往後退，小狗兒就前腿伸平了預備往前撲。她撅著嘴忽然說：「忽！」小狗兒往後一蹓腰，然後往前一伸脖，說：「吧！」她斜著眼看牠，牠橫著身往前湊，輕輕的叼住她的胖手腕。……鬧了半天，瑪力的頭髮也叫小狗給頂亂了，鼻子上的粉也抹沒了；然後拿破侖轉回她的身後，咬住她的鞋跟兒。

「媽！瞧你的狗，咬我的新鞋！」

「快來，拿破侖不用跟她玩！」

瑪力站起來，一邊喘，一邊理頭髮，又握著小白拳頭向拿破侖比畫著。小狗兒藏在溫都太太的腳底下，用小眼睛一眨巴一眨巴的瞅著瑪力。

瑪力喘過氣兒來，又繼續和母親商議旅行的事。溫都太太還是主張母女分著去歇夏，瑪力不幹，她不肯給馬家父子作飯。

「再說，我也不會作飯呀！是不是？媽！」

「也該學著點兒啦！」溫都太太借機會給女兒一句俏皮的！

「這麼辦：咱們一塊去，寫信把多瑞姑姑找來，替他們作飯，好不好？她在鄉下住，一定喜歡到城裡來住幾天；可是咱們得替她出火車費！」

「好吧，你給她寫信，我出火車費。」

溫都姑娘先去洗了手，又照著鏡子，歪著臉，用粉撲兒撢了粉。左照照，右照照，直到把臉上的粉勻得一星星缺點沒有了，才去把信封信紙鋼筆墨水都拿來。把小茶几推到緊靠窗戶；坐下；先把衣裳的褶兒拉好；然後把鋼筆插在墨水瓶兒裡。窗外賣蘋果的吆喝了一聲，擱下筆，掀開窗簾看了看。又拿起筆來，歪著脖，先在吃墨紙上畫了幾個小蘋果，然後又用中指輕輕的彈筆管兒，一滴一滴的墨水慢慢的把畫的小蘋果都陰過去；又把筆插在墨水瓶兒裡；低著頭看自己的胖手；掏出小刀修了修指甲；把小刀兒放在吃墨紙上；又覺得不好，把刀子拿起來，吹了吹，放在信封旁邊。又拿起筆來，又在吃墨紙上彈了幾個墨點兒；有幾個墨點彈得不十分圓，都慢慢的用筆尖描好。描完了圓點，站起來了：「媽，你寫吧！我去給拿破侖洗個澡，好不好？」

「我還要上街買東西呢！」溫都太太抱著小狗走過來：「你怎麼給男朋友寫信的時候，一寫就是五六篇呢？怪！」

「誰愛給姑姑寫信呢！」瑪力把筆交給母親，接過拿破侖就跑：

「跟我洗澡去，你個小髒東西子！」

2

馬老先生在倫敦三四個月所得的經驗，並不算很多：找著了三四個小中國飯鋪，天天去吃頓午飯。自己能不用馬威領著，由鋪子走回家去。英文長進了不少，可是把文法忘了好些，因為許多下等英國人說話是不管文法的。

他的生活是沒有一定規律的：有時候早晨九點鐘便跑到鋪子去，一個人慢條斯理的把窗戶上擺著的古玩都從新擺列一回；因為他老看李子榮擺的俗氣，不對！李子榮跟他說了好幾回，東西該怎擺，顏色應當怎麼配，怎麼才能惹行人的注意……。他微微的一搖頭，作為沒聽見。

頭一回擺的時候，他把東西像抱靈牌似的雙手捧定，舌頭伸著一點，閉住氣，直到把東西擺好才敢呼吸。擺過兩回，膽子漸漸的大了。有時候故意耍俏：端著東西，兩眼特意的不瞧著手，頗像飯館裡跑堂的端菜那麼飄灑。遇著李子榮在舖子的時候，他的飄灑勁兒更耍得出神；不但手裡端著東西，小鬍子嘴還叼著一把小茶壺，小鬍子撅撅著，斜著眼看李子榮，心裡說：

「咱是看不起買賣人，要真講作買賣，咱不比誰不懂行，嗐！」

正在得意，嘴裡一乾，要咳嗽；茶壺被地心吸力吸下去，——粉碎！兩手急於要救茶壺，手裡的一個小瓶，兩個盤子，也都分外的滑溜：李子榮跑過來接住了盤子；小瓶兒的脖子細嫩，掉在地上就碎了！

把東西擺好，馬老先生出去，偷偷的看一看隔壁那家古玩舖的窗戶。他撚著小鬍子向自己剛擺好的東西點了點頭，覺得那家古玩舖的東西和擺列的方法都俗氣！可是隔壁那家的買賣確是比自己的強，他猜不透，是什麼原因，只好罵英國人全俗氣！隔壁那家的掌櫃的是個又肥又大，有腦袋，沒頭髮的老傢伙！還有個又肥又大，有腦袋，也有頭髮的（而且頭髮不少）老婦人。他們好幾次趕著馬老先生套親熱說話，馬老先生把頭一扭，給他們個小釘子碰。然後坐在小椅子上自己想著碴兒笑：「你們的買賣好哇，架不住咱不理你！俗氣！」

李子榮勸他好幾回，怎麼應當添貨物，怎麼應當印些貨物的目錄和說明書，怎麼應當不專賣中國貨。馬老先生酸酸的給了他幾句：

「添貨物！這些東西還不夠擺半天的呀！還不夠眼花的呀！」

有時候馬老先生一高興，整天的不到舖子去，在家裡給溫都太太種花草什麼的。她房後的那塊一間屋子大的空地，當馬家父子剛到倫敦的時候，只長著一片青草，和兩棵快死的月季花。溫都太太最喜歡花草，可是沒有工夫去種，也捨不得花錢買花秧兒。她的女兒是永遠在街上買現成的花，也不大注意養花這回事。有一天，馬老先生並沒告訴溫都太太，在街上買來一捆花秧兒：五六棵玫瑰，十幾棵桂竹香，還有一堆剛出芽的西番蓮根子，幾棵沒有很大希望的菊花，梗子很高，葉兒不多，而且不見得一定是綠顏色。

他把花兒堆在牆角兒，澆上了兩罐子水，然後到廚房把鐵鍬花鏟全搬運出來。把草地中間用土圍成一個圓崗兒，把幾棵玫瑰順著圓圈種上。圓圈的外邊用桂竹香種成一個十字。西番蓮全埋在牆根底下。那些沒什麼希望的菊秧子都插在一進園門的小路兩旁。種完了花，他把鐵鍬什麼的都送回原地方去，就手兒拿了一筒水，澆了一個過兒。……洗了洗手，一聲沒言語回到書房抽了一袋煙。……跑到鋪子去，找了些小木條和麻繩兒，連哈帶喘的又跑回來，把剛種的花兒全扶上一根木條，用麻繩鬆鬆的捆好。正好捆完了，來了一陣小雨，他站在那裡呆呆的看著那些花兒，在雨水下一點頭一點頭的微動；直到頭髮都淋得往下流水啦，才想起往屋裡跑。

溫都太太下午到小院裡放狗，慌著忙著跑上樓去，眼睛和嘴都張著：

「馬先生！後面的花是你種的呀?!」

馬老先生把煙袋往嘴角上挪了挪，微微的一笑。

「嘔！馬先生！你是又好又淘氣！怎麼一聲兒不言語！多少錢買的花？」

「沒花多少錢！有些花草看著痛快！」馬先生笑著說。

「中國人也愛花兒吧？」溫都寡婦問。——英國人決想不到：除了英國人，天下還會有懂得愛花的。

「可不是！」馬老先生聽出她的話味來，可是不好意思頂撞她，只把這三個字說得重一些，並且從嘴裡擠出個似笑非笑的笑。楞了一會兒，他又說：「自從我妻子去世以後，我沒事就種花兒玩。」想到他的妻子，馬老先生的眼睛稍微濕潤了一些。

溫都太太點了點頭，也想起她的丈夫；他在世的時候，那個小院是一年四季不短花兒的。

馬老先生讓她坐下，兩個談了一點多鐘。她問馬太太愛穿什麼衣服，愛戴什麼帽子。他問她丈夫愛吃什麼煙，作過什麼官。兩個越說越彼此不瞭解；可是越談越親熱。他告訴她：馬太太愛穿紫寧綢坎肩，她沒瞧見過。她說：溫都先生沒作過官，他簡直的想不透為什麼一個人不作官。……晚上溫都姑娘回來，她母親沒等她摘了帽子就扯著她往後院兒跑。

「快來，瑪力！給你點新東西看。」

「嘔！媽媽！你怎麼花錢買這麼些個花兒？」瑪力說著，哈著腰在花上聞了一鼻子。

「我？馬老先生買的，種的！你老說中國人不好，你看——」

「種些花兒也算不了怎麼出奇了不得呀！」瑪力聽說花兒是馬先生種的，趕緊的直起腰來，不聞了。

「我是要證明中國人也和文明人一樣的懂得愛花——」

「愛花兒不見得就不愛殺人放火呀！媽，說真的，我今天在報紙又看見三張像片，都是在上海照來的。好難看啦，媽！媽！他們把人頭殺下來，掛在電線杆子上。不但是掛著，底下還有一群人，男女老少都有，在那塊看電影似的看看！」瑪力說著，臉上都白了一些，嘴唇不住的顫，忙著跑回屋裡去了。

後院種上花之後，馬老先生又得了個義務差事：遇到溫都太太忙的時候，他得領著拿破侖上街去散逛。小後院兒本來是拿破侖遊戲的地方，現在種上花兒，牠最好管閒事，看見小蜜蜂兒，牠蹦起多高想把蜂兒捉住；牠這一跳，蟲兒是飛了，花兒可是倒啦；所以天天非把牠拉出去溜溜不可；老馬先生因而得著這份美差。瑪力姑娘勸她母親好幾回，不叫老馬帶狗出去。她聽說中國人吃狗肉，萬一老馬一犯饞，半道兒上用小刀把拿破侖宰了，開開齋，可怎麼好！

「我問過馬老先生，他說中國人不吃狗。」溫都太太板著臉說。

「我明白你了，媽！」瑪力成心戲弄她的母親：「他愛花兒，愛狗，就差愛小孩子啦！」

（英國普通人以為一個人愛花愛狗愛兒女便是好丈夫。瑪力的意思是：溫都太太愛上老馬啦。）

溫都寡婦沒言語，半惱半笑的瞪了她女兒一眼。

馬威也勸過他父親不用帶小狗兒出去，因為他看見好幾次：他父親拉著狗在街上或是空地上轉，一群孩子在後面跟著起哄：

「瞧這個老黃臉！瞧他的臉！又黃又腫！……」

一個沒有門牙的黃毛孩子還過去揪馬老先生的衣裳。一個姥姥不疼，舅舅不愛的瘦孩子，抱起拿破侖就跑，成心叫老馬先生追他。他一追，別的孩子全扯著脖子嚷：「看他的腿呀！看他的腿呀！和哈吧狗一樣呀！」……「陶馬！」——大概那個姥姥不疼，舅舅不愛的瘦孩子叫陶馬——「快呀！別叫他追上！」……「陶馬！」一個尖嗓兒的小姑娘，頭髮差不多和臉一樣紅，喊：「好好抱著狗，別摔了牠！」

英國的普通學校裡教歷史是不教中國事的。知道中國事的人只是到過中國做買賣的，傳教的；這兩種人對中國人自然沒有好感，回國來說中國事兒，自然不會往好裡說。又搭著中國不強，海軍不成海軍，陸軍不成陸軍，怎麼不叫專以海陸軍的好壞定文明程度高低的歐洲人看低了！再說，中國還沒出一個驚動世界的科學家，文學家，探險家——甚至連在萬國運動會下場的人材都沒有，你想想，人家怎能看得起咱們！

馬威勸了父親，父親不聽。他（馬老先生）積攢了好些洋煙畫兒，想去賄賂那群小淘氣兒；這麼一來，小孩子們更鬧得歡了。「叫他Chink！叫他Chink！一叫他，他就給煙卷畫兒！」……「陶馬！搶他的狗哇！」……

3

在藍加司特街的一所小紅房子裡，伊太太下了命令：請馬家父子，溫都母女，和她自己的哥哥吃飯。第一個說「得令」的，自然是伊牧師。伊夫人在家庭裡的勢力對於伊牧師是絕對的。她的兒女，（現在都長成人了）有時候還不能完全服從她。兒女是越大越難管，丈夫是越老越好管教；要不怎麼西洋女子多數挑著老傢伙嫁呢。

伊太太不但嘴裡出命令，乾脆的說，她一身全是命令。她一睜眼，——兩隻大黃眼睛，比她丈夫的至少大三倍，而且眼皮老腫著一點兒——丈夫，女兒，兒子全鴉雀無聲，屋子裡比法庭還嚴肅一些。

她長著一部小黑鬍子，挺軟挺黑還挺長；要不然伊牧師怎不敢留鬍子呢，他要是也有鬍子，那不是有意和她競爭嗎！她的身量比伊牧師高出一頭來，高，大，外帶著真結實。臉上沒什麼肉，可是所有的那些，全好像洋灰和麻刀作成的，真叫有筋骨！鼻子兩旁有兩條不淺的小溝，一直通到嘴犄角上；哭的時候，（連伊太太有時候也哭一回！）眼淚很容易流到嘴裡去，而且是隨流隨乾，不占什麼時間。她的頭髮已經半白了，歇歇鬆鬆的在腦後挽著個髻兒，不留神看，好像一團絮鞋底子的破乾棉花。

伊牧師是在天津遇見她的，那時候她鼻子旁邊的溝兒已經不淺，可是腦後的髻兒還不完全像乾棉花。伊牧師是急於成家，她是不反對有個丈夫，於是他們三七二十一的就結了婚。她的哥哥，亞力山大，不大喜歡作這門子親，他是個買賣人，自然看不起講道德說仁義，而掙不了多少錢的一個小牧師；可是他並沒說什麼；看著她臉上的兩條溝兒，和頭上那團有名無實的頭髮，他心裡說：「嫁個人也好，管他是牧師不是呢！再擱幾年，她臉上的溝兒變成河道，還許連個牧師也弄不到手呢！」這麼一想，亞力山大自己笑了一陣，沒對他妹妹說什麼。到了結婚的那天，他還給他們買了一對福建漆瓶。到如今伊太太看見這對瓶子就說：「哥哥多麼有審美的能力！這對瓶子至少還不值六七鎊錢！」除了這對瓶子，亞力山大還給了妹妹四十鎊錢的一張支票。

他們的兒女（正好一兒一女，不多不少，不偏不向。）都是在中國生的，可是都不很會說中國話。伊太太的教育原理是：小孩子們一開口就學下等言語——如中國話，印度話等等。——以後絕對不能有高尚的思想。比如一個中國小孩兒在懷抱裡便說英國話，成啦，這個孩子長大成人不會像普通中國人那麼討厭。反之，假如一個英國孩子一學話的時候就說中國話，無論怎樣，這孩子也不會有起色！英國的茄子用中國水澆，還能長得薄皮大肚一兜兒水嗎！她不許她的兒女和中國小孩子們一塊兒玩，只許他們對中國人說必不可少的那幾句話，像是：「拿茶來！」「去！」「一隻小雞！」……每句話後面帶著個「！」。

伊牧師不很贊成這個辦法，本著他的英國世傳實利主義，他很願意叫他的兒女學點中國話，將來回國或者也是掙錢的一條道兒。可是他不敢公然和他的夫人挑戰；再說伊太太也不是不明白實利主義的人，她不是不許他們說中國話嗎，可是她不反對他們學法文呢。其實伊太太又何嘗看得起法文呢；天下還有比英國話再好的！英國貴族，有學問的人，都要學學法文，所以她也不情願甘落人後；要不然，學法文？啧！……她的兒子叫保羅，女兒叫凱薩林。保羅在十二歲的時候就到英國來念書，到了英國把所知道的那些中國話全忘了，只剩下最得意的那幾句罵街的話。凱薩林是在中國的外國學校念書的，而且背著母親學了不少中國話，拿著字典也能念淺近的中國書。

……………

「凱！」伊太太在廚房下了命令：「預備個甜米布丁！中國人愛吃米！」

「可是中國人不愛吃擱了牛奶和糖的米，媽！」凱薩林姑娘說。

「你知道多少中國事？你知道的比我多？」伊太太梗著脖子說。她向來是不許世界上再有第二個人知道中國事像她自己知道的那麼多。什麼駐華公使咧，中國文學教授咧，她全沒看在眼裡。她常對伊牧師說：（跟別人說總得多費幾句話。）「馬公使懂得什麼？白拉西博士懂得什麼？也許他們懂得一點半點的中國事，可是咱們才真明白中國人，中國人的靈魂！」

凱薩林知道母親的脾氣，沒說什麼，低著頭預備甜米布丁去了。

伊太太的哥哥來了。

「倆中國人還沒來？」亞力山大在他妹妹的亂頭髮底下鼻子上邊找了塊空地親了一親。

「沒哪，進去坐著吧。」伊太太說，說完又到廚房去預備飯。

亞力山大來的目的是在吃飯，並不要和伊牧師談天，跟個傳教師有什麼可說的。

伊牧師把煙荷包遞給亞力山大。

「不，謝謝，我有——」亞力山大隨手把半尺長的一個金盒子掏出來，挑了支呂宋煙遞給伊牧師。自己又挑了一支插在嘴裡。噌的一聲劃著一枝火柴，腮梆子一凹，吸了一口；然後一凸，噗！把煙噴出老遠。看了看煙，微微笑了一笑，順手把火柴往煙碟兒裡一扔。

亞力山大跟他的妹妹一樣高，寬肩膀，粗脖子，禿腦袋，一嘴假牙。兩腮非常的紅，老像剛挨過兩個很激烈的嘴巴似的。衣裳穿得講究，從頭至腳沒有一點含忽的地方。他一手夾著呂宋煙，一手在腦門上按著，好像想什麼事，想了半天：「我說，那個中國人叫什麼來著？天津美利公司跑外的，楞頭磕腦的那小子。你明白我的意思？」

「張元。」伊牧師拿著那根呂宋煙，始終沒點，又不好意思放下，叫人家看出沒有吃呂宋的本事。

「對！張元！我愛那小子；你看，我告訴你：」亞力山大跟著吸了一口煙，又噗的一下把煙噴了個滿堂紅：「別看他傻頭傻腦的，他，更聰明。你看我的中國話有限，他又不會英文，可是我們辦事非常快當。你看，他進來說『二千塊！』我一點頭；他把貨單子遞給我。我說：『寫名字？』他點點頭；我把貨單簽了字。你看，完事！」說到這裡，亞力山大捧著肚子，哈哈的樂開了，呂宋煙的灰一層一層的全落在地毯上，直樂得腦皮和臉蛋一樣紅了，才怪不高興的止住。

伊牧師覺不出有什麼可笑來，推了推眼鏡，咧著嘴看著地毯上的煙灰。

馬家父子和溫都太太來了。她穿著件黃色的衫子，戴著寬沿的草帽。一進門被呂宋煙嗆的咳嗽了兩聲。馬老先生手裡捧著黑呢帽，不知道放在那裡好。馬威把帽子接過去，掛在衣架上，馬老先生才覺得舒坦一點。

「嘿嘍！溫都太太！」亞力山大沒等別人說話，站起來，舉著呂宋煙，甕聲甕氣的說：「有幾年沒看見你了！溫都先生好？他作什麼買賣呢？」

伊太太和凱薩林正進來，伊太太忙著把哥哥的話接過來：「亞力！溫都先生已經不在了！溫都太太！謝謝你來！溫都姑娘呢？」

「嘿嘍！馬先生！」亞力山大沒管他妹妹，撲過馬老先生來握手：「常聽我妹妹說道你們！你從上海來的？上海的買賣怎麼樣？近來鬧很多的亂子，是不是？

北京還是老張管著吧？那老傢伙成！我告訴你，他管東三省這麼些年啦，沒鬧過一回排外的風潮！你明白我的意思？在天津的時候我告訴他，不用管——」

「亞力！飯好了，請到飯廳坐吧！」伊太太用全身之力氣喊；不然，簡直的壓不過去他哥哥的聲音。

「怎麼著？飯得了？有什麼喝的沒有？」亞力山大把呂宋煙扔下，跟著大家走出客廳來。

「薑汁啤酒！」伊太太梗著脖子說。——她愛她的哥哥，又有點怕他，不然，她連啤酒也不預備。

大家都坐好了，亞力山大又嚷起來了：「至不濟還不來瓶香檳！」

英國人本來是最講規矩的，亞力山大少年的時候也是規矩禮道一點不差；自從到中國作買賣，他覺得對中國人不屑於講禮貌，對他手下的中國人永遠是吹鬍子瞪眼睛，所以現在要改也改不了啦。因為他這麼亂嚷不客氣，許多的老朋友現在全不理他了；這是他肯上伊牧師家來吃飯的原因；要是他朋友多，到處受歡迎，他那肯到這裡來受罪，喝薑汁啤酒！

「伊太太，保羅呢？」溫都太太問。

「他到鄉下去啦，還沒回來。」伊太太說，跟著用鼻子一指伊牧師：「伊牧師，禱告謝飯！」

伊牧師從心裡膩煩亞力山大，始終沒什麼說話，現在他得著機會，沒結沒完的禱告；他準知道亞力山大不願意，成心叫他多餓一會兒。亞力山大睜開好幾回眼看桌上的啤酒，心裡一個勁兒罵伊牧師。伊牧師剛說「阿門！」他就把瓶子抓起來，替大家斟起來，一邊斟酒一邊問馬老先生：「看英國怎樣？」

「美極了！」馬老先生近來跟溫都太太學的，什麼問題全答以：好極了！美極了！對極了！……

「什麼意思？美？」亞力山大透著有點糊塗，他心裡想不到什麼叫做美，除非告訴他「美」值多少錢一斤。他知道古玩鋪的大彩瓶美，展覽會的畫兒美，因為都號著價碼。

「啊？」馬老先生不知說什麼好，翻了翻白眼。

「亞力！」伊太太說：「遞給溫都太太鹽瓶兒！」

「對不起！」亞力山大把鹽瓶抓起來送給溫都太太，就手兒差點把胡椒麵瓶碰倒了。

「馬威，你愛吃肥的，還是愛吃瘦的？」伊姑娘問。

伊太太沒等馬威說話，梗著脖子說：「中國人都愛吃肥的！」跟著一手用叉子按著牛肉，一手用刀切；嘴唇咧著一點，一條眉毛往上挑著，好像要把誰殺了的神氣。

「好極了！」馬老先生忽然又用了個溫都太太的字眼，誰也不知道他為什麼說的。

牛肉吃完了，甜米布丁上來了。

「你能吃這個呀？」伊姑娘問馬威。

「可以，」馬威向她一笑。

「中國人沒有不愛吃米的，是不是？馬先生！」伊太太看著凱薩林，問馬先生。

「對極了！」馬老先生點著頭說。

亞力山大笑開了，笑得紅臉蛋全變紫了。沒有人理他，他妹妹也沒管他，直笑到嘴咧的有點疼了，他自己停住了。

馬威舀了一匙子甜米布丁，放在嘴唇上，半天沒敢往嘴裡送。馬老先生吞了一口布丁，伸著脖子半天沒轉眼珠，似乎是要暈過去。

「要點涼水吧？」伊姑娘問馬威。馬威點了點頭。
「你也要點涼水？」溫都太太很親熱的問馬老先生。
馬老先生還伸著脖子，極不自然的向溫都太太一笑。亞力山大又樂起來了。
「亞力！再來一點布丁？」伊太太斜著眼問。
伊牧師沒言語，慢慢的給馬家父子倒了兩碗涼水。他們一口布丁，一口涼水，算是把這場罪忍過去了。
「我說個笑話！」亞力山大對大夥兒說，一點沒管人家愛聽不愛聽。
溫都太太用小手輕輕的拍了幾下，歡迎亞力山大說笑話。
馬老先生見她鼓掌，忙著說了好幾個：「好極了！」
「那年我到北京，」亞力山大把大拇指插在背心的小兜兒裡，兩腿一直伸出去，脊梁在椅子背上放平了。「我告訴你們，北京，窮地方！一個大鋪子沒有，一個工廠沒有，街上挺髒！有人告訴我北京很好看，我看不出來；髒和美攙不到一塊！明白我的意思？」
「凱！」伊太太看見馬威的臉有點發紅，趕緊說：「你帶馬威去看看你兄弟的書房，回來咱們在客廳裡喝咖啡。保羅搜集了不少的書籍，他的書房簡直是個小圖書館，馬威，你同凱去看看。」

「你聽著呀！」亞力山大有點不願意的樣子：「我住在北京飯店，真叫好地方，你說喝酒，打檯球，跳舞，賭錢，全行！北京只有這麼一個好地方，你明白我的意思？吃完飯沒事，我到樓下打檯球，球房裡站著個黑鬍子老頭兒，中國人，老派的中國人；我就是愛老派的中國人，你明白我的意思？我一打，他撅著鬍子嘴一笑。我心裡說，這個老傢伙倒怪有意思的。我打完球，他還在那裡站著。我過去問他，用中國話問的，『喝酒不喝？』」亞力山大說這四個中國字的時候，脖子一仰，把拳頭擱在嘴上，閉著眼，嘴裡「嗜」的響了一聲——學中國人的舉動。

伊太太乘著他學中國人的機會，趕緊說：「請到客廳坐吧！」

伊牧師忙著站起來去開門，亞力山大奔過馬老先生去，想繼續說他的笑話。

溫都太太很想聽到過中國的人說中國事，對亞力山大說：

「到客廳裡去說，叫大家聽。」

「溫都太太，你的黃衫子可真是好看！」伊太太設盡方法想打斷亞力山大的笑話。

「好看極了！」老馬給伊太太補了一句。

大家到了客廳，伊太太給他們倒咖啡。

伊牧師笑著對溫都太太說：「聽話匣子吧？愛聽什麼片子？」

「好極了！可是請等蘭茱先生說完了笑話。」（蘭茱是亞力山大的姓。）

伊牧師無法，端起咖啡坐下了。亞力山大嗽了兩聲，繼續說他的笑話，心裡十分高興。

「溫都太太，你看，我問他喝酒不喝，他點了點頭，又笑了。我在前頭走，他在後面跟著，像個老狗——」

「亞力，遞給溫都太太一個——，溫都太太，愛吃蘋果，還是香蕉？」

亞力山大把果碟子遞給她，馬不停蹄的往下說：「『你喝什麼？』我說。『你喝什麼？』他說。『我喝灰色劑，』我說。『我陪著，』他說。我們一對一個的喝起來了，老傢伙真成，陪著我喝了五個，一點不含忽！」

「哈哈，蘭茱先生，你在中國敢情教給人家中國人喝灰色劑呀！」溫都太太笑著說。

伊牧師和伊太太一齊想張嘴說話，把亞力山大的笑話岔過去；可是兩個人同時開口，誰也沒聽出誰的話來，亞力山大乘著機會又說下去了：「喝完了酒，更新新了，那個老傢伙給了酒錢。會了賬，他可開了口啦，問我上海賽馬的馬票怎麼買，還是一定求我給他買，你們中國人都好賭錢，是不是？」他問馬老先生。

馬老先生點了點頭。

溫都太太嘴裡嚼著一點香蕉，低聲兒說：「教給人家賽馬賭錢，還說人家——」她還沒說完，伊牧師說：「溫都太太，張伯倫牧師還在——」

伊太太也開了口：「馬先生，你禮拜到那裡作禮拜去呢？」

亞力山大一口跟著一口喝他的咖啡，越想自己的笑話越可笑；結果，哈哈的樂起來了。

4

在保羅的書房裡，伊姑娘坐在她兄弟的轉椅上，馬威站在書架前面看：書架裡大概有二三十本書，莎士比亞的全集已經占去十五六本。牆上掛著三四張彩印的名畫，都是保羅由小市上六個銅子一張買來的。書架旁邊一張小桌上擺著一根鴉片煙槍，一對新小腳兒鞋，一個破三彩鼻煙壺兒，和一對半繡花的舊荷包。

保羅的朋友都知道他是在中國生的，所以他不能不給他們些中國東西看。每逢朋友來的時候，他總是把這幾件寶貝編成一套說詞：裹著小腳兒抽鴉片，這是裝鴉片的小壺，這是裝小壺之荷包。好在英國小孩子不懂得中國事，他怎說怎好。

「這就是保羅的收藏啊？」馬威回過身來向凱薩林笑著說。伊姑娘點了點頭。

她大概有二十七八歲的樣子。像她父親，身量不高，眼睛大，可是眼珠兒小。頭髮和她母親的一樣多，因為她沒有她媽媽那樣高大的身量，這一腦袋頭髮好像把她的全身全壓得不輕俏了。可是她並不難看，尤其是坐著的時候，小脊樑一挺，帶光的黃頭髮往後垂著，頗有一點東方婦女的靜美。說話的時候，嘴脣上老帶著點笑意，可是不常笑出來。兩隻手特別肥潤好看，不時的抬起來攏攏腦後的長頭髮。

「馬威，你在英國還舒服吧？」伊姑娘看著他問。

「可不是！」

「真的？」她微微的一笑。

馬威低著頭擺弄桌上那個小煙壺，待了半天才說：「英國人對待我們的態度，我不很注意。父親的事業可是——我一想起來就揪心！你知道，姐姐！」

他在中國叫慣了她姐姐，現在還改不過來：「中國人的脾氣，看不起買賣人，父親簡直的對作買賣一點不經心！現在我們指著這個舖子吃飯，不經心成嗎！我的話，他不聽；李子榮的話，他也不聽。他能一天不到舖子去，給溫都太太種花草。到舖子去的時候，一聽照顧主兒誇獎中國東西，他就能白給人家點什麼。伯父留下的那點錢，我們來了這麼幾個月，已經花了二百多鎊。他今天請人吃飯，明天請人喝酒，姐姐，你看這不糟心嗎！自要人家一說中國人好，他非請人家吃飯不可；人家再一誇他的飯好，得，非請第二回不可。

這還不提，人家問他什麼，他老順著人家的意思爬：普通英國人知道的中國事沒有一件是好的，他們最喜把這些壞事在中國人嘴裡證明了。比如人家問他有幾個妻子，他說『五六個！』我一問他，他急扯白臉的說：『人家信中國人都有好幾個妻子，為什麼不隨著他們說，討他們的喜歡！』有些個老頭兒老太太都把他愛成寶貝似的，因為他老隨著他們的意思說話嗎！

「那天高耳將軍講演英國往上海送兵的事，特意請父親去聽。高耳將軍講到半中腰，指著我父親說：『英國兵要老在中國，是不是中國人的福氣造化？我們問問中國人，馬先生，你說——』好，父親站起來規規矩矩的說：『歡迎英國兵！』

「那天有位老太太告訴他，中國衣裳好看。他第二天穿上綢子大褂滿街上走，招得一群小孩子在後面叫他Ｃｈｉｎｋ！他要是自動的穿中國衣裳也本來沒有什麼；不是，他只是為穿上討那位老太婆的喜歡。姐姐，你知道，我父親那一輩的中國人是被外國人打怕了，一聽外國人誇獎他們幾句，他們覺得非常的光榮。他連一釘點國家觀念也沒有，沒有，沒有——」

伊姑娘笑著歎了一口氣。

「國家主義。姐姐，只有國家主義能救中國！我不贊成中國人，像日本人一樣，造大炮飛艇和一切殺人的利器；可是在今日的世界上，大炮飛艇就是文明的表現！普通的英國人全咧著嘴笑我們，因為我們的陸海軍不成。我們打算抬起頭來，非打一回不可！——這個不合人道，可是不如此我們便永久不用想在世界上站住腳！」

「馬威！」伊姑娘拉住馬威的手：「馬威！好好的念書，不用管別的！我知道你的苦處，你受的刺激！可是空暴燥一回，能把中國就變好了嗎？不能！當國家亂的時候，沒人跟你表同情。你就是把嘴說破了，告訴英國人，法國人，日本人：『我們是古國，古國變新了是不容易的，你們應當跟我們表同情呀，不應當借火打劫呀！』這不是白饒嗎！人家看你弱就欺侮你，看你起革命就譏笑你，國與國的關係本來是你死我活的事。除非你們自己把國變好了，變強了，沒人看得起你，沒人跟你講交情。

「馬威，聽我的話，只有念書能救國；中國不但短大炮飛艇，也短各樣的人材；除了你成了個人材，你不配說什麼救國不救國！！現在你總算有這個機會到外國來，看看外國的錯處，看看自己國家的錯處，——咱們都有錯處，是不是？——然後冷靜的想一想。不必因著外面的些個刺激，便瞎生氣。英國的危險是英國人不念書；看保羅的這幾本破書，我媽媽居然有臉叫你來看；可是，英國真有幾位真念書的，真人材；這幾個真人材便叫英國站得住腳。一個人發明了治霍亂的藥，全國的人，全世界的人，便隨著享福。一個人發明了電話，全世界的人跟著享受。從一有世界直到世界消滅的那天，人類是不能平等的，永遠是普通人隨著幾個真人物腳後頭走。中國人的毛病也是不念書，中國所以不如英國的，就是連一個真念書的人物也沒有。

「馬威，不用瞎著急，念書，只有念書！你念什麼？商業，好，只有你能真明白商業，你才能幫助你的同胞和外國商人競爭！至於馬老先生，你和李子榮應當強迫他幹！我知道你的難處，你一方面要顧著你們的孝道，一方面又看著眼前的危險；可是二者不可得兼，從英國人眼中看，避危險比糊塗的講孝道好！我生在中國，我可以說我知道一點中國事；我是個英國人，我又可以說我明白英國事；拿兩國不同的地方比較一下，往往可以得到一個很明確妥當的結論。馬威，你有什麼過不去的地方，請找我來，我要是不能幫助你，至少我可以給你出個主意。

「你看，馬威！我在家裡也不十分快樂：父母和我說不到一塊兒，兄弟更不用提；可是我自己有我自己的事，作完了事，念我的書，也就不覺得有什麼苦惱啦！人生，據我看，只有兩件快活事：用自己的知識，和得知識！」

說到這裡，凱薩林又微微的一笑。

「馬威！」她很親熱的說：「我還要多學一點中文，咱們倆交換好不好？你教我中文，我教你英文，可是——」她用手攏了攏頭髮，想了一會兒：「在什麼地方呢？我不願意叫你常上這兒來，實在告訴你說，母親不喜歡中國人！上你那裡去？你們——」

「我們倒有間小書房，」馬威趕緊接過來說：「可是叫你來回跑道兒，未免——」

「那倒不要緊，因為我常上博物院去念書，離你們那裡不遠。等等，我還得想想；這麼著吧，你聽我的信吧！」

談到念英文，凱薩林又告訴了馬威許多應念的書籍，又告訴他怎麼到圖書館去借書的方法。

「馬威，咱們該到客廳瞧瞧去啦。」

「姐姐，我謝謝你，咱們這一談，叫我心裡痛快多了！」馬威低聲兒說。

凱薩林沒言語，微微的笑了笑。

5

伊太太和溫都寡婦的腦門兒差不多都擠到一塊了。伊太太的左手在磕膝蓋兒上放著，右手在肩膀那溜兒向溫都寡婦指著；好幾回差一點戳著溫都的小尖鼻子。溫都太太的小鼻子聳著一點，小嘴兒張著，腦袋隨著伊太太的手指頭上下左右的動，好像要咬伊太太的手。兩位嘁嘁喳喳的說，沒人知道她們說的是什麼。

亞力山大坐在椅子上，兩隻大腳伸出多遠，手裡的呂宋煙已經慢慢的自己燒滅了。他的兩眼閉著，臉蛋兒分外的紅，嘴裡哧呼哧呼的直響。

馬老先生和伊牧師低聲的談，伊牧師的眼鏡已經快由鼻子上溜下來了。

伊姑娘和馬威進來，伊太太忙著讓馬威喝咖啡。伊姑娘坐在溫都太太邊旁，加入她們的談話。

亞力山大的呼聲越來越響，特嚕一聲，把自己嚇醒了：「誰打呼來著？」他眨巴著眼睛問。

這一問，大家全笑了；連他妹妹都笑得腦後的亂頭髮直顫動。他自己也明白過來，也笑開了，比別人笑的聲音都高著一個調門兒。

「我說，馬先生，喝兩盅去！」亞力山大扶著馬老先生的肩膀說：「伊牧師，你也去，是不是？」

伊牧師推了推眼鏡，看著伊太太。

「伊牧師還有事呢！」伊太太說：「你和馬先生去吧，你可不許把馬先生灌醉了，聽見沒有？」

亞力山大向馬先生一擠眼，沒說什麼。

馬老先生微微一笑，站起來對馬威說：「你同溫都太太回家，我去喝一盅，就是一盅，不多喝；我老沒喝酒啦！」

馬威沒言語，看了看凱薩林。

亞力山大跟他外甥女親了個嘴，一把拉住馬先生的胳臂：「咱們走哇！」

伊太太和她哥哥說了聲「再見，」並沒站起來。伊牧師把他們送到門口。

「你真不去？」在門口亞力山大問。

「不！」伊牧師說，然後向馬先生：「一半天見，還有事跟你商議呢！」

兩個人出了藍加司特街，過了馬路，順著公園的鐵欄杆往西走。正是夏天日長，街上還不很黑，公園裡人還很多。公園裡的樹葉真是連半個黃的也沒有，花池裡的晚鬱金香開得像一片金紅的晚霞。池子邊上，挨著地的小白花，一片一片的像剛下的雪，叫人看著心中涼快了好多。隔著樹林，還看得見遠遠的一片水，一群白鷗上下的飛。水的那邊奏著軍樂，隔著樹葉，有時候看見樂人的紅軍衣。涼風兒吹過來，軍樂的聲音隨著一陣陣的送到耳邊。天上沒有什麼雲彩，只有西邊的樹上掛著一層淡霞，一條兒白，一條兒紅，和公園中的姑娘們的帽子一樣花哨。

公園對面的旅館全開著窗子，支著白地粉條，或是綠條的簾子，簾子底下有的坐著露著胳臂的姑娘，端著茶碗，賞玩著公園的晚景。

馬老先生看看公園，看看對面的花簾子，一個勁點頭誇好。心中好像有點詩意，可是始終作不成一句，因為他向來沒作過詩。

亞力山大是一直往前走，有時候向著公園裡的男女一冷笑。看見了皇后門街把口的一個酒館，他真笑了；舐了舐嘴唇，向馬老先生一努嘴。馬老先生點了點頭。

酒館外面一個瘸子拉著提琴要錢，亞力山大一扭頭作為沒看見。一個白鬍子老頭撅著嘴喊：「晚報——！晚報！」亞力山大買了一張夾在胳臂底下。

進了門，男男女女全在櫃檯前面擠滿了。一人手裡端著杯酒，一邊說笑一邊喝。一個沒牙的老太太在人群裡擠，臉蛋紅著，問大夥兒：「看見我的孩子沒有？」她只顧喝酒，不知道什麼工夫她的孩子跑出去啦。亞力山大等著這個老太太跑出去，拉著馬先生進了裡面的雅座。

雅座裡三面圍著牆全是椅子，中間有一塊地毯，地毯上一張鑲著玻璃心的方桌，桌子旁邊有一架深紫色的鋼琴。幾個老頭子，一人抱著一個牆角，閉著眼吸煙，酒杯在手裡托著。一個又胖又高的婦人，眼睛已經喝紅，搖著腦袋，正打鋼琴。她的旁邊站著個臉紅鬍子黃的傢伙，舉著酒杯，張著大嘴，（嘴裡只有三四個黑而危險的牙。）高唱軍歌。他的聲音很足，表情也好，就是唱的調子和鋼琴一點不發生關係。

看見馬先生進來，那個彈琴的婦人臉上忽然一紅，忽然一白，肩膀向上一聳，說：「喝！老天爺！來了個Ｃｈｉｎｋ！」說完，一抓頭，彈得更歡了，大胖腿在小凳上一起一落的碰得噗哧噗哧的響。那個唱的也忽然停住了，灌了一氣酒。四犄角的老頭兒全沒睜眼，都用煙袋大概其的向屋子當中指著，一齊說：「唱呀！喬治！」喬治又灌了一氣酒，吧的一聲把杯子放在小桌上，又唱起活兒來；還是歌和琴不發生關係。

「喝什麼，馬先生？」亞力山大問。

「隨便！」馬老先生規規矩矩的坐在靠牆的椅子上。

亞力山大要了酒，一邊喝一邊說他的中國故事。四角的老頭子全睜開了眼，看了馬先生一眼，又閉上了。亞力山大說話的聲音比喬治唱的還高還足，喬治賭氣子不唱了，那個胖婦人也賭氣子不彈了，都聽著亞力山大說。馬老先生看這個一眼，看那個一眼，抿著嘴笑一笑，喝一口酒。喬治湊過來打算和亞力山大說話，因為他的妹夫在香港當過兵，頗聽說過一些中國事。亞力山大是連片子嘴一直往下說，沒有喬治開口的機會；喬治咧了咧嘴，用他的黑而危險的牙示了示威，坐下了。

「再來一個？」亞力山大把笑話說到一個結束，問馬先生。馬老先生點了點頭。

「再來一個？」亞力山大把笑話又說到一個結束，又問馬先生。

馬老先生又點了點頭。

…………

喝來喝去，四個老頭全先後腳兒兩腿擰著麻花扭出去了。跟著，那個胖婦人也扣上帽子，一步三搖的搖出去。喬治還等著機會告訴亞力山大中國事，亞力山大是始終不露空。喬治看了看錶，一聲沒言語，溜出去；出了門，一個人唱開了。酒館的一位姑娘進來，笑著說：「先生，對不起！到關門的時候了！」

「謝謝，姑娘！」亞力山大的酒還沒喝足。可是政府有令，酒館是十一點關門；無法，只好走吧：「馬先生，走啊！」…………

天上的星密得好像要擠不開了。大街兩旁的樹在涼風兒裡搖動著葉兒，沙沙的有些聲韻。汽車不多了，偶爾過來一輛，兩只大燈把空寂的馬路照得像一條發光的冰河。車跑過去，兩旁的黑影登時把這條亮冰又遮蓋起來。公園裡的樹全在黑暗裡鼓動著花草的香味，一點聲音沒有，把公園弄成一片甜美的夢境。

馬老先生扶著公園的欄杆，往公園裡看，黑叢叢的大樹都像長了腿兒，前後左右亂動。而且樹的四圍掛著些亂飛的火星，隨著他的眼睛轉。他轉過身來，靠定鐵欄杆，用手揉了揉眼睛，那些金星兒還是在前面亂飛，而且街旁的煤氣燈全是一個燈兩道燈苗兒；有的燈杆子是彎的，好像被風吹倒的高粱稈兒。

腦袋也跟他說不來，不扶著點東西腦袋便往前探，有點要把兩腳都帶起來的意思；一不小心，兩腳還真就往空中探險。手扶住些東西，頭的「猴兒啃桃」運動不十分激烈了，可是兩條腿又成心搗亂。不錯，從磕膝蓋往上還在身上掛著，但是磕膝蓋以下的那一截似乎沒有再服從上部的傾向——真正勞工革命！街上的人也奇怪，沒有單行客，全是一對一對的，可笑！也不是誰把話匣子片上在馬先生的腦子裡啦，一個勁兒轉，耳朵裡聽得見，吱，吱，嗡，嗡，吱嗡吱嗡，一勁兒響。

心雖還很明白，而且很喜歡：看什麼都可笑；不看什麼時，也可笑。他看看燈杆子笑開了！笑完了，從欄杆上搬下一隻手來，往前一掄，嘴一咧：「那邊是家！慢慢的走，不忙！忙什麼？有什麼可忙的呀？喊！」……「亞力山大，不對，是亞力山大，他上那兒啦？好人！」說完了，低著頭滿處找：「剛才誰說話來著？」找了半天，手向上一掄，碰著鼻子了：「喊！這兒！這兒說話來著！對不對，老夥計？」

6

馬威和溫都太太到了家。因為和伊太太說話太多了，她有點乏啦。進了門，房裡一點聲音沒有，只聽見拿破侖在後院裡叫喚呢。溫都太太沒顧得摘帽子，三步兩步跑到後花園，拿破侖正在一棵玫瑰花下坐著：兩條前腿壁直，頭兒揚著，向天上的星星叫喚呢！聽見牠主母的腳步聲兒，牠一躥躥到她的眼前，一團毛似的在她腿上亂滾亂繞。

「哈嘍！寶貝！剩你一個人啦？瑪力呢？」溫都太太問。拿破侖一勁兒往上跳，吧吧的叫著，意思是說：「快抱抱我吧！瑪力出去不管我！我一共抄了三個大蒼蠅吃，嚇走了一個黑貓。」

溫都太太把狗抱到客廳裡去。馬威正從窗子往外望，見她進來，他低聲兒說：「父親怎麼還不回來呢！」

「瑪力也不知上那兒玩去啦？」溫都太太坐下說。

拿破侖在牠主母的懷裡，一勁兒亂動：甩牠的脖子在她的胸上蹭來蹭去。

「拿破侖，老實一點！我乏了！跟馬威去玩！」她捧著拿破侖遞給馬威，拿破侖乘機會用小尾巴抽了她的新帽子一下。馬威把牠接過來，拿破侖還是亂動亂頂，一點不老實。馬威輕輕的給牠從耳朵根兒往脖子底下抓，抓了幾下，拿破侖老實多了；用鼻子頂住馬威的胸口，伸著脖子等他抓。抓著抓著，馬威摸著點東西在小狗的領圈上掖著；細一看，原來是個小紙鬮兒，用兩根紅絲線拴著，馬威慢慢的解，拿破侖一動也不動的等著，只是小尾巴的尖兒輕輕的搖著。馬威把紙條解下來，遞給溫都太太。她把紙條舒展開，上面寫著：

「媽：晚飯全做糊啦，雞蛋攤在鍋上弄不下來。華盛頓找我來了，一塊去吃冰吉淩，晚上見。拿破侖在後院看著老馬的玫瑰呢。瑪力。」

溫都太太看完，順手把字條撕了；然後用手背遮著小嘴打了個哈哧。

「溫都太太，你去歇著吧，我等著他們！」馬威說。

「對了，你等著他們！你不喝碗咖啡呀？」

「謝謝，不喝了！」

「來呀，拿破侖！」溫都太太抱著小狗走出去。溫都太太近來頗有點喜歡馬威，一半是因為他守規矩，說話甜甘；一半是因為瑪力不喜歡他；溫都太太有點怪脾氣，最愛成心和別人別扭著。

馬威把窗子開開一點，坐在茶几旁邊的椅子上，往街上看。聽見個腳步聲兒，便往外看看，看了好幾回，都不是父親。從書架上拿下一本小說來，翻了幾篇，念不下去，又送回去了。有心試試鋼琴，一想天太晚了，沒敢彈。又回來坐在窗子裡面，皺著眉頭想：人家的青年男女多樂！什麼也不想，什麼也不慮。有煙卷吃，有錢看電影，有足球踢，完事！咱們？……

那個亞力山大！伊太太的那腦袋頭髮！伊姐姐，她的話是從心裡說出來的嗎？一定是！看她笑得多麼懇切！她也不快樂？反正也比我強！想到這裡，伊姑娘的影兒站在他面前了：頭髮在肩上垂著，嘴唇微動的要笑。他心裡痛快了一些，好像要想些什麼，可是沒等想出來，臉就紅了。……瑪力真可──，可是──她美！她又跟誰玩去了？叫別人看著她的臉，或者還許享受她的紅嘴唇？他的眉毛皺起來，握著拳頭在腿上捶了兩下。涼風兒從窗縫吹進來，他立起來對著窗戶深深的吸了一口氣。

一輛汽車遠遠的來了，馬威心中一跳；探頭往外看了看。車一閃的工夫到了門口，車裡說了聲：「就是這兒！」——瑪力的聲音！車門開開了，下來的並不是瑪力，是個大巡警！馬威慌著跑出來，還沒說話，那個大巡警向他一點頭。他跳過去，瑪力正從車裡出來。她的臉挺白，眼睛睜得挺大，帽子在手裡拿著，可是舉動還不十分驚慌。她指著車裡向馬威說：「你父親！」

「死——，怎麼啦？」馬威拉著車門向裡邊看。他不顧得想什麼，可是自然的想到：他父親一定是叫汽車給軋——至少是軋傷了！跟著，他嗓子裡像有些東西糊住，說不出話來，嘴唇兒不住的顫。

「往下抬呀！」那個大巡警穩穩當當的說。

馬威聽見巡警的話，才敢瞧他的父親。馬老先生的腦袋在車犄角裡掖著，兩條腿斜伸著，看著分外的長。一隻手歇歇鬆鬆的在懷裡放著；那一隻手心朝上在車墊子上擺著。腦門子上青了一塊，鼻子眼上有些血點，小鬍子嘴還像笑著。

「父親！父親！」馬威拉住父親一隻手叫；手是冰涼，可是手心上有點涼汗；大拇指頭破了一塊，血已經定了。

「抬呀！沒死，不要緊！」那個大巡警笑著說。

馬威把手放在父親的嘴上，確是還有呼吸，小鬍子也還微微的動著。他心裡安靜多了，看了大巡警一眼，跟著臉上一紅。

巡警，馬威和駛車的把醉馬抬下來，他的頭四面八方的亂搖，好像要和脖子脫離關係。嗓子裡咯碌咯碌的直出聲兒。三個人把他抬上樓去，放在床上，他嗓子裡又咯碌了一聲，吐出一些白沫來。

瑪力的臉也紅過來了，從樓下端了一罐涼水和半瓶白蘭地酒來。馬威把罐子和瓶兒接過來，她忙著攏了攏頭髮，然後又把水罐子拿過來，說：「我灌他，你去開發車錢！」馬威摸了摸口袋，只有幾個銅子，忙著過來輕輕的摸父親的錢包。打開錢包，拿出一鎊錢來遞給駛車的。駛車的眉開眼笑的咚咚一步下三層樓梯，跑出去了。馬威把錢包掖在父親的褥子底下，錢包的角兒上有個小硬東西，大概是那個鑽石戒指，馬威也沒心細看。

駛車的跑了，馬威趕緊給巡警道謝，把父親新買的幾支呂宋煙遞給他。巡警笑著挑了一支，放在兜兒裡，跟著過去摸了摸馬先生的腦門，他說：「不要緊了！喝大發了點兒，哎？」巡警說完，看了看屋裡，慢慢的往外走：「再見吧！」

瑪力把涼水給馬先生灌下去一點，又攏了攏頭髮，兩個腮梆兒一鼓，歎了一口氣。

馬威把父親的紐子解開，領子解下來，回頭對她說：「溫都姑娘，今個晚上先不用對溫都太太說！」

「不說！」她的臉又紅撲撲的和平常一樣好看了。

「你怎麼碰見父親的？」馬威問。

哇！馬老先生把剛灌下去的涼水又吐出來了。

瑪力看了看馬老先生，然後走到鏡子前面照了照，才說：「我和華盛頓上亥德公園了。公園的門關了以後，我們順著公園外的小道兒走。我一腳踩上一個軟的東西，嚇了我一大跳。往下一看，他，你父親！在地上大鱷魚似的爬著呢。我在那裡看著他，華盛頓去叫了輛汽車來，和一個巡警。巡警要把他送到醫院去，華盛頓說，你的父親是喝醉了，還是送回家來好。你看，多麼湊巧！我可真嚇壞了，我知道我的嘴直顫！」

「溫都姑娘，我不知道怎麼謝謝你才好！再見著華盛頓的時候，替我給他道謝！」馬威一手扶著床，一面看著她說。心裡真恨華盛頓，可是還非這麼說不可！

「好啦！睡覺去嘍！」瑪力又看了馬老先生一眼，往外走，走到門口回過頭來說：「再灌他點涼水。」

溫都太太聽見樓上的聲音，瑪力剛一下樓就問：「怎麼啦，瑪力？」

「沒事，我們都回來晚啦！拿破侖呢？」

「反正不能還在花園裡！」

「哈！得！明天見，媽！」

7

馬威把父親的衣裳脫下來，把氈子替他蓋好。馬老先生的眼睛睜開一點，嘴唇也動了一動，眼睛剛一睜，就閉上了！可是眼皮還微微的動，好像受不住燈光似的。馬威坐在床旁邊，看見父親動一下，心裡放下一點去。

「華盛頓那小子，天天跟她出去！」馬威皺著眉頭兒想：「可是他們救了父親！她今天真不錯；或者她的心眼兒本來不壞？父親？真糟！這要是叫汽車軋死呢？白死！亞力山大！好，明天找伊姑娘去！」

馬威正上下古今的亂想，看見父親的手在氈子裡動了一動，好像是要翻身；跟著，嘴也張開了：乾嘔了兩聲，迷迷忽忽的說：

「不喝了！馬威！」

說完，把頭往枕頭下一溜，又不言語了。

夜裡三點多鐘，馬老先生醒過來了。伸出手來摸了摸腦門上青了的那塊，已經凸起來，當中青，四邊兒紅，像個要壞的鴨蛋黃兒。心口上好像燒著一堆乾劈柴，把嗓子燒得一點一點的往外裂，真像年久失修的煙筒，忽然下面升上火。手也有點發僵，大拇指頭有點刺著疼。腦袋在枕頭上，倒好像在半空裡懸著，無著無靠的四下搖動。嘴裡和嗓子一樣乾，舌頭貼在下面，像塊乾透的木塞子。張張嘴，進來點涼氣，舒服多了；可是裡邊那股酸辣勁兒，一氣的往上頂，幾乎疑心嗓子裡有個小乾酸棗兒。

「馬威！我渴！馬威！你在那兒哪？」

馬威在椅子上打盹，腦子飄飄蕩蕩的似乎是作夢，可又不是夢。聽見父親叫，他的頭往下一低，忽然向上一抬，眼睛跟著睜開了。電燈還開著，他揉了揉眼睛，說：「父親，你好點啦？」

馬先生又閉上了眼，一手摸著胸口：「渴！」

馬威把一碗涼水遞給父親，馬老先生搖了搖頭，從乾嘴唇裡擠出一個字來，

「茶！」

「沒地方去做水呀，父親！」

馬老先生半天沒言語，打算忍一忍；嗓子裡辣得要命，忍不住了：

「涼水也行！」

馬威捧著碗，馬老先生欠起一點身來，瞪著眼睛，一氣把水喝淨。喝完，舐了舐嘴唇，把腦袋大咧咧的一擱，擱在枕頭旁邊了。

待了一會兒：

「把水罐給我，馬威！」

把一罐涼水又三下五除二的灌下去了，灌得嗓子裡直起水泡，還從鼻子嗆出來幾個水珠。肚子隨著咕碌碌響了幾聲，把手放在心口上！深深吸了一口氣。

「馬威！我死不了哇？」馬先生的小鬍子嘴一咧，低聲說：「把鏡子遞給我！」對著鏡子，他點了點頭。別處還都好，就是眼睛離離光光的不大好著。眼珠上橫著些血絲兒，下面還堆著一層黃不唧的矇。腦門上那塊壞鴨蛋黃兒倒不要緊，浮傷，浮傷！眼睛真不像樣兒了！

「馬威！我死不了哇？」

「那能死呢！」馬威還要說別的，可是沒好意思說。

馬老先生把鏡子放下，跟著又拿起來了，吐出舌頭來照了照。照完了舌頭，還是不能決定到底是「死不了哇」，還是「或者也許死了」。

「馬威！我怎麼——什麼時候回來的？」馬老先生還麻麻胡胡的記得：亞力山大，酒館，和公園；就是想不起怎麼由公園來到家裡了。

「溫都姑娘用汽車把你送回來了！」

「啊！」馬先生沒說別的，心裡有點要責備自己，可是覺得沒有下「罪己詔」的必要；況且父親對兒子本來沒有道歉的道理；況且「老要顛狂少要穩」，老人喝醉了是應當的；況且還不至於死；況且……想到這裡，心裡舒服多了；故意大大方方的說：「馬威，你睡覺去，我——死不了！」

「我還不睏！」馬威說。

「去你的！」馬老先生看見兒子不去睡覺，心裡高興極了，可是不能不故意的這麼說。好，「父慈子孝」嗎，什麼話呢！

馬威又把父親的氈子從新蓋好，自己團上條毯子在椅子上一坐。

馬老先生又忍了一個盹兒；醒了之後，身上可疼開了。大拇指頭和腦門子自然不用提，大腿根，胳臂肘，連脊樑蓋兒，全都擰著疼。用手周身的摸，本想發現些破碎的骨頭；沒有，什麼地方也沒傷，就是疼！知道馬威在旁邊，不願意哼哼出來；不行，非哼哼不可；而且乾嗓子一哼哼，分外的不是味兒。平日有些頭疼腦熱的時候，哼哼和念詩似的有腔有調；今天可不然了，腿根一緊，跟著就得哼哼，沒有拿腔作調的工夫！可是一哼哼出來，心裡舒服多了——自要舒服就好，管他有腔兒沒有呢！

哼哼了一陣，勻著空想到「死」的問題：人要死的時候可是都哼哼呀！就是別死，老天爺，上帝！一輩子還沒享過福，這麼死了太冤啊！……下次可別喝這麼多了，不受用！可是陪著人家，怎好不多喝點？交際嗎！自要不死就得！別哼哼了，哼哼不是好現象；把腦袋往枕頭下一縮，慢慢的又睡著了。

含著露水的空氣又被太陽的玫瑰嘴唇給吹暖了。倫敦又忙起來，送牛奶的，賣青菜的，都西力嘩啷的推著車子跑。工人們拐著腿，叼著小煙袋，一群群的上工。後院的花兒又有好些朵吐了蕊兒。拿破侖起來便到園中細細聞了一回香氣，還帶手兒活捉了兩個沒大睡醒的綠蒼蠅吃。

馬先生被街上的聲音驚醒，心裡還是苦辣，嘴裡乾的厲害，舌頭是軟中硬的像塊新配的鞋底兒。肚子有點空，可是胸口堵得慌，嗓子裡不住的要嘔，一嘴黏涎子簡直沒有地方銷售。腦門上的鵝頭，不那麼高了；可是還疼。

「死是死不了啦，還是不舒服！」

一想起自己是病人，馬先生心裡安慰多了：誰不可憐有病的人！回來，李子榮都得來瞧我！小孩子吃生蘋果，非挨打不可；可是吃得太多，以至於病了，好辦了；誰還能打病孩子一頓；不但不打，大家還給買糖來。現在是老人了，老人而變為病老人，不是更討人的憐愛嗎！對！病呀！於是馬先生又哼哼起來，而且頗有韻調。

馬威給父親用熱手巾擦了臉和手，問父親吃什麼。馬老先生只是搖頭。死是不會啦，有病是真的；有病還能說話？不說。

溫都太太已經聽說馬先生的探險史，覺得可笑又可氣；及至到樓上一看他的神氣，她立刻把母親的慈善拿出來，站在床前，問他吃什麼，喝什麼；他還是搖頭。她堅決的主張請醫生，他還是搖頭，而且搖得很凶。

溫都姑娘吃完早飯也來了。

「我說馬先生，今天再喝一回吧！」瑪力笑著說。馬老先生忽然噗哧一笑，倒把溫都太太嚇了一跳；笑完，覺著不大合適，故意哼唧著說：「嗐！瑪力姑娘，多虧了你！我好了，給你好好的買個帽子。」

「好啦，可別忘了！」瑪力說完跑出去了。

溫都太太到底給早飯端來了，馬老先生只喝了一碗茶。茶到食道裡都有點刺的慌。

馬威去找李子榮，叫他早一點上舖子去。溫都太太下樓去作事，把拿破侖留在樓上給老馬作伴兒。拿破侖跳上床去，從頭到腳把病人聞了一個透，然後偷偷的把馬先生沒喝了的牛奶全喝了。

馬威回來，聽見父親還哼哼，主張去請醫生，父親一定不答應。

「找醫生幹什麼？我一哼哼，一痛快，就好了！」

溫都太太從後院折來幾朵玫瑰，和一把桂竹香，都插在瓶兒裡擺在床旁邊。馬先生聞著花香，心裡喜歡了，一邊哼哼，一邊對拿破侖說：「你聞聞！你看看！世界上還有比花兒再美的東西沒有！誰叫花兒這麼美？你大概不知道，我呢——也不知道。花兒開了，挺香；忽然又謝了，沒了；沒意思！人也是如此，你們狗也是如此；誰也不知道是怎麼一回事！……哎！別死！你看，我死不了吧？」

拿破侖沒說什麼，眼睛釘住托盤裡的白糖塊，直舐嘴，可是不敢動。

晚上李子榮來了，給馬老先生買了一把兒香蕉，一小筐兒洋梅。馬老先生怕李子榮教訓他一場，一個勁兒哼哼。李子榮並沒說什麼，可是和馬威在書房裡嘀咕了半天。

亞力山大也不是那兒聽來的，也知道馬先生病啦，他很得意的給老馬買了一瓶白蘭地來。

「馬先生，真不濟呀，喝了那麼點兒就倒在街上啊？好，來這瓶兒吧！」他把酒放在小桌上，把呂宋煙點著，噴了幾口就把屋裡全熏到了。

「沒喝多！」老馬不哼哼了，臉上勉強著笑：「老沒喝了，乍一來，沒底氣！下回看，你看咱能喝多少！」

「反正街上有的是巡警！」亞力山大說完笑開了。

拿破侖聽見這個笑聲，偷偷跑來，把亞力山大的大皮鞋聞了個透，始終沒敢咬他的腳後跟——雖然知道這對肥腳滿有嘗嘗的價值。

8

倫敦的天氣變動的不大，可是變動得很快。天一陰，涼風立刻把姑娘們光著的白胳臂吹得直起小雞皮疙疸，老頭兒老太太便立刻迎時當令的咳嗽起來，爭先恐後的著了涼。伊牧師對於著涼是向來不落後的：看馬老先生回來，在公園大樹底下坐了一會兒。坐著坐著，鼻子裡有點發癢，跟著哆嗦了一下，打了個噴嚏。趕緊回家，到家就上床睡覺。伊太太給了他一杯熱檸檬水，又把暖水壺放在他被窩裡。他的噴嚏是一個比一個響，一個比一個猛；要不是鼻子長得結實，早幾下兒就打飛了。

伊牧師是向來不惹伊太太的，除了有點病，脾氣不好，才敢和她吵一回半回的。看著老馬摔得那個樣，心裡已經不大高興；回來自己又著了涼，更氣上加氣，越想越不自在。「好容易運來個中國教徒，好容易！叫亞力山大給弄成醉貓似的！咱勸人信教還勸不過來，他給你破壞！咱教人念《經》，他灌人家老白酒！全是他，亞力山大！啊——嚏！瞧！他要不把老馬弄醉，我怎能著了涼！全是他！啊——嚏！亞力山大？她的哥哥！非先跟她幹點什麼不可！他不該灌他酒，她就不該請他，亞力山大，吃飯！看，啊——啊——啊嚏！先教訓她一頓！」

想到這裡，有心把被子一撩，下去跟她搗一回亂；剛把氈子掀起一點，僅夠一股涼氣鑽得進來的，啊——嚏！老實著吧！性命比什麼也要緊！等明天再說！——可是病好一點，還有這點膽氣沒有呢？倒難說了：從經驗上看，他和她拌嘴，他只得過兩三次勝利，都是在他病著的時候。她說：「別說了，你有理，行不行？我不跟病人搗亂！」

就算她虛砍一刀，佯敗下去吧，到底「得勝鼓」是他的！病好了再說？她要是虛砍一刀才怪！……這回非真跟她幹不可啦，非幹不可！她？她的哥哥？一塊兒來！我給老馬施洗，你哥哥灌他酒！你還有什麼說的，我問你！再說，凱薩林一定幫助我。保羅向著他媽，哈哈，他沒在家。……其實為老馬也犯不上鬧架，不過，不鬧鬧怎麼對得起上帝！萬一馬威問我幾句呢！這群年青的中國人，比那群老黃臉鬼可精明多了！可惡！萬一溫都太太問我幾句呢？對，非鬧一場不可！再說，向來看亞力山大不順眼！

他把熱水瓶用腳往下推了推，把腳心燙得麻麻蘇蘇怪好受的，閉上了眼，慢慢的睡著了。

夜裡醒了，窗外正沙沙的下著小雨——又他媽的下雨！清香的涼風從窗子吹進來，把他的鼻子尖吹涼了好些。把頭往下一縮，剛要想明天怎麼和伊太太鬧，趕緊閉上眼：別想了，越想心越軟，心軟還能在這個世界上站得住！這個世界！吧，吧！吧，吧！街坊的大狗叫了幾聲。你叫什麼？這個世界不是為狗預備的！……

第二天早晨，凱薩林姑娘把他的早飯端來，伊牧師本想不吃，聞著雞子和鹹肉怪香的，哎，吃吧！況且，世界上除了英國人，誰能吃這麼好的早飯？不吃早飯？白作英國人！吃！而且都吃了！吃完了，心氣又壯起來了，非跟他們鬧一回不可；不然，對不起這頓早飯！

伊姑娘又進來問父親吃夠了沒有。他說了話：「凱！你母親呢？」

「在廚房呢，幹什麼？」伊姑娘端著托盤，笑著問。她的頭髮還沒梳好，亂蓬蓬的在雪白的脖子上堆著。

「馬老先生叫她的哥哥給灌醉了！」伊牧師眼睛亂動，因為沒戴著眼鏡，眼珠不知道往那兒瞧才對。

伊姑娘笑了一笑，沒說什麼。

「我用盡了心血勸他信了教，現在叫亞力山大給一掃而光弄得乾乾淨淨！」他又不說了，眼睛釘著她。

她又笑了笑——其實只是她嘴脣兒動了動，可是笑的意思滿有了，而且非常好看。

「你幫助我，凱？」

伊姑娘把托盤又放下，坐在父親的床邊兒上，輕輕拍著他的手。

「我幫助你，父親！我永遠幫助你！可是，何必跟母親鬧氣呢？以後遇見亞力山大舅舅的時候，跟他說一聲兒好了！」

「他不聽我的！他老笑我！」伊牧師自己也納悶：今天說話怎麼這樣有力氣呢：「非你媽跟他說不可；我不跟她鬧，她不肯和他說！」他說完自己有點疑心：或者今天是真急了。

伊姑娘看見父親的鼻子伸出多遠，腦筋也蹦著，知道他是真急了。她慢慢的說：「先養病吧，父親，過兩天再說。」

「我不能等！」他知道：病好了再說，沒有取勝的拿手；繼而又怕叫女兒看破，趕緊說：「我不怕她！我是家長！這是我的家！」

「我去跟母親說，你信任我，是不是，父親！」

伊牧師沒言語，用手擦了擦嘴角上掛著的雞蛋黃兒。——嘴要是小一點頗像剛出窩的小家雀。

「你不再要碗茶啦？父親！」凱薩林又把托盤拿起來。

「夠了！跟你媽去說！聽見沒有？」伊牧師明知道自己有點碎嘴子，病人嗎，當然如此！「跟你媽去說！」

「是了，我就去說！」伊姑娘笑著點了點頭，托著盤子輕輕走出去了。

「好，你去說！不成，再看我的！」他女兒出去以後，伊牧師向自己發橫：「她？啊！忘了告訴凱薩林把煙袋遞給我了！」他欠起身來看了看，看不見煙袋在那塊兒。「對了，亞力山大那天給我一支呂宋還沒抽呢。亞力山大！呂宋！想起他就生氣！」

吃過午飯，母女正談馬先生的醉事，保羅回來了。他有二十四五歲，比他母親個子還高。一腦袋稀黃頭髮，分得整齊，梳得亮。兩隻黃眼珠發著光往四下裡轉，可是不一定要看什麼。上身穿著件天藍的褂子，下邊一條法蘭絨的寬腿褲子。軟領子，繫著一條紅黃道兒的領帶。兩手插在褲兜兒裡，好像長在那塊了。嘴裡叼著小煙袋，煙早就滅了。

進了門，他從褲袋裡掏出一隻手來，把煙袋從嘴裡拔出來，跟他母親和姐姐大咧咧的親了個嘴。

「保羅，你都幹嗎來著，這些天？」伊太太看見兒子回來，臉上的乾肉頗有點發紅的趨勢，嘴也要笑。

「反正是那些事罷咧。」保羅坐下，把煙袋又送回嘴裡去，手又插在袋裡，從牙縫兒擠出這幾個字。

伊太太樂了。大丈夫嗎，說話越簡單越表示出男性來。本來嗎，幾個青年小夥子到野地紮帳棚玩幾天，有什麼可說的：反正是那些事罷咧！

「母親，你回來跟父親說說得了，他不舒服，脾氣不好。」凱薩林想把那件事結束一下，不用再提了。

「什麼事？」保羅像審判官似的問他姐姐。

「馬先生喝醉了！」伊太太替凱薩林回答。

「和咱們有什麼關係？」保羅的鼻子中間皺起一層沒秩序的紋兒來。

「我請他們吃飯，馬先生和亞力山大一齊出去了。」伊太太捎了凱薩林一眼。

「告訴父親，別再叫他們來，沒事叫中國人往家裡跑，不是什麼體面事！」保羅掏出根火柴，用指甲一掐，掐著了。

「嘔，保羅，別那麼說呀！咱們是真正基督徒，跟別人——，你舅舅請老馬喝了點——」

「全喝醉了？」

「亞力山大沒有，馬先生倒在街上了！」

「我知道亞力山大有根，我愛這老頭子，他行！」保羅把煙袋（又滅了）拔出來，擱在鼻子底下聞了聞。回頭向他姐姐說：「老姑娘，這回又幫助中國人說舅舅不好哇？不用理他們，中國人！你記得咱們小的時候用小泥彈打中國人的腦袋，打得他們亂叫！」

「我不記得了！」凱薩林很冷靜的說。

冷不防，屋門開了，伊牧師披著長袍子，像個不害人的鬼，進來了。

「你快回去！剛好一點，我不許你下來！」伊太太把他攔住。

伊牧師看了他兒子一眼。

「哈嘍！老朋友！你又著了涼？快睡覺去！來，我背著你。」

保羅說完，扔下煙袋，連拉帶扯把父親弄到樓上去了。

伊牧師一肚子氣，沒得發散，倒叫兒子抬回來，氣更大了。躺在床上，把亞力山大給的那支呂宋煙一氣抽完，一邊抽煙，一邊罵亞力山大。

9

城市生活發展到英國這樣，時間是拿金子計算的：白費一刻鐘的工夫，便是丟了，說，一塊錢吧。除了有金山銀海的人們，敢把時間隨便消磨在跳舞，看戲，吃飯，請客，說廢話，傳布謠言，打獵，游泳，生病；其餘普通人的生活是要和時辰鐘一對一步的走，在極忙極亂極吵的社會背後，站著個極冷酷極有規律的小東西——鐘擺！人們的交際來往叫「時間經濟」給減去好大一些，於是「電話」和「寫信」成了文明人的兩件寶貝。白太太的丈夫死了，黑太太給她寫封安慰的信，好了，忙！白太太跟著給黑太太在電話上道了謝，忙！

馬老先生常納悶：送信的一天送四五次信，而且差不多老是挨著家兒拍門；那兒來的這麼多的信呢？溫都太太幾乎每天晚上拿著小鋼筆，皺著眉頭寫信；給誰寫呢？有什麼可寫的呢？他有點懷疑，也不由的有點醋勁兒：她，拿著小鋼筆，皺著眉頭，怪好看的；可是，決不是給他寫信！外國娘們都有野——！馬老先生說不清自己是否和她發生了戀愛，只是一看見她給人家寫信，心裡便有點發酸，奇怪！

溫都太太，自從馬家父子來了以後，確是多用了許多郵票：家裡住著兩個中國人，不好意思請親戚朋友來喝茶吃飯；讓親友跟二馬一塊吃吧？對不起親友，叫客人和一對中國人坐在一桌上吃喝！叫二馬單吃吧？又太麻煩；自然二馬不在乎在那兒吃飯，可是自己為什麼受這份累呢！

算了吧，給他們寫信問好，又省事，又四面討好。況且，在馬家父子來了以後，她確是請過兩回客，人家不來！她在回信裡的字裡行間看得出來：「我們肯跟兩個中國人一塊吃飯嗎！」自然信裡沒有寫得這麼直率不客氣，可是她，又不是個傻子，難道看不出來嗎！

因為這個，她每逢寫信差不多就想到：瑪力說的一點不假，不該把房租給兩個中國人！瑪力其實一點影響沒受，天天有男朋友來找她，一塊出去玩。我，溫都太太叫著自己，可苦了：不請人家來吃飯，怎好去吃人家的；沒有交際！為兩個中國人犧牲了自己的快樂！她不由的掉了一對小圓淚珠！可是，把他們趕出去？他們又沒有大錯處；況且他們給的房錢比別人多！寫信吧，沒法，皺著眉頭寫！

早飯以前，瑪力撓著短頭髮先去看有信沒有。兩封：一封是煤氣公司的賬條子，一封是由鄉下來的。

「媽，多瑞姑姑的信，看這個小信封！」

溫都太太正做早飯，騰不下手來，叫瑪力給她念。瑪力用小刀把信封裁開：

「親愛的溫都，

謝謝你的信。我的病又犯了，不能到倫敦去，真是對不起！你們那裡有兩個中國人住著，真的嗎？

你的好朋友，多瑞。」

瑪力把信往桌上一扔，吹了一口氣：「得，媽！她不來！『你們那裡有兩個中國人住著！』看出來沒有？媽！」

「她來，我們去歇夏；她不來，我們也得去歇夏！」溫都太太把雞蛋倒在鍋裡，油往外一濺，把小白腕子燙了一點：「Damn！」

早飯做好，溫都太太把馬老先生的放在托盤裡，給他送上樓去。馬老先生的醉勁早已過去了，腦門上的那塊傷也好了；可是醉後的反動，非常的愼重，早晨非到十一點鐘不起來，早飯也在床上吃。她端著托盤，剛一出廚房的門，拿破侖恰巧從後院運動回來；牠冷不防往上一撲，她腿一軟，坐在門兒裡邊了，托盤從「四平調」改成「倒板」，嘩啦！攤雞子全貼在地毯上，麵包正打拿破侖的鼻子。小狗看了看她，聞了聞麵包，知道不是事，夾著尾巴，兩眼溜球著又上後院去了。

「媽！怎麼啦？」瑪力把母親攙起來，扶著她問：「怎麼啦？媽！」

溫都太太的臉白了一會兒，忽然通紅起來。小鼻子尖子出了一層冷汗珠，嘴唇一勁兒顫，比手顫的速度快一些。她呆呆的看著地上的東西，一聲沒出。

瑪力的臉也白了，把母親攙到一把椅子旁邊，叫她坐下；自己忙著撿地上的東西，有地毯接著，碟子碗都沒碎，只是牛奶罐兒的把兒掉了一半。

「媽！怎麼啦？」

溫都太太的臉更紅了，一會兒把一生的苦處好像都想起來。嘴唇兒顫著顫著，忽然不顫了；心中的委屈破口而出，頗有點碎嘴子：

「瑪力！我活夠了！這樣的生活我不能受！錢！錢！錢！什麼都是錢！你父親為錢累死了！我為錢去作工，去受苦！現在我為錢去服侍兩個中國人！叫親友看不起！錢！世界上的聰明人不會想點好主意嗎？不會想法子把錢趕走嗎？生命？沒有樂趣！——除非有錢！」

說完了這一套，溫都太太痛快了一點，眼淚一串一串的往下落。瑪力的眼淚也在眼圈兒裡轉，不知道說什麼好，只用小手絹給母親擦眼淚。

「媽！不願意服侍他們，可以叫他們走呀！」

「錢！」

「租別人也一樣的收房錢呀，媽！」

「還是錢！」

瑪力不明白母親的意思，看母親臉上已經沒眼淚可擦，擦了擦自己的眼睛。溫都太太半天沒言語。

「瑪力，吃你的飯，我去找拿破侖。」溫都太太慢慢站起來。

「媽？你到底怎麼倒在地上了？」

「拿破侖猛的一撲我，我沒看見牠。」

瑪力把馬威叫來吃早飯。他看瑪力臉上的神氣，沒跟她說什麼；先把父親的飯（瑪力給從新打點的）端上去，然後一聲沒言語把自己的飯吃了。

吃過飯，瑪力到後院去找母親。溫都太太抱著拿破侖正在玫瑰花池旁邊站著。太陽把後院的花兒都照起一層亮光；微風吹來，花朵和葉子的顫動，把四圍的空氣都弄得分外的清亮。牆角的蒲公英結了好幾個「老頭兒」，慢慢隨著風向空中飛舞。拿破侖一眼溜著牠的主母，一眼捎著空中的白鬍子「老頭兒」，羞答答的不敢出聲。

「媽！你好啦吧？」

「好啦，你走你的吧。已經晚了吧？」溫都太太的臉不那麼紅了，可是被太陽曬的有點乾巴巴的難過；因為在後院抱著拿破侖又哭了一回，眼淚都是叫日光給曬乾了的。拿破侖的眼睛也好像有點濕，看見瑪力，輕輕搖了搖尾巴。

「拿破侖，你給媽賠不是沒有？你個淘氣鬼，給媽碰倒了，是你不是？」瑪力看著母親，跟小狗說。

溫都太太微微一笑：「瑪力，你上工去吧，晚了！」

「再見，媽媽！再見，拿破侖！媽，你得去吃飯呀！」

拿破侖看見主母笑了，試著聲兒吧吧叫了兩聲，作為向瑪力說「再見」。

10

瑪力走了以後，溫都太太抱著拿破侖回到廚房，從新沏了一壺茶，煮了一個雞子。喝了一碗茶；吃了一口雞子，咽不下去，把其餘的都給了拿破侖。有心收拾傢伙，又懶得站起來；看了看外面：太陽還是響晴的。

「到公園轉個圈子去吧？」拿破侖聽說上公園，兩隻小耳朵全立起了，順著嘴角直滴答唾沫。

溫都太太換了件衣裳，擦了擦皮鞋，戴上帽子；心裡一百多個不耐煩，可是被英國人的愛體面，講排場的天性鼓動著，要上街就不能不打扮起來，不管心裡高興不高興。況且自己是個婦人，婦人？美的中心！不穿戴起來還成！這群小姑娘們，連瑪力都算在裡頭，不懂的什麼叫美：短裙子露著腿，小帽子像個雞蛋殼！沒法說，時代改了，誰也管不了！自己要是還年輕也得穿短裙子，戴小帽子！反正女人穿什麼，男人愛什麼！男人！就是和男人說說心裡的委屈才痛快！老馬？呸！一個老中國人！他起來了沒有？上去看看他？管他呢，「拿破侖！來！媽媽給你梳梳毛，那裡滾得這麼髒？」拿破侖伸著舌頭叫她給梳毛兒，抬起右腿彈了彈脖子底下，好像那裡有個蝨子，其實有蝨子沒有，牠自己也說不清。

到了大街，坐了一個銅子的汽車，坐到瑞貞公園。坐在汽車頂上，暖風從耳朵邊上嗖嗖的吹過去，她深深的吸了一口氣。拿破侖扶著汽車的欄杆立著，探著頭想咬下道旁楊樹的大綠葉兒來，汽車走得快，始終咬不著。

瑞貞公園的花池子滿開著花，深紅的繡球，淺藍的倒掛金鐘，還有多少叫不上名兒來的小矮花，都像向著陽光發笑。土坡上全是蜀菊，細高的梗子，大圓葉子，單片的，一團肉的，傻白的，鵝黃的花，都像抿著嘴說：「我們是『天然』的代表！我們是夏天的靈魂！」

兩旁的大樹輕俏的動著綠葉，在細沙路上印上變化不定的花紋。樹下大椅子上坐著的姑娘，都露著胳臂，樹影兒也給她們的白胳臂上印上些一塊綠，一塊黃的花紋。溫都太太找了個空椅子坐下，把拿破侖放在地下。她聞著花草的香味，看著從樹葉間透過的幾條日光，心裡覺得舒展了好些。腦子裡又像清楚，又像迷糊的，想起許多事兒來。

風兒把裙子吹起一點，一縷陽光射在腿上，暖忽忽的全身都像癢癢了一點；趕緊把裙子正了一正，臉上紅了一點。二十年了！跟他在這裡坐著！遠遠的聽見動物園中的獅子吼了一聲，啊！多少日子啦，沒到動物園去！瑪力小的時候，他抱著她，我在後面跟著，拿著些乾糧，一塊兒給猴兒吃！那時候，多快樂！那時候的花一定比現在的香！生命？慘酷的變化！越變越壞！服侍兩個中國人？

夢想不到的事！回去吧！空想有什麼用處！活著，人們都得活著！老了？不！看人家有錢的婦女，五十多歲還一朵花兒似的！瑪力不會想這些事，啊，瑪力要是出嫁，剩下我一個人，更冷落了！冷落！樹上的小鳥叫了幾聲：「冷落！冷落！」回去吧，看看老馬去吧！——為什麼一心想著他呢？奇怪男女的關係！他是中國人，人家笑話咱！為什麼管別人說什麼呢？一個小麻雀擦著她的帽沿飛過去；可憐的小鳥，終日為找食兒飛來飛去！

拿破侖呢？不見了！「拿破侖！」她站起來四下看，沒有小狗。

「看見拿破侖沒有？」她問一個小孩子，他拿著一個小罐正在樹底下撿落下來的小紅豆兒。

「拿破侖？法國人？」小孩子張著嘴，用小黃眼珠看著她。

「不是，我的小狗。」她笑了笑。

小孩子搖了搖頭，又蹲下了：「這裡一個大的！」

溫都太太慌慌張張的往公園裡邊走，花叢裡，樹後邊，都看了看，沒有小狗！她可真急了，把別的事都忘了，一心想找著拿破侖。

她走過公園的第二道門，兩眼張望著小河的兩岸，還是沒有拿破侖的影兒。

河裡幾個男女搖著兩只小船，看見她的帽子，全笑起來了。她顧不得他們是笑她不是，順著河岸往遠處瞧。還是沒有！她的眼淚差不多要掉下來了，腿也有點軟，一下子坐在草地上了。那群男女還笑呢！笑！沒人和你表同情！看他們！身上就穿著那麼一點衣裳！拿破侖呢？小橋下兩隻天鵝領著一群小的，往一棵垂柳底下浮，把小橋的影子用水浪打破了。小橋那邊站著一個巡警，心滿氣足的站在那裡好像個銅像。「問問他去。」溫都太太想。剛要立起來，背後叫了一聲：「溫都太太！」

馬威！抱著拿破侖！

「嘔！馬威！你！你在那兒找著牠了？」溫都太太忙著把狗接過來，親了幾個嘴：「你怎麼在這兒玩哪？坐下，歇一會兒咱們一塊回去。」她喜歡的把什麼都忘了，甚至於忘了馬威是個中國人。

「我在那裡看小孩們釣魚，」馬威指著北邊說：「忽然有個東西碰我的腿，一看，是牠！」

「你個壞東西，壞寶貝！叫你媽媽著急！還不給馬威道謝！」拿破侖向馬威吧吧了兩聲。

抱著小狗，溫都太太再看河上的東西都好看了！「看那些男女，身體多麼好！看那群小天鵝，多麼有趣！」

「馬威，你不搖船嗎？」

馬威搖了搖頭。

「搖船是頂好的運動，馬威！游泳呢？」

「會一點。」馬威微微一笑，坐在她旁邊，看著油汪汪的河水，托著那群天鵝浮悠浮悠的動。

「馬威，你近來可瘦了一點。」

「可不是，父親——你明白——」

「我明白！」溫都太太點著頭說，居然有點對馬威，中國人，表同情。

「父親——！」馬威要說沒說，只搖了搖頭。

「你們還沒定規上那裡歇夏去哪？」

「沒呢。我打算——」馬威又停住了，心裡說：「我愛你的女兒，你知道嗎？」

那個撿紅豆的小孩子也來了，看見她抱著小狗，他用手擦著汗說：

「這是你的拿破侖吧？姑娘！」

聽小孩子叫她「姑娘」，溫都太太笑了。

「喝！姑娘，你怎麼跟個中國人一塊坐著呀？」

「他？他給我找著了狗！」溫都太太還是笑著說。

「哼！」小孩子沒言語，跑在樹底下，找了根矮枝子，要打忽悠悠。忽然看見橋邊的巡警，沒敢打，拿起小罐跑啦。

「小孩子，馬威，你別計較他們！」

「不！」馬威說。

「我反正不討厭你們中國人！」溫都太太話到嘴邊，沒說出來：「自要你們好好兒的！你們笑話中國人，我偏要他們！」溫都太太的怪脾氣又犯了，眼睛看著河上的白天鵝，心裡這樣想。

「下禮拜瑪力的假期到了，我們就要去休息幾天。你們在外邊吃飯，成不成！」

「啊！成！瑪力跟你一塊兒去，溫都太太？」馬威由地上拔起一把兒草來。

「對啦！你看，我本來打算找個人給你們作飯——」

「人家不伺候中國人？」馬威一笑。

溫都太太點了點頭，心中頗驚訝馬威會能猜透了這個。在英國人看，除了法國人有時候比英國人聰明一點，別人全是傻子。在英國人看，只有英國人想的對，只有英國人能明白他們自己的思想；英國人的心事要是被人猜透，不但奇怪，簡直奇怪的厲害！

「馬威，你看我的帽子好看，還是瑪力的好看？」溫都太太看馬威精明，頗要從心理上明白中國人的「美的觀念」，假如中國人也有這麼一種觀念。

「我看都好。」

「這沒回答了我的問題！」

「你的好看！」

「見瑪力，說瑪力的好看？」

「真的，溫都太太，你的帽子確是好看！父親也這麼說。」

「啊！」溫都太太把帽子摘下來，用小手巾抽了一抽。

「我得走啦！」馬威看了看錶說：「伊姑娘今天找我來念書！你不走嗎？溫都太太！」

「好，一塊兒走！」溫都太太說，說完自己想：「誰愛笑話我，誰笑話，我不在乎！偏跟中國人一塊走！」

11

馬威近來常拿著本書到瑞貞公園去。找個清靜沒人的地方一坐，把書打開——不一定念。有時候試著念幾行，皺著眉頭，咬著大拇指頭，翻過來掉過去的念；念得眼睛都有點起金花兒了，不知道念的是什麼。把書放在草地上，狠狠的在腦杓上打自己兩拳：「你幹什麼來的？不是為念書嗎！」恨自己沒用，打也白饒；反正書上的字不往心裡去！

不光是念不下書去，吃飯也不香，喝茶也沒味，連人們都不大願招呼。怎麼了？——她！只有見了她，心裡才好受！這就叫作戀愛吧？馬威的顴骨上紅了兩小塊，非常的燙。別叫父親看出來，別叫——誰也別看出來，連李子榮算在裡頭！可是，他媽的臉上這兩點紅，老是燙手熱！李子榮一定早看出來了！

天天吃早飯見她一面，吃晚飯再見一面；早飯晚飯間隔著多少點鐘？一二三四……沒完，沒完！有時候在晚飯以前去到門外站一站，等著她回來；還不是一樣？她一點頭，有時候笑，有時候連笑都不笑，在門外等她沒用！上她的鋪子去看看？不妥當！對，上街上去繞圈兒，萬一遇見她呢！萬一在吃午飯的時候遇見她，豈不是可以約她吃飯！明知道她的事情是在鋪子裡頭做的，上街去等有什麼用，可是萬一……！

在街上站一會兒，走一會兒；汽車上，鋪子裡，都看一眼，萬一她在那個汽車上，我！飛上去！啊！自己嚇自己一跳，她！細一看，不是！有時候隨著個姑娘在人群裡擠，踩著了老太太的腳尖也不顧得道歉，一勁兒往前赴！趕過去了，又不是她！這個姑娘的臉沒有她的白，帽子衣裳可都一樣；可惡！和她穿一樣的衣裳！再走，再看……心裡始終有點疼，臉上的紅點兒燙手熱！

下雨？下雨也出去；萬一她因為下雨早下工呢！「馬威你糊塗！那有下雨早放工的事！沒關係，反正是坐不住，出去！」傘也不拿，恨拿傘，擋著人們的臉！淋得精濕，帽子往下流水，沒看見她！

她，真是她！在街那邊走呢！他心裡跳得快了，腿好像在褲子裡直轉圈。趕她！但是，跟她說什麼呢？請她吃飯？現在已經三點了，那能還沒吃午飯！請喝茶，太早！萬一她有要緊事呢，耽誤了她豈不……萬一她不理我呢？……街上的人看我呢？萬一她生了氣，以後永不理我呢？

都快趕上她了，他的勇氣沒有了。站住了，眼看著叫她跑了！要不是在大街上，真的他得哭一場！怎麼這樣沒膽氣，沒果斷！心像空了一樣，不知道怎樣對待自己才好：恨自己？打自己？可憐自己？這些事全不在乎他自己，她！她拿著他的心！

消極方法：不會把她撇在腦後？不會不看她？世界上姑娘多著呢，何必單愛她？她，每到禮拜六把嘴唇擦得多麼紅，多麼難看？她是英國人，何必呢，何必愛個外國人呢？將來總得回國，她能跟著我走嗎？不能！算了吧，把她扔在九霄雲外吧！——她又回來了，不是她，是她的影兒！笑渦一動一動的，嘴唇兒顫著，一個白牙咬著一點下嘴唇，黃頭髮曲曲著，像一汪兒日光下的春浪。她的白嫩的脖子，直著，彎著，都那麼自然好看。說什麼也好，想什麼也好，只是沒有說「瑪力」，想「瑪力」那麼香甜！

假如我能抱她一回？命，不算什麼，捨了命作代價！跟她上過一回電影院，在黑燈影裡摸過她的手，多麼潤美！她似乎沒介意，或者外國婦女全不介意叫人摸手！她救我的父親，一定她有點意；不然，為什麼許我摸她的手，為什麼那樣誠懇的救我父親？慢慢的來，或者有希望！華盛頓那小子！他不但摸她的手，一定！一定也……我恨他！

她要是個中國婦人，我一定跟她明說：「我愛你！」可是，對中國婦人就有這樣膽氣嗎？馬威！馬威！你是個乏人，沒出息！不想了！好好念書！父親不成，我再不成，將來怎辦！誰管將來呢，現在叫我心不疼了，死也幹！……眼前水流著，鳥兒飛著，花在風裡動著：水，鳥，花，或者比她美，然而人是人，人是肉作的，戀愛是由精神上想不透，在肉體上可以享受或忍痛的東西；壓制是沒用的！

伊姑娘？嘔！她今天來念書！念書？嗐！非念不可。

溫都太太抱著小狗，馬威後面跟著，一同走回來。走到門口，伊姑娘正在階下立著。她戴著頂藍色的草帽，帽沿上釘著一朵淺粉的絹花。藍短衫兒，襯著件米黃的綢裙，腦袋歪著一點，很安靜的看著自己的影兒，在白階石上斜射著。

「她也好看！」馬威心裡說。

「啊，伊姑娘！近來可好？進來吧！」溫都太太和凱薩林拉了拉手。

「對不起，伊姑娘，你等了半天啦吧？」馬威也和她握手。

「沒有，剛來。」伊姑娘笑了笑。

「伊姑娘，你上樓吧，別叫我耽誤你們念書。」溫都太太抱著拿破侖，把客廳的門開開，要往裡走。

「待一會兒見，溫都太太。」伊姑娘把帽子掛在衣架上，攏了攏頭髮，上了樓。

馬老先生正要上街去吃午飯，在樓梯上遇見凱薩林。「伊姑娘，你好？伊牧師好？伊太太好？你兄弟好？」馬老先生的問好向來是不折不扣的。

「都好，馬先生。你大好了？我舅舅真不對，你——」

「沒什麼，沒什麼！」馬先生嗓子裡咯了幾聲，好像是樂呢：「我自己不好。他是好意，哥兒們一塊湊個熱鬧。唏，唏，唏。」

「馬先生，你走吧，我和馬威念點書。」伊姑娘一閃身讓馬老先生過去。

「那麼，我就不陪了，不陪了！唏，唏，唏，」馬老先生慢慢下了兩層樓梯，對馬威說：「我吃完飯上鋪子去。」說的聲音很小，恐怕叫凱薩林聽見。「上鋪子去」不是什麼光榮事；「上衙門去」才夠派兒。

凱薩林坐在椅子上，掏出一本雜志來。

「馬威，你教我半點鐘，我教你半點鐘。我把這本雜志上的一段翻成中國話，你逐句給我改。你打算念什麼？」

馬威把窗子開開，一縷陽光正射在她的頭髮上，那圈金光，把她襯得有點像圖畫上的聖母。他拉了把椅子坐在她的裡首，因為怕擋住射在她頭上的那縷陽光。「她的頭髮真好，比瑪力的還好！然而不知道為什麼，瑪力總是比她好看。瑪力的好看往心裡去，凱薩林只是個好看的老姐姐。」馬威心裡想，聽見她問，趕緊斂了斂神，說：「你想我念什麼好，伊姐姐？」

「念小說吧，你去買本韋爾斯的《保雷先生》，你念我聽，多咱我聽明白了，多咱往下念，這樣你可以一字字的念真了，念正確了。至於生字呢，你先查出來，然後我告訴你那個意思最恰當。這麼著，好不好？你要有好主意，更好。」

「就這麼辦吧，姐姐。我今天沒書，先教你，下回你教我。」

「叫我占半點鐘的便宜？」凱薩林看著他笑了笑。馬威陪著笑了笑。

⋯⋯⋯⋯

「媽！媽！你買了新帽子啦？」瑪力一進門就看見凱薩林的藍草帽兒了。

「那兒呢？」溫都太太問。

「那兒！」瑪力指著衣架，藍眼珠兒含著無限的羨慕。

「那不是我的，伊姑娘的。」

「嘔！媽，我也得買這麼一頂！她幹什麼來了？哼，我不愛那朵粉花兒！」瑪力指點出帽子的毛病來，為是減少一點心中的羨慕，羨慕和嫉妒往往是隨著來的。

「你怎麼這麼早就回來啦？」溫都太太問。

「我忘了說啦，媽！我不放心你，早晨你摔了那麼一下子，我還得趕緊回去！你好啦吧，媽？媽，我要那樣的帽子！我們的鋪子裡不賣草帽，她也不是那兒買的？」瑪力始終沒進屋門，眼睛始終沒離開那頂帽子；帽子的藍色和她的藍眼珠似乎聯成了一條藍線！

「瑪力，你吃了飯沒有？」

「就吃了一塊杏仁餅，一碗咖啡，為是忙著來看你嗎！」瑪力往衣架那邊挪了一步。

「我好了，你去吧！謝謝你，瑪力！」

「媽，凱薩林幹什麼來了？」

「跟馬威學中國話呢。」

「趕明兒我也跟他學學！」瑪力瞪了那個藍帽子一眼。

瑪力剛要往外走，伊姑娘和馬威從樓上下來了。伊姑娘一面招呼她們母女，一面順手兒把帽子摘下來，戴上，非常的自然，一點沒有顯排帽子的樣兒，也沒有故意造作的態度。

「瑪力，你的氣色可真好！」凱薩林笑著說。

「伊姑娘，你的帽子多麼好看！」瑪力的左嘴犄角往上一挑，酸酸的一笑。

「是嗎？」

「不用假裝不覺乎！」瑪力心裡說，看了馬威一眼。

「再見，溫都太太！再見，瑪力！」凱薩林和她們拉了拉手，和馬威一點頭。

「媽，晚上見，」瑪力也隨著出去。

馬威在台階上看著她們的後影：除了她們兩個都是女子，剩下沒有相同的地方。凱薩林的脖子挺著，帽沿微微的顫。瑪力的脖子往前探著一點，小裙子在腿上前後左右的裹。他把手插在褲袋裡，皺著眉頭上了樓。已經是吃午飯的時候，可是不餓；其實也不是不餓；——說不上來是怎麼一回子事！

…………

「媽，牛津大街的加麥公司有那樣的草帽。媽，咱們一人買一頂好不好？」瑪力在廚房裡，抱著拿破侖，跟母親說。

「沒富裕錢，瑪力！把糖罐遞給我。」溫都太太的小鼻子叫火烤的通紅，說話也有點發燥：「咱們不是還去歇夏哪嗎？把錢都買了帽子，就不用去了！那樣的帽子至少也得兩鎊錢一頂！」——把一匙子糖都倒在青菜上了——「瞧！你淨攪我，把糖——」

「要旅行去，非有新帽子不可！」瑪力的話是出乎至誠，一使勁把拿破侖的腿夾得生疼。小狗沒敢出聲，心裡說：「你的帽子要是買不成，我非死不可呀！還是狗好，沒有帽子問題！」

「吃完飯再說，瑪力！別那麼使勁抱著狗！」

馬老先生直到晚飯已經擺好才回來。午飯是在中國飯館吃的三仙湯麵，吃過飯到鋪子去，鄭重其事的抽了幾袋煙。本想把貨物從新擺一擺，想起來自己剛好，不可以多累；不做點什麼，又似乎不大對；拿出賬本子看看吧！上兩個月賺了四十鎊錢，上月賠了十五鎊錢；把賬本收起去；誰操這份心呢！有時候賺，有時候賠；買賣嗎，那能老賺錢？

吃了晚飯，瑪力正要繼續和母親討論帽子問題。馬老先生輕輕向她一點頭。

「溫都姑娘，給你這個。」他遞給她一個小信封。

「嘔，馬先生，兩鎊錢的支票，幹嗎？」

「我應許了你一頂帽子，對不對？」

「哈啦！媽——！帽子！」

12

馬老先生病好了以後，顯著特別的討好。吃完早飯便到後院去澆花，拿膩蟲，剪青草；嘴裡哼唧著有聲無字的聖詩，頗有點中古時代修道士的樂天愛神的勁兒。心中也特別安適：蜜蜂兒落在腦門上，全不動手去轟；自要你不螫咱，咱就不得罪你，要的是這個穩勁兒，你瞧！

給瑪力兩鎊錢——不少點呀！——買帽子，得，又了啦個心願！給她母親也買一頂不呢？上月賠了十五鎊，不是玩兒的，省著點兒吧！可是人情不能不講啊，病了的時候，叫她沒少受累，應該買點東西謝謝她！下月再說，下月那能再賠十五鎊呢！馬威近來瘦了一點，也不是怎麼啦？小孩子，總得多吃，糊吃悶睡好上膘嗎，非多吃不可！

啊，該上舖子瞧瞧去了，李子榮那小子專會瞎叨嘮，叨嘮嘮，叨嘮嘮，一天叨嘮到晚，今天早去，看他還叨嘮什麼！喝！已經十點了，快走吧！等等，移兩盆花，搬到舖子去，多好！他要是說我晚了，我有的說，我移花兒來著，嗐！那幾顆沒有希望的菊秧子，居然長起來了，而且長得不錯。對，來兩盆菊花吧。古玩鋪裡擺菊花，有多麼雅！——也許把李子榮比得更俗氣！

馬先生還是遠了雇汽車，近了慢慢走，反正不坐公眾汽車和電車；好，一下兒出險，死在倫敦，說著玩兒的呢！近來連汽車也不常雇了：街上是亂的，無論如何，坐車是不保險的！況且，在北京的時候，坐上汽車，巡警把人馬全擋住，專叫汽車飛過去，多麼出鋒頭，帶官派！這裡，在倫敦，大巡警把手一伸，車全站住，連國務總理的車都得站住，鬼子嗎，不懂得尊卑上下！端著兩盆菊秧，小鬍子嘴撇撇著一點，他在人群裡擠開了。他媽的，那裡都這麼些個人！簡直的走不開：一個個的都走得那麼快，撞喪呢！英國人不會有起色，一點穩重氣兒都沒有！

到了鋪子，耳朵裡還是嗡嗡的響；老是這麼響，一天到晚是這麼響！但願上帝開恩，叫咱回家吧，受不了這份亂！定了定神，把兩盆菊秧子擺在窗子前面，撚著小鬍子看了半天：啊，這一棵有個小黃葉兒，掐下去！半個黃葉也不能要，講究一順兒綠嗎？

「馬先生！」李子榮從櫃房出來，又是挽著袖子，一手的泥！（這小子橫是穿不住衣裳，俗氣！）「咱們得想主意呀！上月簡直的沒見錢，這個月也沒賣了幾號兒；我拿著工錢，不能瞪眼瞧著！你要是有辦法呢，我自然願意幫你的忙；你沒辦法呢，我只好另找事，叫你省下點工錢。反正這裡事情不多，你和馬威足可以照應過來了！我找得著事與否，不敢說一定，好在你要是給我兩個禮拜的限，也許有點眉目！咱們打開鼻子說亮話，告訴我一句痛快的，咱們別客氣！」

李子榮話說的乾脆，可是態度非常的溫和，連馬先生也看出：他的話是真由心裡頭說出來的，——可是，到底有點俗氣！

馬老先生把大眼鏡摘下來，用小手巾輕輕的擦著，半天沒說話。

「馬先生，不忙，你想一想，一半天給我準信好不好？」李子榮知道緊逼老馬是半點用沒有，不如給他點工夫，叫他想一想；其實他想不想還是個問題，可是這麼一說，省得都僵在那兒。

馬老先生點了點頭，繼續著擦眼鏡。

「我說，李夥計！」馬先生把眼鏡戴上，似笑不笑的說：「你要是嫌工錢小，咱們可以商量啊！」

「嘿！我的馬先生，我嫌工錢小！真，我真沒法叫你明白我！」李子榮用手撓著頭髮，說話有點結巴：「你得看事情呀，馬先生！我告訴過你多少回了，咱們得想法子，你始終不聽我的，現在咱們眼看著賠錢，我，我，真的，我沒法說！你看，咱們鄰家，上月淨賣蒙文滿文的書籍，就賺了好幾百！我——」

「誰買滿蒙文的書啊？買那個幹什麼？」馬老先生不但覺著李子榮俗氣，而且有點精神病！笑話，古玩鋪賣滿蒙文的書籍，誰買呀？「你要嫌工錢小，咱們可以設法；有辦法，自要別傷了面子！」

面子！可笑，中國人的「講面子」能跟「不要臉」手拉手兒走。馬先生在北京的時候，捨著臉跟人家借一塊錢，也得去上親戚家喝盅喜酒，面子！張大帥從日本搬來救兵，也得和苟大帥打一回，面子！王總長明知道李主事是個壞蛋，也不把他免職，面子！

中國人的事情全在「面子」底下蹲著呢，面子過得去，好啦，誰管事實呢！中國人的辦事和小孩子「摸老瞎」差不多：轉著圈兒摸，多咱摸住一個，面子上過得去了，算啦，誰管摸住的是小三，小四，還是小三的哥哥傻二兒呢！

馬先生真為了難！事實是簡單的：買賣賠錢，得想主意。可是馬先生，真正中國人，就不肯這麼想，洋鬼子才這麼想呢；李子榮也這麼想，黃臉的洋鬼子！

「買賣賠錢呀？我沒要來做這個窮營業呀！」馬先生見李子榮不說話了，坐在椅子上，撚著小鬍子，想開了：「我要是不上英國來，現在也許在國內作了官呢！我花錢多呀，我的錢，誰也管不了！」心中一橫，手裡一使勁，差點揪下兩根鬍子來：「我不懂得怎麼作買賣，讀書的君子就不講作買賣！擠兌我？成心逼我？姓李的，你多咱把書念透了，你就明白你馬大叔是什麼回事了！俗氣！」他向屋裡瞪了一眼：「賣滿蒙文的書籍？笑話，洋鬼子念滿文『十二頭兒』？怎麼著，洋鬼子預備見佐領挑馬甲是怎著？現在我們是『中華民國』了！辭我的工不幹了？一點面子不講？你在這兒還要怎麼著？咱姓馬的待你錯不錯？猛孤仃的給咱個辭活不伺候，真有鼻子就結啦！」

馬先生繞著圈兒想，越想自己的理由越充足，越想越離事實遠，越離事實遠越覺得自己是真正好中國人，——李子榮是黃臉洋鬼子！

「我說李夥計，」馬先生立起來，眼睛瞪著一點，說話的聲音也粗了一些，把李子榮嚇了一跳：「給你長工錢，你也不幹；好吧，你要走，走！現在就走！」

說完了話，學著戲台上諸葛亮的笑法，唏唏了幾聲。唏唏完了，又覺得不該和李子榮這麼不講面子！可是話已出口，後悔有嗎用，來個一氣到底：「現在就走！」

李子榮正擦一把銅壺，聽見馬先生這樣說，慢慢把壺放在架子上，看著馬先生半天沒言語。

馬先生身子有點不舒坦：「這小子的眼神真足！」

李子榮笑了：「馬先生，你我誰也不明白誰，咱們最好別再費話。我不能現在就走。論交情的話呢，我求你給我兩個禮拜的限；論法律呢，我當初和你哥哥定的是：不論誰辭誰，都得兩個禮拜以前給信。好了，馬先生，我還在這兒做十四天的事，從今天算起。謝謝你！」說完，李子榮又把銅壺拿起來了。

馬老先生的臉紅了，瞪了李子榮的脊樑一眼，開開門出去了。出了門口，嘟囔著罵：「這小子夠多麼不要臉！人家趕你，你非再幹兩個禮拜不可！好，讓你在這兒兩個禮拜，我不能再見你，面子已經弄破了，還在一塊兒做事，沒有的事！沒有的事！！對，回去！回去給他兩個禮拜的工錢，叫他登時就走！白給你錢，你還不走嗎？你可看明白了，我沒辭你，是你不願意幹啦！再幹兩個禮拜，想再敷衍下去，你當我看不出來呢，誰也不是傻子！對，給他兩禮拜的工錢，叫他走！……瞧他那個樣兒呀，給他錢，他也不走，他要是說再幹兩禮拜呀，那算是妥了！沒法跟這樣人打交待，他滿不顧面子！我沒法子！趕明兒帶馬威回國，在外國學不出好來！瞧李子榮，沒皮沒臉！你叫他走，他說法律吧，交情吧，扯蛋！……沒法子！……沒面子！……去吃點三仙湯麵吧！管他李子榮，張子榮呢！犯不上跟他生氣！氣著，好，是玩兒的呢！……」

13

「老李！你跟我父親吵起來了？」馬威進門就問，臉上的神氣很不好看。

「我能跟他吵架？老馬！」李子榮笑著說。

「我告訴你，老李！」馬威的臉板著，眉毛擰在一塊，嘴唇稍微有點顫：「你不應該和父親搗亂！你知道他的人性，有什麼事為什麼不先跟我說呢！不錯，你幫我們的忙不少，可是你別管教我父親啊！無論怎說，他比咱們大二十多歲！他是咱們的前輩！」他忽然停住了，看了李子榮一眼。李子榮楞了一會兒，撓撓頭髮，噗哧的一笑：「你怎麼了？老馬！」

「我沒怎麼！我就是要告訴你：別再教訓我父親！」

「嘔！」李子榮剛要生氣，趕緊就又笑了：「你吃了飯沒有？老馬！」

「吃了！」

「你給看一會兒鋪子成不成？我出去吃點甚麼，就回來。」

馬威點了點頭。李子榮扣上帽子，出去了，還是笑著。

李子榮出去以後，大約有十分鐘，進來一個慈眉善目的老頭兒。

「啊，年青的，你是馬先生的兒子吧？」老頭兒笑嘻嘻的說，腦袋歪在一邊兒。

「是，先生！」馬威勉強笑著回答。

「啊，我一猜就是嗎，你們父子的眼睛長得一個樣。」老頭兒說著，往屋裡看了一眼：「李先生呢？」

「出去吃飯，就回來——先生要看點什麼東西？我可以伺候你！」馬威心裡想：「我也會作生意，不是非仗著李子榮不可！」

「不用張羅我，我自己隨便看吧！」老頭兒笑了笑，一手貼在背後，一手插在衣袋裡，歪著頭細細看架子上的東西。看完一件，微微點點頭。

馬威要張羅他，不好；死等著，也不好；皺著眉，看著老頭兒的脊樑蓋兒。有時候老頭回過頭來，他趕緊勉強一笑，可是老頭兒始終沒注意他。

老頭兒身量不高，可是長得挺富泰。寬寬的肩膀，因為上了年紀，稍微往下溜著一點。頭髮雪白，大概其的往後攏著。連腮一部白鬍子，把嘴蓋得怪好看的。鼻子不十分高，可是眼睛特別的深，兩個小眼珠深深的埋伏著，好像專等著幫助臉上發笑。腦袋常在一邊兒歪歪著。老頭兒的衣裳非常的講究。一身深灰呢衣，灰色的綢子領帶，拴著個細金箍兒。單硬領兒挺高，每一歪頭的時候，硬領的尖兒就藏在白鬍子裡。沒戴著帽子。皮鞋非常的大，至少比腳大著兩號兒，走道兒老有點擦著地皮，這樣，叫褲子的中縫直直的立著，一點褶兒也沒有。

「我說，年青的，這個罐子不能是真的吧？」老頭兒從貨架子上拿起一個小土罐子，一手端著，一手輕輕的摸著罐口兒，小眼睛半閉著，好像大姑娘摸著自己的頭髮，非常的謹慎，又非常的得意。

「那——」馬威趕過兩步去，看了小罐子一眼，跟著又說了個長而無用的「那——」

「啊，你說不上來；不要緊，等著李先生吧。」老頭兒說著，雙手捧著小罐，嘴唇在白鬍子底下動了幾動，把小罐又擺在原地方了。「你父親呢？好些日子沒見他了！」老頭兒沒等馬威回答，接著說下去，眼睛還看著那個小罐子：「你父親可真是好人哪，就是不大會做生意，啊，不大會做生意。你在這兒念書哪吧？念什麼？啊，李先生來了！啊，李先生，你好？」

「啊，約汗，西門爵士！你好？有四五天沒見你啦！」李子榮臉上沒有一處不帶著笑意，親親熱熱的和西門爵士握了握手。

西門爵士的小眼睛也眨巴著，笑了笑。

「西門爵士，今天要看點什麼？上次拿去的宜興壺已經分析好了吧？」

「哎，哎，已經分析了！你要是有賤的廣東磁，不論是什麼我都要；就是廣東磁我還沒試驗過。你有什麼，我要什麼，可有一樣，得真賤！」西門爵士說著，向那個小罐子一指：「那個是真的嗎？」

「衝你這一問，我還敢說那是真的嗎！」李子榮的臉笑得真像個混糖的開花饅頭。一邊說，一邊把小罐子拿下來，遞給老頭兒：「釉子太薄，底下的棕色也不夠厚的，決不是磁州的！可是，至遲也是明初的！西門爵士，你知道的比我多，你看著辦吧，看值多少給多少！馬先生，給西門爵士搬把椅子來！」

「哎，哎，不用搬！我在試驗室裡一天家站著，站慣了，站慣了！」西門爵士特意向馬威一笑：「哎，謝謝！不用搬！」然後端著小罐又仔細看了一過：「哎，你說的不錯，底下的棕色不夠厚的，不錯！好吧，無論怎麼說吧，給我送了去吧，算我多少錢？」

「你說個數兒吧，西門爵士！」李子榮搓著手，肩膀稍微聳著點兒，真像個十二分成熟的買賣人。

馬威看著李子榮，不知不覺的點了點頭。

老頭兒把小罐兒捧起來，看了看罐底兒上的價碼。跟著一擠眼，說：「李先生，算我半價吧！哎！」

「就是吧，西門爵士！還是我親身給你送了去？」

「哎，哎，六點鐘以後我準在家，你跟我一塊兒吃飯，好不好！」

「謝謝！我六點半以前準到！廣東磁器也送去吧？」

「哎，你有多少？我不要好的！為分析用，你知道——」

「知道！知道！我這兒只有兩套茶壺茶碗，不很好，真正廣東貨。把這兩套送到試驗室，這個小罐子送到你的書房，是這麼辦不是？西門爵士！」

「這傢伙全知道！」馬威心裡說。

「哎，哎，李先生你說的一點兒不錯！」

「還是偷偷兒的送到書房去，別叫西門夫人看見，是不是，西門爵士？」李子榮說著，把小罐接過來，放在桌兒上。老頭兒笑開了，頭一次笑出聲兒來。

「哎，哎，我的家事也都叫你知道了！」老頭兒掏出塊綢子手巾擦了擦小眼睛：「你知道，科學家不應該娶妻，太麻煩，太麻煩！西門夫人是個好女人，就是有一樣，常攪亂我的工作。哎，我是個科學家兼收藏家，更壞了！西門夫人喜歡珍珠寶石，我專買破罐子爛磚頭！哎，婦人到底是婦人！哎，偷偷的把小罐子送到書房去，咱們在那裡一塊吃飯。我還要問你幾個字，前天買了個小銅盒子，蓋上的中國字，一個個的小四方塊兒，哎，我念不上來，你給我翻譯出來吧！還是一個先令三個字，哎？」

「不是篆字？」李子榮還是笑著，倒好像要把這個小古玩鋪和世界，全招笑了似的。

「不是，不是！我知道你怕篆字。哎，晚上見吧。連貨價帶翻譯費我一齊給你，晚上給你。晚上見，哎。」西門爵士說完，過去拍了拍馬威的肩膀，「哎，你還沒告訴我，你念什麼書呢！」

「商業！先生——爵士！」

「啊！好，好！中國人有做買賣的才幹，忍力；就是不懂得新的方法！學一學吧！好，好好的念書，別淨出去找姑娘，哎？」老頭兒的小眼睛故意眨巴著，要笑又特意不笑出來，嘴唇在白鬍底下動了動。

「是！」馬威的臉紅了。

「西門爵士，你的帽子呢？」李子榮把門開開，彎著腰請老頭兒出來。

「哎，在汽車上呢！晚上見，李先生！」

老頭兒走了以後，李子榮忙著把小罐子和兩套茶壺茶碗都用棉花墊起來，包好。一邊包，一邊向馬威說：「這個老頭子是個好照顧主兒。專收銅器和陶器。他的書房裡的東西比咱們這兒還多上三倍。原先他作過倫敦大學的化學教授，現在養老不作事了，可是還專研究陶土的化學配合。老傢伙，真有意思！貴東西買了存著，賤東西買了用化學分析。老傢伙，七十多了，多麼精神！我說老馬，開兩張賬單兒，擱在這兩個包兒一塊。」

李子榮把東西包好，馬威也把賬單兒開來。李子榮看了馬威一眼，說：

「老馬，你今兒早晨怎麼了？你不是跟我鬧脾氣，你一定別有心事，借我出氣！是不是？大概是愛情！我早看出來了，腮上發紅，眉毛皺著，話少氣多，吃喝不下，就剩——抹脖子，上吊！」李子榮哈哈的樂起來：「害相思的眼睛發亮，害單思的眼睛發渾！相思有點甜味，單思完全是苦的！老馬？你的是？」

「單思！」馬威受這一場奚落，心中倒痛快了！——害單思而沒地方去說的，非抹脖子不可！

「溫都姑娘？」

「哼！」

「老馬，我不用勸你，沒用！我有朝一日要是愛上一個女人，她要是戲耍我，我立刻就用小刀抹脖子！」李子榮用食指在脖子上一抹。「可是，我至少能告訴你這麼點兒：你每一想她的時候，同時也這麼想：她拿我，一個中國人，當人看不呢？你當然可以給你自己一個很妥當的回答。她不拿咱當人看，還講愛情？你的心可以涼一點兒了！這是我獨門自造的『冰吉淩』，專治單思熱病！沒有英國青年男女愛中國人的，因為中國人現在是給全世界的人作笑話用的！寫文章的要招人笑，一定罵中國人，因為只有中國人罵著沒有危險。研究學問的恨中國人，因為只有中國人不能幫他們的忙；那樣學問是中國人的特長？沒有！

「普通人小看中國人，因為中國人——缺點多了，簡直的說不清！我們當時就可以叫他們看得重，假如今天我們把英國，德國，或是法國給打敗！更好的辦法呢，是今天我們的國家成了頂平安的，頂有人才的！你要什麼？政治！中國的政治最清明啊！你要什麼？化學！中國的化學最好啊！除非我們能這麼著，不用希望叫別人看得起；在叫人家看不起的時候，不用亂想人家的姑娘！我就見過溫都姑娘一回，我不用說她好看不好看，人品怎麼樣；我只能告訴你一句話，她不能愛你！她是普通男女中的一個，普通人全看不起中國人，為什麼她單與眾不同的愛個小馬威！」

「不見得她準不愛我！」馬威低著頭兒說。

「怎見得？」李子榮笑著問。

「她跟我去看電影，她救我的父親。」

「她跟你去看電影，和我跟你去看電影，有什麼分別？我問你！外國男女的界限不那麼嚴——你都知道，不用我說。至於救你父親，無論是誰，看見他在地上爬著，都得把他拉回家去！中國人見了別人有危險，是躲得越遠越好，因為我們的教育是一種獨善其身的！外國人見了別人遇難，是拚命去救的，他們不管你是白臉人，黑臉人，還是綠臉人，一樣的拯救。他們平時看不起黑臉和綠臉的哥兒們，可是一到出險了，他們就不論臉上的顏色了！她不因為是『你』的父親才救，是因為她的道德觀念如此。我們以為看見一個人在地上躺著，而不去管，滿可以講得下去；外國人不這麼想。他們的道德是社會的，群眾的。這一點，中國人應當學鬼子！在上海，我前天在報上念的，有個老太婆倒在街上了，中國人全站在那裡看熱鬧，結果是叫個外國兵給攙起來了；他們能不笑話我們嗎！我——我說到那兒去啦？往回說吧！不用往臉上貼金，見她和你握手，就想她愛你！她才有工夫愛你呢！吃我的冰吉淩頂好，不用胡思亂思！」

馬威雙手捧著腦門兒，一聲沒發。

「老馬，我已經和你父親辭了我的事！」

「我知道！你不能走！你不能看著我們把鋪子做倒了！」馬威還是低著頭，說話有點兒發顫！

「我不能不走！我走了，給你們一月省十幾鎊錢！」

「誰替我們做買賣呀！」馬威忽然抬起頭來，看著李子榮說：「那個西門老頭兒問我，我一個字答不出，我不懂！不懂！」

「那沒難處！老馬！念幾本英國書，就懂得好些個。我又何嘗懂古玩呢，都仗著念了些書！外國人研究無論那樣東西，都能有條有理的寫書，關於中國磁器，銅器，書可多了。念幾本就行！夠咱們能答得上碴兒的就行！老馬，你放心，我走了，咱們還是好朋友，我情願幫你的忙！」

待了半天，馬威問：「你那兒去找事呀？」

「說不上來，碰機會吧！好在我現在得了一筆獎金，五十鎊錢，滿夠我活好幾個月的呢！你看，」李子榮又笑了：「《亞細亞雜志》徵求中國勞工近況的論文，我破了一個月的工夫，連白天帶晚上，寫了一篇。居然中了選，五十鎊！我告訴你，老馬！老天爺餓不死瞎家雀，一點不錯！我有這五十鎊，足夠混些日子的！反正事情是不找不來，咱天天去張羅，難道就真沒個機會！願意幹事的人不會餓死；餓死的決不是能幹的人！老馬！把眉頭打開，高起興來幹！」李子榮過去按著馬威的肩膀，搖了幾下子。

馬威哭喪著臉笑了一笑。

14

馬老先生跟李子榮鬧完氣，跑到中國飯館吃了兩個三仙湯麵；平日不生氣的時候總是吃一個麵的。湯麵到了肚子裡，怒氣差不多全沒啦。生氣倒能吃兩個麵，好現象！這麼一想，幾乎轉怒為喜了。吃完麵，要了壺茶，慢慢滋潤著。直到飯座兒全走了，才會賬往外蹓躂。出了飯館，不知道上那兒去好。反正不能回鋪子！掌櫃的和夥計鬧脾氣，掌櫃的總是有不到鋪子的權柄！——正和總長生氣就不到衙門去一樣！一樣！可是，上那兒去呢？在大街上散逛？車馬太亂，心中又有氣，一下兒叫汽車給軋扁了，是玩兒的呢！聽戲去？誰聽鬼子戲呢！又沒鑼鼓，又不打臉，光是幾個男女咕嚕的瞎說，沒意思！找伊牧師去？對！看看他去！他那天說，要跟咱商議點事。什麼事呢？哎，管他什麼事呢，反正老遠的去看他，不至於有錯兒！

叫了輛汽車到藍加司特街去。

坐在車裡，心裡不由的想起北京：這要是在北京多麼抖！坐著汽車叫街坊四鄰看著，多麼出色！這裡，處處是汽車，不足為奇，車錢算白花！

「嘿嘍！馬先生！」伊牧師開開街門，把馬先生拉進去：「你大好了？又見著亞力山大沒有？我告訴你，馬先生，跟他出去總要小心一點！」

「伊牧師你好？伊太太好？伊小姐好？伊少爺好？」馬先生一氣把四個好問完，才敢坐下。

「他們都沒在家，咱們正好談一談。」伊牧師把小眼鏡往上推了一推，鼻子中間皺成幾個笑紋。自從傷風好了以後，鼻子上老綴著那麼幾個笑紋，好像是給鼻子一些運動；因為傷風的時候，噴嚏連天，鼻子運動慣了。「我說，有兩件事和你商議：第一件，我打算給你介紹到博累牧師的教會去，作個會員，禮拜天你好有個準地方去作禮拜。他的教會離你那兒不遠，你知道遊思頓街？哎，順遊思頓街一直往東走，斜對著英蘇車站就是。我給你介紹，好不好？」

「好極了！」現在馬老先生對外國人說話，總喜歡用絕對式的字眼兒。

「好，就這麼辦啦。」伊牧師嘴唇往下一垂，似是而非的笑了一笑：「第二件是：我打算咱們兩個晚上閒著作點事兒，你看，我打算寫一本書，暫時叫作《中國道教史》吧。可是我的中文不十分好，非有人幫助我不可。你要是肯幫忙，我真感激不盡！」

「那行！那行！」馬先生趕緊的說。

「我別淨叫你幫助我，我也得替你幹點什麼。」伊牧師把煙袋掏出來，慢慢的裝煙：「我替你想了好幾天了：你應當借著在外國的機會寫點東西，最好寫本東西文化的比較。這個題目現在很時興，無論你寫的對不對，自要你敢說話，就能賣得出去。你用中文寫，我替你譯成英文。這樣，咱們彼此對幫忙，書出來以後，我敢保能賺些錢。你看怎麼樣？」

「我幫助你好了！」馬老先生遲遲頓頓的說：「我寫書？倒真不易了！快五十的人啦，還受那份兒累！」

「我的好朋友！」伊牧師忽然把嗓門提高一個調兒：「你五十啦？我六十多了！蕭伯納七十多了，還一勁兒寫書呢！我問你，你看見過幾個英國老頭子不做事？人到五十就養老，世界上的事都交給誰做呀！」

「我也沒說，我一定不做！」馬老先生趕緊往回收兵，唯恐把伊牧師得罪了，其實心裡說：「你們洋鬼子不懂得尊敬老人，要不然，你們怎是洋鬼子呢！」

英國人最不喜歡和旁人談家事，伊牧師本來不想告訴老馬，他為什麼要寫書；可是看老馬遲疑的樣子，不能不略略的說幾句話：「我告訴你，朋友！我非幹點什麼不可！你看，伊太太還作倫敦傳教公會中國部的秘書，保羅在銀行裡，凱薩林在女青年會作幹事，他們全掙錢，就是我一個人閒著沒事！雖然我一年有一百二十鎊的養老金，到底我不願意閒著——」伊牧師又推了推眼鏡，心裡有點後悔，把家事都告訴了老馬！

「兒女都掙錢，老頭子還非去受累不可！真不明白鬼子的心是怎麼長著的！」馬老先生心裡說。

「我唯一的希望是得個大學的中文教授，可是我一定要先寫本書，造點名譽。你看，倫敦大學的中文部現在沒有教授，因為他們找不到個會寫會說中國話的人。我呢，說話滿成，就差寫點東西證明我的知識。我六十多了，至少我還可以作五六年事，是不是？」

「是！對極了！我情願幫助你！」馬先生設法想把自己寫書的那一層推出去：「你看，你若是當了中文教授，多替中國說幾句好話，多麼好！」

馬老先生以為中文教授的職務是專替中國人說好話。伊牧師笑了笑。

兩個人都半天沒說話。

「我說，馬先生！就這麼辦了，彼此幫忙！」伊牧師先說了話：「你要是不叫我幫助你，我也就不求你了！你知道，英國人的辦法是八兩半斤，誰也不要吃虧的！我不能白求你！」

「你叫我寫東西文化，真，叫我打那兒寫起！」

「不必一定是這個題目哇，什麼都行，連小說，笑話都成！你看，中國人很少有用英文寫書的，你的書，不管好不好，因為是中國人寫的，就可以多賣。」

「我不能亂寫，給中國人丟臉！」

「嘔！」伊牧師的嘴半天沒閉上。他真沒想到老馬會說出這麼一句來！

馬老先生自己也說不清，怎麼想起這麼一句來。

沒到過中國的英國人，看中國人是陰險詭詐，長著個討人嫌的黃臉。到過中國的英國人，看中國人是髒，臭，糊塗的傻蛋。伊牧師始終沒看起馬先生，他叫老馬寫書，純是為好叫老馬幫他的忙！他知道老馬是傻蛋，傻蛋自然不會寫書。可是不雙方定好，彼此互助，伊牧師的良心上不好過，因為英國人的公平交易，是至少要在形式上表出來的！

伊牧師，和別的英國人一樣，愛中國的老人，因為中國的老人一向不說「國家」兩個字。他不愛，或者說是恨，中國的青年，因為中國的青年們雖然也和老人一樣的糊塗，可是「國家」，「中國」這些字眼老掛在嘴邊上。自然空說是沒用的，可是老這麼說就可恨！他真沒想到老馬會說：「給中國人丟臉！」

馬老先生自己也說不清，怎麼想起這麼一句來！

「馬先生，」伊牧師楞了半天才說：「你想想再說，好在咱們不是非今天決定不可。馬威呢，他念什麼呢？」

「補習英文，大概是要念商業。」馬先生回答：「我叫他念政治，回國後作個官兒什麼的，來頭大一點。小孩子擰性，非學商業不可，我也管不了！小孩子，沒個母親，老是無著無靠的！近來很瘦，也不是怎麼啦！小孩子心眼重，我也不好深問他！隨他去吧！反正他要什麼，我就給他錢，誰叫咱是作老子的呢！無法！無法！」

馬老先生說得十分感慨，眼睛看著頂棚，免得叫眼淚落下來。心中很希望：這樣的一說，伊牧師或者給他作媒，說個親什麼的。——比方說吧，給他說溫都寡婦。自然娶個後婚兒寡婦，不十分體面，可是娶外國寡婦，或者不至於犯七煞，剋夫主！——他歎了一口氣；再說，伊牧師要是肯給他作媒，也總是替他作了點事，不是把那個作文化比較的事可以岔過去了嗎！你替咱作大媒，咱幫助你念中國書：不是正合你們洋鬼子的「兩不吃虧」的辦法嗎！他偷著看了伊牧師一眼。

伊牧師叼著煙袋，沒言語。

「馬先生，」又坐了半天，伊牧師站起來說：「禮拜天在博累牧師那裡見吧。叫馬威也去才好呢，少年人總得有個信仰，總得！你看保羅禮拜天準上三次教會。」

「是！」馬老先生看出伊牧師是已下逐客令，心裡十二分不高興的站起來：

「禮拜天見！」

伊牧師把他送到門口。

「他媽的，這算是朋友！」馬先生站在街上，低聲兒的罵：「不等客人要走，就站起來說『禮拜天見！』禮拜天見？你看著，馬大人要是上教堂去才怪！……」

「朋朋！——嗞啦！」一輛汽車擦著馬先生的鼻子飛過去了。

15

溫都母女歇夏去了，都戴著新帽子。瑪力的帽箍上繡著個中國字，是馬老先生寫的，她母親給繡的。戴上這個繡著中國字的帽子，瑪力有半點來鐘沒閉上嘴，又有半點來鐘沒離開鏡子。帽子一樣的很多，可是繡中國字的總得算新奇獨份兒。要是在海岸上戴著這麼新奇的帽子，得叫多少姑娘太太們羨慕得落淚，或者甚至於暈過去！連溫都太太也高興得很，女兒的帽子一定惹起一種革命——叫作帽子革命吧！女兒的像片一定要登在報上，那得引起多少人的注意和羨愛！

「馬先生，」瑪力臨走的時候來找馬老先生：「看！」她左手提著小裙子，叫裙子褶兒像扇面似的鋪展開。脖子向左一歪，右手斜著伸出去，然後手腕輕鬆往回一撇。同時肩膀微微一聳，嘴唇一動：「看！」

的跑了。

「好極了！美極了！溫都姑娘！」馬老先生向她一伸大拇指頭。瑪力聽老馬一誇獎，兩手忽然往身上一併，一揚腦袋，唏的一笑，一溜煙似的跑了。

其實，馬老先生只把話說了半截：他寫的是個「美」字，溫都太太繡好之後，給釘倒了，看著——美——好像「大王八」三個字，「大」字拿著頂。他笑開了，從到英國還沒這麼痛快的笑過一回！「啊！真可笑！外國婦女們！腦袋上頂著『大王八』，大字還拿著頂！哎喲，可笑！可笑！」一邊笑！一邊搖頭！把笑出來的眼淚全掄出去老遠！

笑了老半天，馬先生慢慢的往樓下走，打算送她們到車站。下了樓，她們母女正在門口兒等汽車。頭一樣東西到他的眼睛裡是那個「大王八」。他咬著牙，梗著脖子，把臉都憋紅了，還好，沒笑出來。

「再見，馬先生！」母女一齊說。溫都太太還找補了一句：「好好的，別淘氣！出去的時候，千萬把後門鎖好！」

汽車來了，拿破侖第一個躥進去了。

馬老先生哼哧著說了聲：「再見！好好的歇幾天！」

汽車走了，他關上門又笑開了。

笑得有點兒筋乏力盡了，馬先生到後院去澆了一回花兒。一個多禮拜沒下雨，花葉兒，特別是桂竹香的，有點發黃。他輕輕的把黃透了的全掐下來，就手來把玫瑰放的冗條子也打了打。響晴的藍天，一點風兒沒有，遠處的車聲，一勁兒響。馬先生看著一朵玫瑰花，聽著遠處的車響，心裡說不上來的有點難過！勉強想著瑪力的帽子，也不是怎回事，笑不上來了！抬頭看了看藍天，亮，遠，無限的遠，還有點慘淡！

「幾時才能回國呢？」他自己問自己：「就這麼死在倫敦嗎？不！不！等馬威畢業就回國！把哥哥的靈運回去！」想起哥哥，他有心要上墳去看看，可是一個人又懶得去。看著藍天，心由空中飛到哥哥的墳上去了。那塊灰色的石碑，那個散落的花圈，連那個小胖老太太，全活現在眼前了！

「哎！活著有什麼意味！」馬先生輕輕搖著頭念叨：「石碑？連石碑再待幾年也得壞了！世界上沒有長生的東西，有些洋鬼子說，連太陽將來就是要死的！……可是活著，說回來了！也不錯！……那自然看怎樣活著，比如能作高官，享厚祿，妻妾一群，兒女又肥又胖，差不多了！值得活著了！……」

馬先生一向是由消極想到積極，而後由積極而中庸，那就是說，好歹活著吧！混吧！混過一天又一天，心中好似……他差點沒哼哼出幾句西皮快板來。這種好歹活著，便是中國半生不死的一個原因，自然老馬不會想到這裡。

完全消極，至少可以產生幾個大思想家。完全積極，至少也叫國家抖抖精神，叫生命多幾分樂趣。就怕，像老馬，像老馬的四萬萬同胞，既不完全消極，又懶得振起精神幹事。這種好歹活著的態度是最賤，最沒出息的態度，是人類的羞恥！

馬老先生想了半天，沒想出什麼高明主意來，賭氣子不想了。回到書房，擦了一回桌椅，抽了袋煙。本想坐下念點書，向來沒念書的習慣，一拿書本就覺得怪可笑的，算了吧。

「到樓下瞧瞧去，各處的門都得關好了！」他對自己說：「什麼話呢，人家走了，咱再不經心，還成！」

溫都太太並沒把屋子全鎖上，因為怕是萬一失了火，門鎖著不好辦。馬先生看了看客廳，然後由樓梯下去，到廚房連溫都太太的臥室都看了一個過兒。向來沒進過她的屋裡去，這次進去，心裡還是有點發虛，提手躡腳的走，好像唯恐叫人看見，雖然明知屋裡沒有人。進去之後，聞著屋裡淡淡的香粉味，心裡又不由的一陣發酸。他站在鏡子前邊，呆呆的立著，半天，又要走，又捨不得動。要想溫都寡婦，又不願意想。要想故去的妻子，又渺茫的想不清楚。不知不覺的出來了，心裡迷迷糊糊的，好像吃過午飯睡覺做的那種夢，似乎是想著點什麼東西，又似乎是麻糊一片。一點腳步聲兒沒有，他到了瑪力臥房的門口。門兒開著，正看見她的小鐵床。床前跪著個人，頭在床上，脖子一動一動的好像是低聲的哭呢。

馬威！

老馬先生一時僵在那塊兒了。心中完全像空了一會兒，然後不禁不由的低聲叫了聲：「馬威！」

馬威猛孤丁的站起來：臉上由耳朵根紅起一直紅到腦門兒。

父子站在那裡，誰也沒說什麼。馬威低著頭把淚擦乾，馬老先生抹著小鬍子，手直顫。老馬先生老以為馬威還是十二三歲的小孩子。每逢想起馬威，便聯想到：「沒娘的小孩子！」看見馬威瘦了一點，他以為是不愛吃英國飯的緣故。看見馬威皺著眉，他以為是小孩子心裡不合適。他始終沒想到馬威是二十多的小夥子了，更根本想不到小孩子會和——馬老先生想不起相當的字眼，來表示這種男女的關係；想了半天，到底還是用了個老話兒：「想不到這麼年青就『鬧媳婦』！」

他不忍的責備馬威，就這麼一個兒子，又沒有娘！沒有那樣的狠心去說他！他又不好不說點什麼，做父親的看見兒子在個大姑娘床上哭，不體面，下賤，沒出息！可是，說兒子一頓吧？自己也有錯處，為什麼始終看兒子還是個無知無識的小孩子！不知道年頭兒變了，小孩子們都是胎裡壞嗎！為什麼不事先防備！還算好！他和瑪力，還沒鬧出什麼笑話來！這要是……她是個外國姑娘，可怎麼好！自己呢，也有時候愛溫都寡婦的小紅鼻子；可是那只是一時的發狂，誰能真娶她呢！娶洋寡婦，對得起誰！小孩子，想不到這麼遠！……老馬看了小馬一眼，慢慢的往樓上走。

馬威跟著出來，站在門口看著那個鐵床。忽然又進去了，把床單子……自己的淚痕還濕著——輕輕舒展了一回。低著頭出來，把門關好，往樓上走。

「父親！」馬威進了書房，低聲兒叫：「父親！」

老馬先生答應了一聲，差點沒落下淚來。

馬威站在父親的椅子後面，慢慢的說：「父親！你不用不放心我！我和她沒關係！前些日子……我瘋了！……瘋了！現在好了！我上她屋裡去，為是……表示我最後的決心！我再不理她了！她看不起咱們，沒有外國人看得起咱們的，難怪她！從今天起，咱們應該打起精神做咱們的事！以前的事……我瘋了！李子榮要走，咱們也攔不住他，以後的事，全看咱們的了！他允許幫咱們的忙，我佩服他，信任他，他的話一定是真的！我前兩天得罪了他，我沒心得罪他，可是，我……瘋了！他一點沒介意，他真是個好人！父親！我對不起你，你要是有李子榮那樣的一個兒子，什麼事也不用你操心了！」

「萬幸，我沒李子榮那樣的個兒子！」馬老先生搖著頭一笑。

「父親！你答應我，咱們一塊兒好好的幹！咱們得省著點花錢！咱們得早起晚睡打著精神幹！咱們得聽李子榮的話！我去找他，問他找著事沒有。他已經找著事呢，無法，只好叫他走。他還沒找著事呢，咱們留著他！是這樣辦不是，父親？」

「好，好，好！」馬老先生點著頭說，並沒看馬威：「自要你知道好歹，自要你不野著心鬧——什麼事都好辦！我就有你這麼一個兒，你母親死得早！我就指著你啦，你說什麼是什麼！你去跟李夥計商議，他要是說把房子拆了，咱登時就拆！去把他找來，一塊來吃中國飯去，我在狀元樓等你們。你去吧，給你這一鎊錢。」老馬先生，把一鎊錢的票子掖在馬威的口袋裡。

……………

馬威這幾天的心裡像一鍋滾開花的粥：愛情，孝道，交情，事業，讀書，全交互衝突著！感情，自尊，自恨，自憐，全彼此矛盾著！父親不好，到底是父親！李子榮太直爽，可是一百成的好人！幫助父親做事，還有工夫念書嗎？低著頭念書，事業交給誰管呢？除此以外，還有個她！她老在眼前，心上，夢裡，出沒無常。總想忘了她，可是那裡忘得下！

什麼事都容易擺脫，只有愛情，只有愛情是在心根上下種發芽的！她不愛我，誰管她愛不愛呢！她的笑，她的說話，她的舉動，全是叫心裡的情芽生長的甘露；她在那兒，你便迷惑顛倒；她在世上，你便不能不想她！不想她，忘了她，只有鐵心人能辦到！馬威的心不是鐵石，她的白胳臂一顫動，他的心也就跟著顫動！然而，非忘了她不可！不敢再愛她，因為她不理咱；不敢恨她，因為她是為叫人愛而生下來的！……

不敢這麼著，不願意那麼著，自己的身分在那兒呢？年青的人一定要有點火氣，自尊的心！為什麼跟著她後邊求情！為什麼不把自己看重了些！為什麼不幫助父親作事！為什麼不學李子榮！……完了！我把眼淚灑在你的被子上，我求神明保護你，可是我不再看你了，不再想你了！盼望你將來得個好丈夫，快活一輩子！這是……父親進來了！……有點恨父親！可是父親沒說什麼，我得幫助他，我得明告訴他！告訴了父親，心裡去了一塊病。去找李子榮，也照樣告訴他。

「老李！」馬威進了舖子就叫：「老李！完了！」

「什麼完了？」李子榮問。

「過去的是歷史了，以後我要自己管著我的命運了！」

「來，咱們拉拉手！老馬，你是個好小子！來，拉手！」李子榮拉住馬威的手，用力握了握。

「老李，你怎樣？是走呀，還是幫助我們？」

「我已經答應西門爵士，去幫助他。」李子榮說：「他現在正寫書，一本是他化驗中國磁器的結果，一本是說明他所收藏的古物。我的事是幫助他作這本古物的說明書，因為他不大認識中國字。我只是每天早晨去，一點鐘走，正合我的適。」

「我們的買賣怎辦呢？」馬威問。

「我給你們出個主意：現在預備一大批貨，到聖誕節前來個大減價。所有的貨物全號上七扣，然後是照顧主兒就送一本彩印的小說明書。我去給你們辦這個印刷的事，你們給我出點車錢就行。《亞細亞雜志》和東方學院的《季刊》全登上三個月的廣告。至於辦貨物呢，叫你父親先請王明川吃頓中國飯，然後我和老王去說，叫他給你們辦貨，他是你伯父的老朋友，他自己又開古玩舖，又專辦入口貨的事情。交給他五百鎊錢辦貨，貨辦來以後，就照著我的辦法來一下。這一下子要是成功，你們的事業就算站住了。就是失敗——大概不會吧！你看怎樣？你得天天下午在這裡，早晚去念書；專指馬老先生一個人不成！貨到了之後我來幫助你們分類定價碼，可是你們得管我午飯，怎樣？」

「老李，你說什麼就是什麼啦！我們的失敗與成功，就看此一舉啦！老李，父親在狀元樓等你吃飯呢，你去不去？」

「不！謝謝！還是那句話，吃一回就想吃第二回，太貴，吃不起！我說老馬，你應當上鄉下歇一個禮拜去，散逛散逛。好在我還在這兒幾天，你正好走。」

「上那兒好呢？」馬威問。

「地方多了，上車站去要份旅行指南來，挑個地方去住一個禮拜，對身體有益！老馬！好，你去吃飯吧，替我謝謝馬老先生！多吃點呀！」李子榮笑起來了。

馬威一個人出來，李子榮還在那兒笑。

第四段　倫敦的第一個閒人

1

從一入秋到冬天，倫敦的熱鬧事兒可多了。戲園子全上了拿手好戲，鋪子忙完秋季大減價，緊跟著預備聖誕節。有錢的男女到倫敦來聽戲，會客，置辦聖誕禮物。沒錢的男女也有不花錢的事兒作：看倫敦市長就職遊行，看皇帝到國會行開會禮，小口袋裡自要有個先令，當時不是押馬，便是賭足球隊的勝負。

晚報上一大半是賽馬和足隊比賽的結果，人們在早晨九點鐘便買一張，看看自己贏了沒有。看見自己是輸了，才撅著嘴念點罵外國的新聞，出出惡氣。此外溜冰場，馬戲，賽狗會，賽菊會，賽貓會，賽腿會，賽車會，一會跟著一會的大賽而特賽，使人們老有的看，老有的說，老有的玩，——英國人不會起革命，有的看，說，玩，誰還有工夫講革命。伊太太也忙起來，忙著為窮人募捐，好叫沒飯吃的人到聖誕節也吃頓飽飯。她頭上的亂棉花更亂了，大有不可收拾的趨勢。

伊牧師也忙得不了，天天抱著本小字典念中國書，而且是越念生字越多。保羅的忙法簡直的不易形容，在街上能冒著雨站三點鐘，等著看看皇太子，回到家來站在鏡子前邊微微的笑，因為有人說，他的鼻子真像皇太子的。皇太子那天在無線電傳播替失業工人請求募捐，保羅登時捐了兩鎊錢，要不是皇太子說工人很苦，他一輩子也想不起來這回事；有時候還笑他媽媽的替窮人瞎忙，忙得至於頭髮都不易收拾。去看足球，棍球，和罵中國人的電影什麼的，是風雨勿阻的。

凱薩林姑娘還是那麼安靜，可是也忙。忙著念中文，忙著學音樂，忙著辦會裡的事，可是她的頭髮一點不亂，還是那麼長長的，在雪白的脖子上輕輕的蓋著。溫都母女也忙起來，母親一天到晚添樓上下的火，已足使她的小鼻子尖上常常帶著一塊黑。天是短的，非抓著空兒上街買東西不可，而且買的東西很多，因為早早買下聖誕應用的和送禮的東西，可以省一點錢。再說，聖誕的節餅在一個多月以前就得做好。

瑪力的眼睛簡直忙不過來了，街上的舖子沒有一家不點綴得一百成花梢的，看什麼，什麼好看。每個禮拜她省下兩個先令，經十五六點鐘的研究，買件又賤，又好，又美的小東西。買回來，偷偷的藏在自己的小匣裡，等到聖誕節送禮。況且，自己到聖誕還要買頂新帽子；這可真不容易辦了！拿著小賬本日夜的計算，怎麼也籌不出這筆錢來。偷偷的花了一個先令押了個馬，希望能贏點錢，恰巧她押的馬跑到半路折了個毛跟頭，一個先令丟了！

「越是沒錢越輸錢！非把錢取消了，不能解決帽子問題！」她一生氣，幾乎要信社會主義！

倫敦的天氣也忙起來了。不是刮風，就是下雨，不是刮風下雨，便是下霧；有時候一高興，又下雨，又下霧。倫敦的霧真有意思，光說顏色吧，就能同時有幾種。有的地方是淺灰的，在幾丈之內還能看見東西。有的地方是深灰的，白天和夜裡半點分別也沒有。有的地方是灰黃的，好像是倫敦全城全燒著冒黃煙的濕木頭。有的地方是紅黃的，霧要到了紅黃的程度，人們是不用打算看見東西了。這種紅黃色是站在屋裡，隔著玻璃看，才能看出來。

若是在霧裡走，你的面前是深灰的，抬起頭來，找有燈光的地方看，才能看出微微的黃色。這種霧不是一片一片的，是整個的，除了你自己的身體，其餘的全是霧。你走，霧也隨著走。什麼也看不見，誰也看不見你，你自己也不知道是在那兒呢。只有極強的汽燈在空中漂著一點亮兒，只有你自己覺著嘴前面呼著點熱氣兒，其餘的全在一種猜測疑惑的狀態裡。大汽車慢慢的一步一步的爬，只叫你聽見喇叭的聲兒；若是連喇叭也聽不見了，你要害怕了：世界已經叫霧給悶死了吧！你覺出來你的左右前後似乎全有東西，只是你不敢放膽往左往右往前往後動一動。你前面的東西也許是個馬，也許是個車，也許是棵樹；除非你的手摸著它，你是不會知道的。

馬老先生是倫敦的第一個閒人：下雨不出門，刮風不出門，下霧也不出門。叼著小煙袋，把火添得紅而亮，隔著玻璃窗子，細細咂摸雨，霧，風的美。中國人在什麼地方都能看出美來，而且美的表現是活的，是由個人心中審美力放射出來的情與景的聯合。

煙雨歸舟咧，踏雪尋梅咧，煙雨與雪之中，總有個含笑的瘦老頭兒。這個瘦老頭兒便是中國人的美神。這個美神不是住在天宮的，是住在個人心中的。所以馬老先生不知不覺的便微笑了，汽車由雨絲裡穿過去，美。小姑娘的傘被風吹得歪歪著，美。一串燈光在霧裡飄飄著，好像幾個秋夜的螢光，美。他叼著小煙袋，看一會兒外面，看一會兒爐中的火苗，把一切的愁悶苦惱全忘了。他只想一件東西，酒！

「來他半斤老紹興，哎？」他自己叨嘮著。

倫敦買不到老紹興，嗐！還是回國呀！老馬始終忘不了回國，回到人人可以賞識踏雪尋梅和煙雨歸舟的地方去！中國人忘不了「美」和「中國」，能把這兩樣充分的發達一下，中國的將來還能產出個黃金時代。把科學的利用和美調和一下，把不忘祖國的思想用清明的政治發展出來，中國大有希望呀！可惜老馬，中國人的一個代表，只是糊裡糊塗有點審美的天性，而缺少常識。可惜老馬只想回國，而不明白國家是什麼東西。可惜老馬只想作官，而不知道作官的責任。可惜老馬愛他的兒子，而不懂得怎麼教育他。可惜……

快到聖誕節了，馬老先生也稍微忙起來一點。聽說英國人到聖誕節彼此送禮，他喜歡了，可有機會套套交情啦！伊家大小四口，溫都母女，亞力山大，自然是要送禮的。連李子榮也不能忘下呀！俗氣，那小子；給他點俗氣禮物，你看！對，給他買雙鞋；俗氣人喜歡有用的東西。還有誰呢？狀元樓的掌櫃的。華盛頓——對，非給華盛頓點東西不可，咱醉了的那天，他把咱抬到汽車上！汽車？那小子新買了摩托自行車，早晚是摔死！唉，怎麼咒罵人家呢！可是摩托自行車大有危險，希望他別摔死，可是真摔死，咱也管不了呀！老馬撇著小鬍子嘴兒笑了。

「幾個了？」馬老先生屈著手指算：「四個加三個，七個。加上李子榮，狀元樓掌櫃的，華盛頓，十個。還有誰呢？對，王明川；人家給咱辦貨，咱還不送人家點東西！十一個。暫時就算十一個吧，等想起來再說！給溫都太太買個帽子？」

馬老先生不嘟囔了，閉上眼睛開始琢磨，什麼樣的帽子能把溫都太太抬舉得更好看一點。想了半天，只想到她的小鼻尖兒，小黃眼珠兒，小長臉；怎麼也想不起：什麼樣的帽子才能把她的小長臉襯得不那麼長了。想不起，算了，到時候再說。

「啊！還有拿破侖呢！」馬老先生對拿破侖是十分敬仰的——她的狗嗎！「這倒難了，你說，給狗什麼禮物？還真沒給狗送過禮，說真的！啊哈！有了！有了！有了！」馬老先生一高興，把剛裝上的一袋煙，又全磕在爐子裡了：「弄點花紙，包上七個先令，六個便士，用點絨繩一繫，交給溫都太太。那天聽說：新年後她得給拿破侖買年證，七個六一張。咱給牠買，嘿！這個主意妙不妙?!他媽的，一個小狗也一年上七個六的捐！管洋鬼子的事呢，反正咱給牠買，她——她一定——對！」

他喜歡極了，居然能想出這麼高明的主意來，真，真是不容易！快到吃飯的時候了，外面的霧還是很大。有心到鋪子去看看，又怕叫汽車給軋死；有心請溫都太太給作飯，又根本不喜歡吃涼牛肉。況且在最近一個月內，簡直的不敢上鋪子去。自從李子榮出主意預備聖誕大減價，馬威和李子榮（他天天抓著工夫來幫忙。）忙得手腳朝天，可是不許老馬動手。

有一天馬老先生想往家拿個小瓶兒，為插花兒用，李子榮一聲沒言語，硬把小瓶從老馬手裡奪過去。而且馬威板著臉說他父親一頓！又一回，老馬看馬威和李子榮全出去了，他把玻璃窗上的紅的綠的單子全揭下來，因為看著俗氣，又被馬威透透的數落一頓。沒法，自己的兒子不向著自己，還有什麼法子！誰叫上鬼子國來呢，在鬼子國沒地方去告忤逆不孝！忍著吧！可是呀，馬威是要強，是為掙錢！就是要強吧，也不能一點面子不留哇！我是你爸爸，你要曉得！

「好小子，馬威，要強！」馬老先生點著頭自己贊歎：「可是，要強自管要強，別忘了我是你爸爸！」

窗外的大霧是由灰而深灰，而黃，而紅。對面的房子已經完全看不見了。處處點著燈，可是處處的燈光，是似明似滅的，叫人的心裡驚疑不定。街上賣煤的，幹苦的吆喚，他的聲音好像是就在窗外呢，他的身子和煤車可好像在另一世界呢。

「算了吧！」馬老先生又坐在火旁：「上舖子去也是挨說，老老實實的在這兒忍著吧！」

馬老先生是倫敦第一個清閒的人。

2

不論是偉人，是小人，自要有極強的意志往前幹，他便可以做出點事業來。事業的大小雖然不同，可是那股堅強的心力與成功是一樣的，全是可佩服的。最可恥的事是光搖旗吶喊，不幹真事。只有意志不堅強的人，只有沒主張而喜虛榮的人，才去做搖旗吶喊的事。這種事不但沒有成功的可能，不但不足以使人們佩服，簡直的連叫人一笑的價值都沒有。

可有在中國的外國人——有大炮，飛機，科學，知識，財力的洋鬼子——看著那群搖紙旗，喊正義，爭會長，不念書的學生們笑？笑？不值得一笑！你們越不念書越好，越多搖紙旗越好。你們不念書，洋鬼子的知識便永遠比你們高，你們的紙旗無論如何打不過老鬼的大炮。你們若是用小炮和鬼子的大炮碰一碰，老鬼子也許笑一笑。你們光是握著根小杆，杆上糊著張紅紙，拿這張紅紙來和大炮碰，老鬼子要笑一笑才怪呢！真正愛國的人不這麼幹！

愛情是何等厲害的東西：性命，財產，都可以犧牲了，為一個女人犧牲了。然而，就是愛情也可以用堅強的意志勝過去。生命是複雜的，是多方面的：除了愛情，還有志願，責任，事業……。有福氣的人可以由愛情的滿足而達到他的志願，履行他的責任，成全他的事業。沒福氣的人只好承認自己的惡運，回過頭來看看自己的志願，責任，事業。愛情是神聖的，不錯，志願，責任，事業也都是神聖的！因為不能親一個櫻桃小口，而把神聖的志願，責任，事業全拋棄了，把金子做的生命虛擲了，這個人是小說中的英雄，而是社會上的罪人。實在的社會和小說是兩件事。

把紙旗子放下，去讀書，去做事；和把失戀的悲號止住，看看自己的志願，責任，事業，是今日中國——破碎的中國，破碎也還可愛的中國！——的青年的兩付好藥！

馬威在中國的時候，也曾打過紙旗，隨著人家吶喊；現在他看出來了：英國的強盛，大半是因為英國人不吶喊，而是低著頭死幹。英國人是最愛自由的，可是，奇怪，大學裡的學生對於學校簡直的沒有發言權。英國人是最愛自由的，可是，奇怪，處處是有秩序的。幾百萬工人一齊罷工，會沒放一槍，沒死一個人。秩序和訓練是強國的秘寶，馬威看出來了。

他心中忘不了瑪力，可是他也看出來了：他要是為她頹喪起來，他們父子就非餓死不可！對於他的祖國是絲毫責任不能盡的！馬威不是個傻子，他是個新青年，新青年最高的目的是為國家社會做點事。這個責任比什麼也重要！為老中國喪了命，比為一個美女死了，要高上千萬倍！為愛情犧牲只是在詩料上增加了一朵小花，為國家死是在中國史上加上極光明的一頁！

馬威明白了這個！

他的方法是簡單的：以身體的勞動，抵制精神的抑鬱。早晨起來先到公園去跑一個圈，有時候也搖半點來鐘的船。頭一天搖的時候，差一點把自己扣在船底下。刮風也出去跑，下雨也出去跑，跑過兩三個禮拜，臉上已經有點紅光兒。跑回來用涼水洗個澡，（現在溫都太太已准他們用她的澡盆。）把周身上下搓個通紅，頗像魚店裡的新鮮大海蝦。洗完澡，下來吃早飯。瑪力看他，他也看瑪力。瑪力說話，他也笑著對答。他知道她美，好，拿她當個美的小布人。「你看不起我，我更看不起你！」他自己心裡說：「你長得美呀，我要光榮，責任！美與光榮，責任，很難在天平上稱一稱的！哈哈！」

瑪力看著他的臉紅潤潤的，腕子上的筋骨也一天比一天粗實，眼睛分外的亮，倒故意的搭訕著向他套話。因為外國女人愛粗壯的小夥子。馬威故意的跳動，吃完早飯，一跳三層樓梯，上樓去念書。在街上遇見她，只是把手一揚，一陣風似的走下去。

「哈哈！有意思！我算出了口氣！」馬威自己說。能在事事看出可笑的地方，生命就有趣多了。

念完一兩點鐘的書，馬威出門就跑，一直跑到舖子去，把李子榮出的主意，一一的實行出來。貨物在聖誕前一個月到了倫敦，他和李子榮拚命的幹：點綴門面，定價碼，印說明書……整整的一天準幹七點鐘。王明川給辦的貨物，並不全是古玩；中國刺繡，中國玩藝兒，中國舊繡花的衣裳，全有。於是願給親友一點中國東西的老太婆們，也知道了馬家舖子，今天買個小荷包，明天買把舊團扇。有的時候因為買這些零雜兒，也帶手兒買點貴重的東西。貨物剛清理好，李子榮就把老西門爵士運來，叫他撿好的挑。西門爵士歪著頭整跟這兩個小夥子轉了半天；除了自己要買的磁器，還買了一件二十五鎊錢的老中國繡花裙子，為是到聖誕節送給他的夫人。這半天就賣了一百五十多鎊錢。

「行了！老馬！」李子榮抓著頭髮說。

「行了！老李！」馬威已經笑得說不出別的來。

兩人又商議了半天，怎麼能叫行人看見他們的鋪子。李子榮主張在胡同口安上個電燈，一明一滅的射出「買中國古玩」和「送中國東西」，紅光和綠光一前一後的交換著。少年人作事快，商議好，到第三天就安好了。

他們一忙，隔壁那家古玩鋪的掌櫃的有點起毛。他向來知道老馬是個不行的行貨，淨等著老馬宣告歇業，他好把馬家鋪子吸收過來。現在一看這兩個年青的弄得挺火熾，他決定非下手不可了，等馬家鋪子完全的立住腳可就不好辦了。他光著禿腦袋，捧著大肚子，偷偷的把李子榮約出去吃了頓飯，透了點口話。李子榮笑著告訴他：「你好好的去買瓶生髮水，先把頭髮長出來再說。」

那個老掌櫃的摸著禿腦袋笑開了，（英國人能有自己笑自己的好處。）也沒再說別的。

馬老先生來了好幾次，假裝著給他們幫忙，其實專為給溫都太太拿一兩樣細巧的小玩藝。他在屋裡扯著四方步轉，看看這個，又看看那個，摸著這個，又挪挪那個，偷偷看馬威一眼，——馬威的大眼睛正釘著他呢！他輕輕咳嗽兩聲，把手塞在褲兜裡，又扯著四方步轉開了。等有買主進來的時候，他深深給人家鞠躬，鞠完躬，本想上前做一號買賣，顯顯自己的本領；那裡知道，剛直起腰來，馬威早已把照顧主兒領過去了。

「要強！小孩子真成！可是別忘了我是你爸爸！」馬老先生自己叨嘮著。

聖誕前幾天，買賣特別的忙。所賣的東西，十之八九是得包好了給買主送了去。馬威和李子榮有時候打包裹打到夜裡十點鐘，有的送郵局，有的嬌細的東西還得自己送去。於是李子榮告奮勇，到車舖賃了一輛破自行車，拚命飛跑各處送東西。馬老先生一見李子榮騎著破車在汽車群中擠，便閉上眼替他禱告上帝。

「告訴李子榮，」馬老先生對馬威說：「別那麼飛跑呀！那是說著玩兒的呢！在汽車縫兒裡擠出來擠進去！喝！別跟華盛頓學，他早晚是摔死！」

馬威把父親的善意告訴了李子榮，李子榮笑開了：「謝謝馬先生的好心！不要緊，我已經保險，多咱撞死，多咱保險公司賠我母親五百鎊錢！我告訴你，老馬，由兩個大汽車間夾擠出去，頂痛快的事了！要不是身上背著古玩，還能跑得更快呢！昨兒晚上和一群騎車的男女賽開了，我眼瞧著眉毛已經和一輛汽車的後背挨上了，你猜怎麼著，我也不知道怎股勁兒，把車弄立起來了，車輪子和汽車挨了個親兒。我，噗咚，跳下來了！那群男女扯著脖子給我喊了三個『好兒！』幹！沒錯！」

馬威把這些話告訴了父親，馬老先生沒說什麼，點著頭歎息了兩聲。

老馬先生看馬威這麼忙，有一天晚上早早吃完晚飯又回舖子來了。

「馬威！」老馬先生進門就說：「我非幹點什麼不可！我不會做生意，難道我還不會包包兒嗎！我非幫著你不可！」說著，他把煙荷包，煙袋放在桌上，拿過幾張紙來，說：「給我些容易包的東西！」

馬威給了父親些東西。馬老先生把煙袋插在嘴裡，鼻子聳聳著一點，看看紙的大小，又端詳了東西的形狀。包了半天，怎麼也包不齊整。偷偷看李子榮一眼，李子榮已經包完好幾個，包得是又齊又好看。其實李子榮只是一手按著東西，一手好像在紙上一切，哼，也不怎麼紙那麼聽他的話；一切，正好平平正正的裹在東西上。馬老先生也用手一切，忙著用繩兒捆，怪事，繩子結了個大疙瘩，紙角兒全在外面團團著，好像伊太太的頭髮。

「瓦匠講話，齊不齊，一把泥。就是他呀！」馬老先生好歹包好一包，雙手捧著顛了一顛。又看了他們一眼，他們都偷偷的笑呢：「你們不用笑！等你們老了的時候，就明白了！你們年青力壯，手腳多麼靈便，我——老人了！」

說完了，雙手捧著包兒，轉了個圈兒，不知放在那裡好。李子榮趕過來，接過去，叫馬威貼簽子，寫姓名。馬威接過去，順手放在旁邊了。

「我的煙荷包呢？」馬老先生問。

「沒看見，在紙底下，也許。」他們不約而同的說。老馬先生把紙一張一張的都掀開，沒有荷包。

「你們不用管我，我會找！丟煙荷包，常有的事！」屋裡各處都找到了，找不著。

「奇怪！越忙越出事，真他——！」

一眼看見他剛包好的包兒了。一聲沒言語，把包兒打開，把煙荷包拿出來。

「馬威，我回家了！你們也別太晚了！」

他剛一出門，李子榮跳起多高，笑得都不是聲兒了。馬威笑得也把墨水瓶碰倒。

「我告訴你，老李！我給父親的那點東西，是沒用的，誰也沒買過。我準知道老頭兒包不好。要不然我怎麼把它放在一邊，不往上貼簽子呢！」

「買東西，喊，白饒，哈，煙荷包！喊，哈，哈，哈，……」

兩個青年直笑了一刻鐘，或者還許多一點。

3

聖誕節的前一天，倫敦熱鬧極了。男女老少好像一個沒剩，全上了街啦。市場的東西好像是白舍，大嘟嚕小掛的背著抱著；街上，除了巡警，簡直看不見一個空手走道兒的。汽車和電車公司把車全放出來了，就是這麼著，老太太們還擠不上車去，而且往往把筐兒裡的東西擠滾了一街。郵差們全不用口袋了，另雇閒人推著小車子，挨家送包裹，在倫敦住的人，有的把節禮送出去，坐著汽車到鄉下去過節。鄉下的人，同時，坐著汽車上倫敦來玩幾天，所以往鄉下去的大道上，汽車也都擠滿了。

天陰得很沉，東風也挺冷，可是沒人覺出來天是陰著，風是很涼。街上的舖子全是新安上的五彩電燈，把貨物照得真是五光十色，都放著一股快活的光彩。處處懸著「聖誕老人」，戴著大紅風帽，抱著裝滿禮物的百寶囊。人們只顧著看東西了，忘了天色的黑暗。在人群裡一擠便是一身熱汗，誰也沒工夫說：「風很涼啊！」

人們把什麼都忘了：政治，社會，官司，苦惱，意見，……都忘了。人們全忽然的變成小孩子了，個個想給朋友點新東西，同時想得點好玩藝兒。人人看著分外的寬宏大量，人人看著完全的無憂無慮，只想吃點好的，喝些好的，有了富餘還給窮人一點兒。這天晚上真好像是有個「救世主」要降生了，天下要四海兄弟的太平了。

直到半夜舖子才關門，直到天亮汽車電車還在街上跑，車上還是擠滿了人。胡同兒裡也和大街一樣的亮，家家點綴好聖誕樹，至不濟的也掛起幾個小彩球。窮小孩子們唱著聖誕的古歌，挨門要錢。富家的小孩子，半夜還沒睡，等著聖誕老人來送好東西。貧富是不同的，可是在今天都可以白得一點東西，把他們的小心兒喜歡的像剛降世的耶穌。教堂的鐘聲和歌聲徹夜的在空中縈繞著，叫沒有宗教思想的人們，也發生一種莊嚴而和美的情感。

馬老先生在十天以前便把節禮全買好送出去，因為買了存著，心裡癢癢的慌。只有給溫都母女的還在書房裡擱著，溫都太太告訴了他，非到聖誕不准拿出來。把禮物送出以後，天天盼著人家的回禮。郵差一拍門，他和拿破侖便爭著往出跑。到聖誕的前兩天，禮物都來了：伊牧師給他一本《聖經》，伊太太是一本《聖詩》，伊姑娘是一打手絹，伊少爺光是一個賀節片，雖然老馬給保羅一匣呂宋煙。本來普通英國人送禮是一來一往的，保羅根本看不起中國人，所以故意的不還禮。老馬本想把《聖經》、《聖詩》和保羅的賀片全送回去，後來又改了主意：

「看著伊姑娘的面子，也別這麼辦！」

這幾天簡直的沒到舖子去，因為那裡沒他下手的地方。照顧主兒來了，他只會給人家開門，鞠躬，送出去。雖然好幾個老太婆都說：

「看那個老頭兒多麼規矩！多麼和氣！」可是馬先生的意見不是這麼著了：

「你當是，作掌櫃的光是為給人家開門嗎！」他自己叨嘮著：「我知道你成，可是別忘了，我是你爸爸！叫爸爸給人家開門，鞠躬！」

賭氣子不上舖子去了！

他自己閒著在街上蹓躂，看著男女老少都那麼忙，心中有點難過：「我要是在中國多麼好！過年的時候，咱也是這麼忙！在外國過節，無論人家是怎麼喜歡，咱也覺不出快活來！盼著發財吧，發了財回國去過節！」越看人家忙，心裡越想家；越想家，人家越踩他的腳：「回去吧，回去看看溫都太太，幫幫她的忙。」

他慢條廝禮的回了家。

溫都太太正忙得小腳鴨兒朝了天，腦筋蹦著，小鼻子尖兒通紅。打地毯，擦桌子，自爐口以至門環，凡有銅器的地方全見一見油。各屋的畫兒上全懸上一枝冬青葉，單買了一把兒菊花供在丈夫的像片前面，客廳的電燈上還掛上兩枝白相思豆兒。因為沒有小孩兒，不便預備聖誕樹，可是七八間屋子裡總多少得點綴起來，有的地方是一串彩球，有的地方是兩對小紙燈，裡裡外外看著都有點喜氣。廚房裡，灶上蒸著聖誕餑，烙著果餡點心，不時的還得看一眼，於是她樓上樓下像小燕兒似的亂飛。飛了一天，到晚上還要寫賀節片，打點禮物，簡直鬧得往鼻子尖上拍粉的工夫都沒有了。溫都姑娘因為鋪子裡忙節，是早走晚回來，一點不能幫母親的忙。拿破侖是樓上樓下亂跑，看著彩球叫喚幾聲，看著小燈籠又叫喚幾聲；乘著主母在別處的時候，還到廚房去偷一兩個剝好的核桃吃。

「溫都太太！」馬老先生進門便叫：「溫都太太！我來給你幫忙，好不好？」

「馬先生，謝謝你！」溫都寡婦擦著小紅鼻子說：「你先把拿破侖帶出去玩一會兒吧，牠淨在這兒攪亂我。」

「好啦，溫都太太！拿破侖！這兒來！」

拉著小狗出去轉了個圈兒，好在小孩子們沒跟他搗亂，因為他們都瘋著心過節，沒工夫起哄。把狗拉回來，正走在門口兒，亞力山大來了。他抱著好些東西，一包一包的直頂到他的大紅鼻子。他老遠的便喊：「老馬！老馬！把頂上頭的那包拿下來，那是你的禮物！」

馬老先生把包兒拿下來，拿破侖也湊過去聞了聞亞力山大的大腳。

「老馬！謝謝你的禮物！」亞力山大嚷著說：「怎麼著，你上我那裡過節去好不好？咱們痛痛快快的喝一回！」

「謝謝！謝謝！」馬老先生笑著說：「我過節再去行不行？我已經答應了溫都太太在家裡湊熱鬧。」

「哈哈！」亞力山大往前走了兩步，低聲的說，兩眼擠箍著：「老馬，看上小寡婦了！有你的！有你的！好，就這麼辦了，聖誕節後兩天我在家等你，準來！再見！唉，別忙，把從底下數第四包抽出來，交給溫都太太，替我給她道節喜。再見，老馬！」

馬老先生把包兒拿下來，亞力山大端著其餘的包兒，開路鬼似的走下去了。

「溫都太太！」馬老先生又是進門就叫。

「哈嘍！」溫都太太在樓上扯著小尖嗓子喊。

「我回來了，還給你帶回點禮物來。」

幾打疙疸，幾打疙疸，溫都太太一溜煙似的從樓上跑下來。

「嘔！」她把包兒接過去，說：「亞力山大給我的：我沒東西給他，可怎麼好！」

「不要緊，我這兒還有一匣呂宋煙，包上，送給他，好啦！」馬老先生的笑眼釘著她的小紅鼻子。

「那趕情好！你多少錢買的，我照數給你。」

「別提錢！」老馬先生還看著她的小紅鼻子尖說：「別提錢！大節下的，一匣呂宋煙，過的著，咱們過的多！是不是？」

溫都太太笑著點了點頭。

老馬把狗解開，上樓去拿那匣煙。

聖誕的前一天，馬威和李子榮忙到午後四點鐘就忙完了。

「老李！上門哪！該玩玩去了！」馬威笑著說。

「好，關門！」李子榮笑著回答。

「門口的電燈也撚下去吧？」

「揿下去，留著胡同口上的那個燈。」

「老李，我得送你點禮物，你要什麼？」馬威問。

「馬老先生已經給了我一雙皮鞋，別再送了！」

「那是父親的，我還非給你點東西不可，你替我們受這麼大的累！」

「我告訴你，老馬，」李子榮笑著說：「咱們可不准鬧客套！我幫助你，你天天可管我的飯呢！」

「無論怎麼說，非送你點東西不可。你要什麼？」馬威問。李子榮抓了半天頭髮，沒言語。

「說話！老李！」馬威釘著問。

「你要是非送禮不可呀，給我買個錶吧。」李子榮說著從衣袋裡把他的破錶掏出來，放在耳朵旁邊搖了一搖：「你看這個錶，一高興，一天快兩點多鐘。一不高興，一天慢兩點多鐘。還外帶著只有短針，沒長針。好啦，你花幾個先令給我買個新的吧！」

「幾個先令？老李！」馬威睜著大眼睛說：「要買就得買好的！不用搗亂，咱們一塊兒去買！走哇！」

馬威扯著李子榮走，李子榮向來是什麼事不怕，今天可有點退縮，臉上通紅，不知道怎樣才好。

「別忙，你先等我把那輛破自行車送回去。」

「咱們一塊走，你騎上，我在後面站著。」

兩個人上了車，忽忽悠悠的跑到車行還了車，清了賬。出了車行，馬威用力扯著李子榮，唯恐他抽空兒跑了。兩個人走一會兒，站一會兒。走著也辯論，站著也辯論。馬威主張到節送禮是該當的，李子榮說送禮不應花錢太多。馬威說買東西就得要好的，李子榮說他的破錶已經帶了三年，實在沒買好錶的必要。馬威越著急，眼睛瞪的越大，李子榮越著急，臉上越紅。

兩個人從聖保羅教堂穿過賤賣街，到了賈靈十字街，由這裡又穿過皮開得栗，到了瑞貞大街。見一個鐘錶舖，馬威便要進去，李子榮是扯著馬威就跑。

「我說，老李，你這麼著就不對了！」馬威有點真急了。

「你得答應我，買不過十個先令一個的錶，不然我不叫你進去！」李子榮也有點真急了。

「就是吧！」馬威無法，只好答應了。

在一家極大的鐘錶舖，買了一支十個先令的錶。馬威的臉羞的通紅，李子榮一點不覺乎，把錶放在袋兒裡，挺著腰板好像兵馬大元帥似的走出來。

「老馬！謝謝你！謝謝你！」在舖子外面，李子榮拉住馬威的手不放，連三並四的說：「謝謝你！我可不給你買東西了！我可不給你買東西了！」

馬威幾乎落下淚來，沒說什麼，只是用力握了握李子榮的手。

「老馬，你把舖子裡的錢都送到銀行去了？」

「都送去了！老李，你明天上那裡玩去？」

「我？」李子榮搖了搖頭。

「你明天找我來，好不好？」

「明天汽車電車都就開半天呀，出來不方便！」

「這麼著，你後天來，咱們一塊兒聽戲去。忙了一節，難道還不玩一天！」

「好啦，後天見吧！謝謝你！老馬！」李子榮又和馬威拉了一回手，然後趕火車似的向人群裡跑去了。

馬威看著李子榮，直到看不見他了，才慢慢的低著頭回了家。

4

天還是陰著，空中稀拉拉的飄著幾片雪花。街上差不多沒有什麼人馬了，男女老少都在家裡慶祝聖誕。

溫都太太請了多瑞姑姑來過節，可是始終沒有回信。直到聖誕早晨末一次郵遞，才得著她的一封短簡的信，和一包禮物。信中的意思是：和中國人在一塊兒，生命是不安全的。

聖誕是快樂享受的節氣，似乎不應當自找恐怖與危險。

溫都太太看完信，有點不高興，小嘴撅起多高。可是也難怪多瑞姑姑，普通的人誰不把「中國人」與「慘殺」聯在一塊兒說！

她撅著小嘴把包兒打開，一雙手織的毛線手套是給她的，一雙肉色絲襪子是給瑪力的。她把女兒叫來，母女批評了一回多瑞姑姑的禮物。瑪力姑娘打扮得一朵鮮花似的，紅嘴唇抹得深淺正合適，眉毛和眼毛也全打得黑黑的，笑渦四圍用胭脂潤潤的拍紅，恰像兩朵嬌羞的海棠花。溫都太太看著女兒這麼好看，心中又高了興，把撅著的小嘴改成笑嘻嘻的，輕輕的在女兒的腦門上吻了一下。母女把多瑞姑姑的禮物收起去，開始忙著預備聖誕的大餐。煎炒的事兒全是溫都太太的，瑪力只伸著白手指頭，離火遠遠的，剝點果仁，拿個碟子什麼的。而且是隨剝隨吃，兩個紅笑渦一凸一凹的動，一會兒也沒閒著。

老馬先生吃完早飯，在客廳裡坐下抽煙，專等看看聖誕大餐到底是什麼樣兒。坐了沒有一刻鐘，叫溫都太太給趕出了。

「到書房去！」她笑嘻嘻的說：「回來咱們在這裡吃飯。不聽見鈴聲別下來，聽見沒有？」

老馬先生知道英國婦女處處要逞強，有點什麼好東西總要出其不意的拿出來，好叫人驚異叫好兒。他叼著煙袋笑嘻嘻的上樓了。

「吃飯的時候，想著把禮物拿下來！」溫都姑娘幫著母親說：「馬威呢？」

「馬威！馬威！」溫都太太在樓下喊。

「這兒哪，幹什麼？」馬威在樓上問。

「不到吃飯的時候別進客廳，聽見沒有？」

「好啦，我帶拿破侖出去，繞個圈兒，好不好？」馬威跑下來問。

「正好，走你們的！一點鐘準吃飯，別晚了！」溫都太太把狗交給馬威，輕輕的吻了狗耳朵一下。

馬威把狗帶走。溫都母女在樓下忙。馬老先生一個人叼著煙袋，在書房裡坐著。「聖誕節！應當到教會去看看！」馬老先生想：「等明兒見了伊牧師的時候，也好有話說。……伊牧師！大節下的給我本《聖經》；那怕你給我點小玩藝兒呢，到底有點過節的意味呀！一本《聖經》，我還能吃《聖經》，喝《聖經》！糊塗！」馬老先生決定不上教會了。拿出給溫都母女買的節禮，打開包兒看了一遍。然後又照舊包好，包好之後，又嫌麻繩太粗，不好看；叼著煙袋到自己屋裡去找，找了半天，找不著細繩子。回到書房，想了半天主意：「對了！」跑到馬威的屋裡去找紅墨水，把繩子染紅了，放在火旁邊烤著。「紅顏色多麼起眼，婦人們都愛紅的！」

把繩子烤乾，又把包兒捆好，放在桌兒上。然後把紅墨水瓶送回去，還細細的看了馬威的屋子一回：馬威的小桌上已經擺滿了書，馬老先生也說不清他什麼時候買的。牆上掛著李子榮的四寸小像片，頭髮亂篷篷的，臉上挺俗氣的笑著，馬老先生向像片打了個嚏噴。床底下堆著箱子，靴子，還有一雙冰鞋。「這小孩子，什麼也幹，又學溜冰呢！冰上可有危險呀，回來告訴他，別再去溜冰！好，一下兒掉在冰窟窿裡，說著玩兒的呢！」

馬老先生回到書房，添上點煤，又坐下抽煙。

「好像忘了點事兒，什麼呢？」他用煙袋敲著腦門想：「什麼呢？嘔！忘了給哥哥的墳上送點鮮花去！晚了，晚了！今天聖誕，大家全歇工，街上準保買不到鮮花！人要是老了，可是糟糕！直想著，直想著，到底是忘了！……盼著發財吧，把哥哥的靈運回去！盼著早早的回家吧！……我要是和她——不！不！不！不！給馬威娶個洋母親，對不起人！娶她，再說，就不用打算回國了！不回國還成！……可是洋太太們真好看！她不算一百成的好看，可是乾淨抹膩呢！對了，外國婦人是比中國娘們強，外國婦人就是沒長著好臉子，至少有個好身體：腰兒是腰兒，腿兒是腿兒，白胸脯在外邊露著，胳臂像小藕棒似的！……啊！大聖誕的，別這麼沒出息！想點好的：回來也不是吃什麼？大概是火雞，沒個吃頭！可是，自要不給咱涼牛肉吃就得念佛！……」

燒雞的味兒從門縫鑽進一點來，怪香的；還有點白蘭地酒味兒。「啊，今兒還許有一盅半盅的喝呢！」馬老先生咽了口唾沫。

馬威拉著拿破侖在瑞貞公園繞了個大圈，直到十二點半鐘才回來。把狗送到樓下，他上樓去洗手，換鞋，預備吃飯。「馬威！」馬老先生叫：「上這兒來！」

馬威換上新鞋進了書房。

「馬威！」馬老先生說：「你看，咱們什麼時候才能回國呢？」

「你又想家了，父親！」馬威在火旁烤著手說。馬老先生沒言語。

「明天你跟我們聽戲去，好不好？」馬威問，臉還向著火。

「你們滿街飛走，我趕不上。」馬老先生說。

父子全沒的可說了。

看見桌上的紙包兒，馬威到自己屋裡，也把禮物拿來，放在一塊。

「你也給她們買東西啦？」馬老先生問。

「可不是，婦人們喜歡這個。」馬威笑著說。

「婦人們，」馬老先生說到這兒，就不言語了。

樓下鈴兒響了，馬威抱著禮物，馬老先生後面跟著下了樓。

溫都母女已經坐好，都穿著新衣裳，臉上都是剛擦的粉。拿破侖在鋼琴前面的小凳兒上蹲著，脖子上繫著根紅絨繩兒。琴上點著兩支紅蠟，小狗看著蠟苗兒一跳一跳的，猜不透其中有什麼奧妙。馬老先生把包好的七個先令六，放在小狗的腿前面。

「坐下呀，你們男人們！」溫都太太笑著說。

馬威把她們的禮物都放在她們前面，父子就了座。桌上是新挑花的台布，碟碗下面全墊五色的小席墊兒，也全是新的。桌子中間一瓶兒粉菊花，花葉上掛著一嘟嚕五彩紙條兒。瓶子兩邊是兩高腳碟果子和核桃榛子什麼的。碟子底裡放著幾個棉花作的雪球。桌子四角放著紅紙金箍的小爆竹。一個人面前一個小玩藝兒，馬家父子的是小女磁娃娃，瑪力的是個小布人，溫都太太的是一隻小鳥兒。一個小玩藝兒前面又是一個小爆竹。各人的領布全在酒杯裡卷著，布尖兒上還插著幾個紅豆兒。

溫都太太面前放著一個大盤子，裡面一隻燒好的火雞。瑪力面前是一盤子火腿和炸腸。兩瓶兒葡萄酒在馬老先生背後的小桌兒上放著。生菜和煮熟的青菜全在馬威那邊放著，這樣佈置，為是叫人人有點事作。溫都太太切火雞，瑪力動手切火腿，馬威等著布青菜。馬老先生有意要開酒瓶，又不敢動手；試著要把面前的禮物打開看看，看別人不動，自己也不好意思動。

「馬先生，給我們點兒酒！」溫都太太說。

馬先生打開一瓶酒，給大家都斟上。

溫都太太把火雞給他們切好遞過去，然後給他們每個人一小匙子鮮紅的粉凍兒，和一匙兒麵包糙子。馬老先生聞著火雞怪香的，可是對鮮紅的粉凍兒有點懷疑，心裡說：「給我什麼吃什麼吧，不必問！」

大家拿起酒杯先彼此碰了一下，然後她們抿了一口，他們也抿了一口，開始吃火雞。一邊吃一邊說笑。瑪力特別的歡喜，喝下點酒去，臉上紅得更鮮潤了。

火雞吃完，溫都太太把聖誕布丁拿來。在切開以前，她往布丁上倒了一匙子白蘭地酒，把酒點著，布丁的四圍冒著火光。這樣燒了一回，才給大家分。

吃完了，瑪力把果碟子遞給大家，問他們要什麼。馬老先生挑了一支香蕉，溫都太太拿了個蘋果。瑪力和馬威吃核桃榛子什麼的。瑪力用鉗子把榛子夾碎，馬威是扔在嘴裡硬咬。

「嘔！媽媽！看他的牙多麼好！能把榛子咬開！」瑪力睜著大眼睛非常的羨慕中國人的牙。

「那不算什麼，瞧我的！」老馬先生也拿了個榛子，碰的一聲咬開。

「嘔！你們真淘氣！」溫都太太的一杯酒下去，心中飄飄忽忽的非常喜歡，她拿起一個雪球，照著馬老先生的頭打了去。

瑪力跟著也拿起一個打在馬威的臉上。馬威把球接住，反手向溫都太太扔了去。馬老先生楞了一楞，才明白這些雪球本來是為彼此打著玩的，慢慢抓起一個向拿破侖扔去。拿破侖抱住雪球，用嘴就啃，啃出一張紅紙來。

「馬先生，拿過來，那是你的帽子！」溫都太太說。

馬老先生忙著從狗嘴裡把紅紙搶過來，果然是個紅紙帽子。

「戴上！戴上！」瑪力喊。

老馬先生把帽子戴上，嘁嘁的笑了一陣。

她們也把雪球打開，戴上紙帽子。瑪力還是一勁兒用球打他們，直把馬老先生打了一身棉花毛兒。

溫都太太叫大家拉住小爆竹，拉成一個圈兒。

「拉！」瑪力喊。邦！邦！邦！邦；爆竹響了，拿破侖嚇得往桌底下藏。一個爆竹裡有點東西，溫都太太得著兩個小哨兒，一齊擱在嘴裡吹。馬威得著一塊糖，老馬先生又得著一個紙帽子，也套在頭上，又笑了一回。瑪力什麼也沒得著，非和老馬再拉一個不可。他撅著小鬍子嘴和她拉，邦！她得著一截鉛筆。

「該看禮物啦吧？」馬威問。

「別！別！」溫都太太說：「一齊拿到書房去，大家比一比：看誰的好！」

「媽！別忙！看這個！」瑪力說著伸出右手來給她媽媽看。

「瑪力！你和華盛頓定了婚啦！瑪力！」溫都太太拉著女兒的手，看著她胖手指頭上的金戒指。然後母女對抱著，哼唧著，吻了足有三分鐘。

馬威的臉轉了顏色。老馬呆呆的看她們接吻，不知幹什麼好。

馬威定了定神，勉強的笑著，把酒杯舉起來；向他父親一使眼神，老馬也把酒杯舉起來。

「我們慶賀瑪力姑娘！」馬威說完，抿了一口酒，咽了半天才咽下去。

瑪力坐下，看看老馬，看看小馬，看看母親，藍眼珠兒一動一動的放出一股喜歡的光彩來。

「媽！我真喜歡！」瑪力把腦袋靠住母親的胸脯兒說：「我明天上他家裡去，他的親友正式的慶賀我們！媽！我真喜歡！」

溫都太太輕輕拍著她女兒的肩膀，眼中落下淚來。

「媽！怎麼？你哭了？媽！」瑪力伸上去一隻手摟定她母親的脖子。

「我是喜歡的！瑪力！」溫都太太勉強著一笑：「瑪力，你和他們把這些禮物拿到書房去，我去餵狗，就來。」

「馬威，來呀！」瑪力說著，拿起她們母女的東西，笑嘻嘻的往外走。

馬威看了父親一眼，慘然一笑，毫不注意的把東西抱起來，走出去。

老馬先生眨巴著眼睛，看出兒子的神氣不對，可想不起怎樣安慰他。等他們都出去了，他拿起酒杯又斟了一杯，在那掛著相思豆的電燈底下，慢慢的滋潤著。

溫都太太又回來了，他忙把酒杯放下。她看了他一眼，看了燈上的相思豆兒一眼。臉上一紅，往後退了兩步。忽然小脖子一梗，臉上更紅了，飛快的跑到他的前面，捧著他的臉，正在他的嘴上親了一親。

老馬的臉一下兒就紫了，身上微微的顫動。嘴唇木木張張的笑了一笑，跑上樓去。

溫都太太待了一會兒也上樓來了。

⋯⋯⋯⋯

晚上都睡了覺，溫都太太在床上抱著丈夫的像片連三並四的吻，眼淚一滴一滴的落。

「我對不起你，寶貝！我不得已！我寂寞！瑪力也快走了，沒有人跟我作伴！你原諒我！寶貝！最親愛的！我支持了這些年了，我沒法再忍了！寂寞！孤苦！你原諒我！……」她抱著像片睡去了。

5

聖誕的第二天早晨，地上鋪著一層白霜，陽光悄悄的從薄雲裡透出來。人們全出來了，因為陽光在外面。有的在聖誕吃多了，父子兄弟全光著腿往鄉下跑，長途的競走比吃化食丸強。有的帶著妻子兒女去看父母，孩子們都不自然的穿著新衣裳，極驕傲的拿著新得的玩藝兒，去給祖父母看。有的昨天睡晚，到十二點還在被窩裡忍著，腦袋生疼，因為酒喝多了。有的早早就起來，預備早些吃午飯，好去看戲，或是看電影，魔術，雜耍，馬戲，……無論是看什麼吧，反正是非玩一玩不可。

溫都母女全起晚了，剛吃過早飯，李子榮就來了。

他的鼻子凍得通紅，帽沿上帶著幾片由樹枝飛下來的霜。大氅上有些土，因為穿上新鞋，（馬老先生給他的，）一出門便滑倒了；好在摔跟頭是常事，爬起以後是向來不撢土的。他起來的早，出來的早，一來因為外面有太陽，二來因為馬威給他的錶也是一天快二十多分鐘。李子榮把新錶舊錶全帶著，為是比比那個走的頂快；時間本來是人造的，何不叫它快一點：使生活顯著多忙亂一些呢；你就是不管時間，慢慢的走，難道走到生命的盡頭，你還不死嗎！

「老馬！走哇！」李子榮在門外說。

「進來，坐一會，老李！」馬威開開門說。

「別進去了，我們要打算聽戲，非早去買票不可。萬一買不到票，我們還可以看馬戲，或電影去；晚了可就那兒也擠不進去了！走哇！快！」

馬威進去，穿上大氅，扣上帽子，又跑出來。

「先到皮開得栗買票去！」李子榮說。

「好。」馬威回答，眉毛皺著，臉兒沉著。

「又怎麼啦？老馬！」李子榮問。

「沒怎麼，昨天吃多了！」馬威把手插在大氅兜兒裡，往前一直的走。

「我不信！」李子榮看著馬威的臉說。

馬威搖了搖頭，心中有點恨李子榮！李子榮這個人可佩服，可愛，——有時候也可恨！

李子榮見馬威不言語，心中也有點恨他！馬威這小孩子可愛，——也有時候可恨！

其實他們誰也不真恨誰，因為彼此相愛，所以有時候彷彿彼此對恨。

「又是溫都姑娘那回事兒吧？」李子榮把這句話說得分外不受聽。

「你管不著！」馬威的話更難聽。

「我偏要管！」李子榮說完嘻嘻的一笑。看著馬威不出聲了，他接著說：「老馬！事業好容易弄得有點希望，你又要這個，難道你把事業，責任，希望，志願，就這樣輕輕的犧牲了嗎！」

「我知道！」馬威的臉紅了，斜著眼瞪了李子榮一下。

「她不愛你，何必平地掘餑呢！」

「我知道！」

「你知道什麼呀？我問你！」李子榮是一句不容，句句問到馬威的心窩上：「我是個傻小子，我只知道傻幹！我不能夠為一個女人把事業犧牲了！看事情，看事情！眼前擺著的事：你不幹，你們父子就全完事大吉，這點事兒還看不清嗎！」

「你是傻子，看不出愛情的重要來！」馬威看了天空一眼，太陽還沒完全被雲彩遮起來。

「我是個傻子，假如我愛一個不愛我的女人！」李子榮說著，全身一使勁，新鞋底兒硬，又差點兒摔了個跟頭。

「夠了！夠了！別說了，成不成？」

「夠了？這半天你光跟我抬了杠啦，一句正經的還沒說呢！夠了？」

「我恨你！李子榮！」

「我還恨你呢，馬威！」李子榮笑了。

「無法，還得告訴你！」馬威的臉上有一釘點笑容：「這麼回事，老李，她和別人定了婚啦！」

「與你有什麼相干呢？」

「我始終沒忘了她，忘不了！這麼兩三個月了，我試著把她忘了，遇見她的時候，故意的不看她，不行！不行！她老在我心的深處藏著！我知道我的責任，事業；我知道她不愛我；我可是忘不了她！她定了婚，我的心要碎了！心就是碎了，也無用，我知道，可是——」他眼睛看著地，冷笑了一聲，不言語了。

李子榮也沒說什麼。

走了半天，李子榮笑了，說：「老馬，我知道你的委屈，我沒法兒勸你！你不是不努力，你不是沒試著忘了她，全無效，我也真沒法兒啦！搬家，離開她，行不行？」

「等跟父親商量商量吧！」

兩個青年到皮開得票的戲館子買票，買了好幾家，全買不到，因為節後頭天開場，票子早全賣出去了。於是兩個人在飯館吃了些東西，跑到歐林癖雅去看馬戲。

李子榮看什麼都可笑，猴子騎馬，獅子跳圈，白熊騎自行車，小驢跳舞……全可笑。看著馬威的臉一點笑容沒有，他也不好笑出來了，只好肚子裡笑。

看完馬戲，兩個人喝了點茶。

「老馬！還得打起精神幹呀！」李子榮說，「事情已經有希望，何必再一歇鬆弄壞了呢！你已經試過以身體的勞動勝過精神上的抑鬱，何不再試一試呢！況且你現在已完全無望，她已經定了婚，何必一定往牛犄角裡鑽呢！謝謝你，老馬！改天見吧！」

「改天見吧，老李！」

……………

馬威回到家中，溫都太太正和他父親一塊兒在書房裡坐著說話呢。

「嘿嘍，馬威！」她笑著說：「看見什麼啦？好不好？」

「去看馬戲，真好！」馬威坐下說。

「我說，咱們也得去看，今年的馬戲頂好啦！」

「咱們？」馬威心中盤算：「不用『馬先生』了？有點奇怪！」

「咱們禮拜六去，好帶著瑪力，是不是？」馬老先生笑著說。

「又是一個『咱們』，」馬威心裡說。

「別忘了！」溫都太太搭訕著出去了。

「父親！咱們搬家，換換地方，好不好？」馬威問。

「為什麼呢？」老馬說。

「不為什麼，換個地方，新鮮一點。」

老馬先生往火上添了兩塊煤。

「你不願意呢，父親，作為我沒說，搬不搬沒多大關係！」

「我看，在這兒挺舒服，何必瞎折騰，多費點子錢呢！再說，溫都——」老馬先生沒往下說，假裝咳嗽了兩聲。

父子都不言語了。樓下瑪力姑娘唱起來，琴彈得亂七八糟，可是她的嗓子怪清亮的。馬威站起來，來回走了幾趟。

「馬威！」馬老先生低聲的說：「你伯父留下的那個戒指，你給我啦？」

「我多咱說給你來著？父親！」

「你給我好不好？」

「那是伯父給我的紀念物，似乎我應當存著，其實一個戒指又算得了什麼呢！父親，你要那個幹什麼？你又不戴。」

「是這麼一回事，馬威！」老馬的臉慢慢的紅起來，說話也有點結巴：「是這麼一回事：你看，我有用。是，你看——溫都太太！我無法，——對不起你！無法！她——你看！」

馬威要說的話多了，自己想起來的，和李子榮責備他的，多了！但是，他不能說！有什麼臉說父親，看看自己！李子榮可以說，我，馬威，沒資格說話！況且，父親娶溫都太太倒許有點好處呢。她會過日子，她不像年青的姑娘那麼奢侈。他有個家室，也許一高興，死心踏地的作買賣。可是，將來怎回國呢？想到這裡，不知不覺的就說出來了。

「父親，你要是在這裡安了家，將來還回國不呢？」

馬老先生叫馬威問楞了！真的，會沒想到這一層！回國是一定的，帶著她？就是她願意去，我怎麼處置她呢？真要是個大財主，也好辦了，在上海買大樓，事事跟在英國一樣。可是，咱不是闊人，叫她一個人跟著咱去，沒社會，沒樂趣，言語不通，飲食不服？殘忍！她去了非死不可！不帶她回國，我老死在這裡，和哥哥的靈埋在一塊兒？不！不！不！非回國不可，不能老死在這裡！沒辦法！真沒辦法！

「馬威！把這個戒指拿去！」

老馬先生低著頭把戒指遞給馬威，然後兩手捧著腦門，一聲也不出了！

…………

老馬真為了難，而且沒有地方去說！跟馬威說？不成！父子之間那好正本大套的談這個！跟伊牧師去說？他正恨著咱不幫助念中國書，去了是自找釘子碰！沒地方去說，沒地方去說！半夜沒睡著覺，怎想怎不是路，不想又不行！及至閉上眼睡熟了，偏巧就夢見了故去的妻子！婦人們，死了還不老實著！馬先生對婦人們有點懷疑；可是，懷疑也沒用，婦人是婦人，就是婦人們全入了「三仙庵」當尼姑，這些事還是免不了的！婦人們！

第二天早晨起來，心中還是糊糊塗塗的，跟天上的亂黑雲一樣。吃早飯的時候，馬威一句話沒說，撅著嘴死嚼麵包，恨不能把牙全嚼爛了才好。馬老先生斜著眼睛，由眼鏡的邊框上看他兒子，心裡有點發酸；趕緊把眼珠轉回來，心不在焉的伸手盛了一匙子鹽，倒在茶碗裡了。溫都母女正談著馬戲的事兒，瑪力的眼睛好像藍汪汪的水上加上一點油那麼又藍又潤，看著媽媽的小尖鼻子。她已經答應和她媽媽一塊兒去看，及至聽說馬老先生也去，她又設法擺脫，先說華盛頓約她看電影，後又說有人請她去跳舞。馬威聽著不順耳，賭氣子一推碟子，站起來，出去了。

「喲！怎麼啦？」溫都太太說，說完，小嘴兒還張著，好像個受了驚的小母雞。

瑪力一聳肩，笑了笑。

老馬先生沒言語，喝了口碗裡的鹹茶。

吃過早飯，馬老先生叼著煙袋，慢慢的溜出去。

大街上的鋪子十之八九還關著門，看著非常的慘淡。叫了輛汽車到亞力山大家裡去。

亞力山大的街門是大紅的，和亞力山大的臉差不多。老馬一按鈴，出來個五十多歲的老太婆，臉上只有一隻眼睛。鼻子挺大挺紅，好像剛喝完兩瓶啤酒。此外沒有可注意的東西。

老馬先生沒說什麼，老太婆也沒說什麼。她一點頭，那隻瞎眼睛無意識的一動，跟著就往裡走，老馬後面隨著。兩個人好像可以完全彼此瞭解，用不著言語傳達他們的心意。

亞力山大的書房是又寬又大，頗有點一眼看不到底的樣兒。山牆中間一個大火，燒著一堆木頭，火苗往起噴著，似乎要把世界都燒紅了。地上的毯子真厚，一邁步就能把腳面陷下去似的。只有一張大桌子，四把大椅子；桌子腿兒稍微比象腿粗一點，椅子背兒可是比皇上的寶座矮著一寸多些。牆上掛滿了東西，什麼也有：像片兒，油畫，中國人作壽的喜幛子，好幾把寶劍，兩三頭大鹿腦袋，犄角很危險的往左右撐著。

亞力山大正在火前站著，嘴裡叼著根大呂宋煙，煙灰在地毯上已經堆了一個小墳頭。

「哈！老馬！快來暖和暖和！」亞力山大給他拉過把椅子來，然後對那老太太說：「哈定太太，去拿瓶『一九一十』的紅葡萄來，謝謝！」

老太太的瞎眼動了動，轉身出去了，像個來去無蹤的鬼似的。

「我說，老馬，節過的好不好？喝了回沒有？不能！不能！那個小寡婦決不許你痛痛快快的喝！你明白我的意思？」亞力山大拍了老馬肩膀一下，老馬差點摔到火裡去。

老馬先生定了定神，咕吃咕吃的笑了一陣。亞力山大也笑開了，把比象腿粗點的桌腿兒震得直顫動。

「老馬，給你找倆外錢兒，你幹不幹？」亞力山大問。

「什麼事？」馬老先生似乎有點不愛聽「外錢兒」三個字。臉上還是笑著，可是鼻窪子那溜兒顯出點冷笑的意思。

「先不用提什麼事，五鎊錢一次，三次，你幹不幹吧？」亞力山大用呂宋煙指著老馬的鼻子問。

門開了，前面走著個老黑貓，後面跟著哈定太太。她端著個小托盤，盤子上一瓶葡萄酒，兩個玻璃杯。把托盤放在桌上，她給他們斟上酒。斟完酒，瞎眼睛動了一動，就往外走；捎帶腳兒踩了黑貓一下。

「老馬，喝著！」亞力山大舉起酒杯來說：「真正一九一十的！明白我的意思？我說，你到底幹不幹哪？五鎊錢一次！」

「到底什麼事？」老馬喝了口酒，問。

「作電影，你明白我的意思？」

「我那會作電影呢，別打哈哈！」馬老先生看著杯裡的紅酒說。

「容易！容易！」亞力山大坐下，把腳，兩只小船似的，放在火前面。「我告訴你：我現在幫著電影公司寫佈景，自然是關於東方的景物；我呢，在東方不少年，當然比他們知道的多；我告訴你，有一分知識掙一分錢；把知識變成金子，才算有用；往回說，現在他們正作一個上海的故事，他們在東倫敦找了一群中國人，全是扁鼻子，狹眼睛的玩藝兒，你明白我的意思？自然哪，這群人專為成群打夥的起哄，叫影片看著真像中國，所以他們鼻子眼睛的好歹，全沒關係；導演的人看這群人和一群羊完全沒分別：演鄉景他們要一群羊，照上海就要一群中國人，你明白我的意思？再往回說：他們要個體面的中國老頭，扮中國的一個富商，並沒有多少作派，只要長得體面，站在那裡像個人兒似的就行。演三幕，一次五鎊錢，你幹不幹？沒有作派，導演的告訴你站在那兒，你站在那兒；叫你走道兒，你就走幾步。容易！你明白我的意思？白撿十五鎊錢！你幹不幹？」

亞力山大越說聲音越高；一氣說完，把一杯酒全灌下去，灌得喉嚨裡直咕咕的響。

老馬先生聽著亞力山大嚷，一面心中盤算：「反正是非娶她不可，還是一定得給她買個戒指。由鋪子提錢買，就是馬威不說什麼，李子榮那小子也得給馬威出壞主意。這樣充一回富商，又不難，白得十五鎊錢，給她買個小戒指，倒不錯！自然演電影不算什麼體面事，況且和東倫敦那把子東西一塊擠，失身分！失身分！可是……」

「你到底幹不幹哪？」亞力山大在老馬的耳根子底下放了個炸彈似的：「再喝一杯？」

「幹！」老馬先生一面揉耳朵，一面點頭。

「好啦，定規了！過兩天咱們一同見導演的去。來，再喝一杯！」

兩個人把一瓶酒全喝了。

「哈定太太！哈定！——」亞力山大喊：「再給我們來一瓶！」

瞎老太太又給他們拿來一瓶酒，又踩了黑貓一腳。黑貓翻眼珠看了她一眼，一聲也沒出。

亞力山大湊到老馬的耳朵根兒說：「傻貓！叫喚不出來了，還醉著呢！昨兒晚上跟我一塊喝醉了！牠要是不常喝醉了，牠要命也不在這裡；哈定太太睜著的那隻眼睛專看不見貓！你明白我的意思？」亞力山大笑開了。

老馬先生也笑開了，把這幾天的愁悶全笑出去了。

6

新年不過是聖誕的餘波，人民並不瘋了似的鬧，鋪子也照常的開著。「快樂的新年」雖然在耳邊嗡嗡著，可是各處沒有一點快樂與新鮮的表現。天氣還是照常的悲苦，霧裡的雨點，鬼鬼啾啾的，把人們打得都縮起脖子，像無精失采的小鷺鷥。

除夕的十二點鐘，街上的鐘聲，汽笛，一齊響起來。馬威一個人，光著頭，在街上的黑影裡站著，偷偷落了幾點淚。一來是有點想家，二來是心中的苦處觸機而發。擦了擦淚，歎了一口氣：

「還得往前幹哪！明天是新年了，忘了已往的吧！」

第二天早早的他就起來了，吃過早飯，決定遠遠的去走一回，給新年一個勇敢的起始。告訴了父親早一點到鋪子去，他自己到十二點以後才能到。

出門坐上輛公眾汽車，一直到植物園去。車走了一點來鐘才到了植物園外面。園外沒有什麼人，園門還悄悄的關著。他折回到大橋上，扶著石欄，看著太晤士河。河水灰汪汪的流著，岸上的老樹全靜悄悄的立著，看著河水的波動。樹上只有幾隻小黑鳥，縮著脖兒，彼此唧咕，似乎是訴什麼委屈呢。靠著岸拴著一溜小船，隨著浪一起一落，有點像閒膩了，不得不動一動似的。馬威呆呆的看著河水，心思隨著灰波越走越遠，似乎把他自己的存在全忘了。遠處的灰雲把河水，老樹，全合成一片灰霧，渺茫茫的似另有一個世界，和這個世界一樣灰淡慘苦，只是極遠極遠，不容易看清楚了。遠處的鐘敲了十點，馬威遲遲頓頓的，好像是捨不得，離開大橋，又回到園門來。門已開了，馬威把一個銅子放在小鐵桌子上，看門的睏眼巴唧的看了他一眼，馬威向他說了聲「快樂的新年」。

除了幾個園丁，園內看不見什麼人，馬威挺著胸，吸了幾口氣，園中新鮮的空氣好像是給他一個人預備的。老樹，小樹，高樹，矮樹，全光著枝幹，安閒的休息著；沒有花兒給人們看，沒有果子給鳥兒吃，只有彎曲的瘦枝在空中畫上些自然的花紋。

小矮常青樹在大樹後面蹲著，雖然有綠葉兒，可是沒有光著臂的老樹那麼驕傲尊嚴。纏著枯柳的藤蔓像些睡了的大蛇，只在樹梢上掛著幾個磁青的豆莢。園中間的玻璃溫室掛著一層薄霜，隔著玻璃還看得見裡邊的綠葉，可是馬威沒進去看。路旁的花池子連一枝小花也沒有，池中的土全翻起來，形成許多三角塊兒。

河上的白鷗和小野鴨，唧唧鴨鴨的叫，叫得非常悲苦。野鴨差不多都縮著脖蹲著，有時候用扁嘴在翅上抹一抹，看著總多少有點傻氣。白鷗可不像鴨子那麼安穩了，飛起來，飛下來，在灰色的空中扯上幾條不聯續的銀線。小黑鴨子老在水上漂著，小尾巴後面扯著條三角形的水線；也不往起飛，也不上岸去蹲著，老是漂著，眼睛極留神的看，有時候看見河內的倒影，也探下頭去撈一撈。可憐的小黑鴨子！馬威心裡有些佩服這些小黑玩藝兒：野鴨太懶，白鷗太浮躁，只有小黑鴨老含著希望。

地上的綠草比夏天還綠上幾倍，只是不那麼光美。靠著河岸的綠草，在潮氣裡發出一股香味，非常的清淡，非常的好聞。馬威順著河岸走，看著水影，踏著軟草，聞著香味，心裡安閒極了，只是有點說不出來的愁悶在腦子裡縈繞著。河上幾隻大白鵝，看見馬威，全伸著頭上的黃包兒，跟他要吃食。馬威手裡什麼也沒有，傻鵝們斜楞著眼彼此看了看，有點失望似的。走到河的盡處，看見了松梢上的塔尖，馬威看見老松與中國寶塔，心中不由高興起來。呆呆的站了半天，他的心思完全被塔尖引到東方去了。

站了半天，只看見一兩對遊人，從樹林中間影兒似的穿過去。他定了定方向，向小竹園走了去。竹園內沒有人，沒有聲音，只有竹葉，帶著水珠，輕輕的動。馬威哈著腰看竹根插著的小牌子：日本的，中國的，東方各處的竹子，都雜著種在一塊。

「帝國主義不是瞎吹的！」馬威自己說：「不專是奪了人家的地方，滅了人家的國家，也真的把人家的東西都拿來，加一番研究。動物，植物，地理，言語，風俗，他們全研究，這是帝國主義厲害的地方！他們不專在軍事上霸道，他們的知識也真高！知識和武力！武力可以有朝一日被廢的，知識是永遠需要的！英國人厲害，同時，多麼可佩服呢！」

地上的潮氣把他的腳冰得很涼，他出了竹園，進了杜鵑山，——兩個小土山，種滿杜鵑，夾著一條小山溝。山溝裡比別處都暖一點，地上的乾葉聞著有股藥味。

「春天杜鵑開花的時候，要多麼好看！紅的，白的，淺粉的，像——」他忽然想到：「像瑪力的臉蛋兒！」

想到這兒，他周身忽然覺得不合適，心彷彿也要由嘴裡跳出來。不知不覺的把大拇指放在唇上，咬著指甲。「沒用！沒用！」他想著她，同時恨自己，著急而又後悔：「非忘了她不可！別和父親學！」他摸了摸口袋，摸著那個小戒指，放在手心上，呆呆的看著，然後用力的往地上一摔，摔到一堆黃葉裡去，那顆鑽石在一個破葉的縫兒裡，一閃一閃的發亮。

楞了半天，聽見遠遠的腳步聲兒，他又把戒指撿起來，仍舊放在袋兒裡。山溝是彎彎的，他看不見對面來的人，轉身，往回走，不願意遇見人。

「馬威！馬威！」後面叫。

馬威聽見了有人叫他，他還走了幾步，才回頭看。「嘿嘍！伊姐姐！」

「新禧！新禧！」伊姑娘用中國話說，笑著和他握了握手。

她比從前胖了一點。脖子上圍著一條狐皮，更顯得富泰一點。她穿著一身藍呢的衣裙，加著一頂青絨軟帽，帽沿自然的往下垂著些，看著穩重極了。在小山溝裡站著，叫人說不上來，是她，還是那些冷靜的杜鵑，更安穩一些。

「伊姐姐！」馬威笑著說：「你怎這麼早？」

「上這裡來，非早不可。一等人多，就沒意思了！你過年過得好？馬威！」她用小手絹揉了揉鼻子，手指在手套裡鼓膨膨的把手套全撐圓，怪好看的。

「好。你沒上那裡去？」

兩個齊著肩膀走，出了小山溝。她說：「沒有。大冷的天，上那兒也不舒服。」

馬威不言語了，眉頭皺著一點，大黑眼珠兒釘著地上的青草。

「馬威！」伊姑娘看著他的臉說：「你怎麼老不喜歡呢？」她的聲音非常的柔和，眼睛發著些亮光，顯著慈善，聰明，而且秀美。

馬威歎了口氣，看了她一眼。

「告訴我，馬威！告訴我！」她說得很懇切很自然；跟著微微一笑，笑得和天上的仙女一樣純潔，和善。

「叫我從何處說起？姐姐！」馬威勉強著一笑，比哭的樣子還淒慘一些。「況且，有好些事不好告訴你，姐姐，你是個姑娘。」

她又笑了，覺得馬威的話真誠，可是有點小孩子氣。「告訴我，不用管我是姑娘不是。為什麼姑娘應當比男人少聽一些事呢！」她又笑了，似乎把馬威和世上的陋俗全笑了一下。

「咱們找個地方坐一會兒，好不好？」他問。

「你要是不乏，咱們還是走著談好，坐定了太冷。我的小腳指頭已經凍了一個包啦。說吧，馬威！」

「全是沒法解決的問題！」他遲鈍的說，還是不願意告訴她。

「聽一聽，解決不解決是另一問題。」她說得非常痛快，聲音也高了一些。

「大概其的說吧！」馬威知道非說不可，只好粗粗的給她個大略；真要細說，他的言語是不夠表現他的心思的：「我愛瑪力，她不愛我，可是我忘不了她。我什麼方法都試了，試，試，試，到底不行。恨自己也沒用，恨她也沒用。我知道我的責任，事業，但是，她，她，她老在我心裡刺鬧著。這是第一個不能解決的問題。

「第二個是父親，他或者已經和溫都太太定了婚。姐姐你曉得，普通英國人都拿中國人當狗看，他們要是結婚，溫都太太就永遠不用想再和親友來往了，豈不是陷入一個活地獄。父親帶她回國，住三天她就得瘋了！咱們的風俗這麼不同，父親又不是個財主，她不能受那個苦處！我現在不能說什麼，他們相愛，他們要增加彼此的快樂，——是快樂還是苦惱，是另一問題——我怎好反對。這又一個不易解決的問題。

「還有呢，我們的買賣，現在全擱在我的肩膀上了，我愛念書，可是不能不管鋪子的事；管鋪子的事，就沒工夫再念書。父親是簡直的不會作買賣，我不管，好啦，鋪子準一月賠幾十鎊，我管吧，好啦，不用打算專心念書；不念書，我算幹嗎來啦！你看，我忙得連和你念英文的時候都沒有了！我沒高明主意，我不知道我是幹什麼呢！姐姐，你聰明，你愛我們，請你出個好主意吧！」

兩株老馬尾松站在他們面前，枝上垂著幾個不整齊的松塔兒。灰雲薄了一點，極弱秀的陽光把松枝照得有點金黃色。

馬威說完，看著枝上的松塔。凱薩林輕輕的往鬆了拉了拉脖上的狐皮，由胸間放出一股熱嘟嘟的香味。

「瑪力不是已經和華盛頓訂婚了嗎？」她慢慢的說。

「你怎麼知道？姐姐！」他還看著松塔兒。

「我認識他！」凱薩林的臉板起來了。待了半天，她又笑了，可是很不自然：

「她已屬別人，還想她幹嗎呢？馬威！」

「就這一點不容易解決嗎！」馬威似乎有點嘲笑她。

「不易解決！不易解決！」她好像跟自己說，點著頭兒，帽沿兒輕輕的顫。

「愛情！沒人明白到底什麼是愛情！」

「姐姐，你沒好主意？」馬威有點著急的樣兒。

凱薩林似乎沒聽見，還嘟囔著：「愛情！愛情！」

「姐姐，你禮拜六有事沒有？」他問。

「幹什麼？」她忽然看了他一眼。

「我要請你吃中國飯，來不來？姐姐！」

「謝謝你，馬威！什麼時候？」

「下午一點吧，在狀元樓見。」

「就是吧。馬威，看樹上的松塔多麼好看，好像幾個小鈴鐺。」

馬威沒言語，又抬頭看了看。

兩個人都不言語了。穿出松林，拐過水池，不知不覺的到了園門。兩個都回頭看了看，園中還是安靜，幽美，清涼。他們把這些都留在後邊，都帶著一團說不出的混亂，愛情，愁苦，出了園門。——快樂的新年？

7

倫敦的幾個中國飯館要屬狀元樓的生意最發達。地方寬綽，飯食又賤，早晚真有群賢畢集的樣兒。不但是暹羅人，日本人，印度人，到那裡解饞去，就是英國人，窮美術家，繫著紅領帶的社會黨員，爭奇好勝的胖老太太，也常常到那裡喝杯龍井茶，吃碗雞蛋炒飯。美術家和社會黨的人，到那裡去，為是顯出他們沒有國界思想，胖老太太到那裡去，為是多得一些談話資料；其實他們並不喜歡喝不加牛奶的茶；和肉絲，雞蛋，炒在飯一塊兒。

中國人倒不多，一來是吃不著真正中國飯。二來是不大受女跑堂兒的歡迎。在中國飯館裡作事，當然沒有好姑娘。好姑娘那肯和中國人打交待。人人知道跟中國人在一塊兒，轉眼的工夫就有喪掉生命的危險。美而品行上有可懷疑的姑娘們就不在乎了，和傻印度飛飛眼，晚上就有兩三鎊錢入手的希望。和日本人套套交情，至不濟也得一包橘汁皮糖。中國人呢，不敢惹，更不屑於招待；人們都看不起中國人嗎，妓女也不是例外。

妓女也有她們的自由與驕傲，誰肯招呼人所不齒的中國人呢！

范掌櫃的頗有人緣兒，小眼睛瞇縫著，好像自生下來就沒睡醒過一回；可是臉上老是笑。美術家很愛他，因為他求他們在牆上隨意的畫：小腳兒娘們，瘦老頭兒抽鴉片，鄉下老兒，帶著小辮兒，給菩薩磕頭，五光十色的畫了一牆。美術家所知道的中國事兒正和普通人一樣，不過他們能夠把知道的事畫出來。社會黨的人們很愛他，因為范掌櫃的愛說：「Me no likes capitalisma!」

胖老太太們很愛他，因為他常把me當I，有時候高興，也把I當me，胖老太太們覺著這個非常有可笑的價值。設若普通英國人討厭中國人，有錢的英國男女是拿中國人當玩藝兒看。中國人吃飯用筷子，不用刀叉；中國人先吃飯，後喝湯；中國人喝茶不擱牛奶，白糖；中國人吃米，不加山藥蛋；這些事在普通人——如溫都母女——看，都是根本不對而可惡的；在有錢的胖老太太們看，這些事是無理取鬧的可笑，非常的可笑而有趣味。

范掌櫃的和馬老先生已經成了頂好的朋友，真像親哥兒們似的。馬老先生雖然根本看不起買賣人，可是范掌櫃的應酬周到，小眼睛老瞇縫著笑，並且時常給馬老先生作點特別的菜，馬老先生真有點不好意思不和老范套套交情了。再說，他是個買賣人，不錯，可是買賣人裡也有好人不是！

馬老先生到飯館來吃飯，向來是不理學生的，因為學生們看著太俗氣，談不到一塊兒。況且，這群學生將來回國都是要作官的，馬老先生想到自己的官運不通，不但不願意理他們，有時候還隔著大眼鏡瞪他們一眼。

馬老先生和社會黨的人們弄得倒挺熱活。他雖然不念報紙，不知道人家天天罵中國人，可是他確知道英國人對他的勁兒，決不是自己朋友的來派。連那群愛聽中國事的胖老太太們，全不短敲著撩著的損老馬幾句。老馬有時候高興，也頗聽得出來她們的口氣。只有這群社會黨的人，只有他們，永遠向著中國人說話，罵他自己政府的侵略政策。馬老先生雖不知道什麼是國家，到底自己頗驕傲是個中國人。只有社會黨的人們說中國人好，於是老馬不自主的笑著請他們吃飯。吃完飯，社會黨的人們管他叫真正社會主義家，因為他肯犧牲自己的錢請他們吃飯。

老馬要是告訴普通英國人：「中國人喝茶不擱牛奶。」「什麼？不擱牛奶！怎麼喝?!可怕！」人們至少這樣回答，他撇著小鬍子不發聲了。

他要是告訴社會黨的人們，中國茶不要加牛奶，他們立刻說：「是不是，還是中國人懂得怎麼喝茶不是？中國人替世界發明了喝茶，人家也真懂得怎麼喝法！沒中國人咱們不會想起喝茶，不會穿綢子，不會印書，中國的文明！中國的文明！唉，沒有法子形容！」

聽了這幾句，馬老先生的心裡都笑癢癢了！毫無疑意的信中國人是天下最文明的人！——再請他們吃飯！

馬威到狀元樓的時候，馬老先生已經吃完一頓水餃子回家了，因為溫都太太下了命令，叫他早回去。

狀元樓的廚房是在樓底下，茶飯和菜都用和汲水的轆轤差不多的一種機器拉上來。這種機器是范掌櫃的發明，簡單適用而且頗有聲韻，嗞牛咕碌，嗞牛咕碌，帶著一股不可分析的菜味一齊上來了。

食堂是分為內外兩部：外部長而狹，牆上畫著中國文明史的插畫：老頭兒吸鴉片，小姑娘裹小腳……還寫著些：「清明時候雨紛紛」之類的詩句。內部是寬而扁，牆上掛著幾張美人香煙的廣告。中國人總喜歡到內部去，因為看著有點雅座的意味。外國人喜歡在外部坐，一來可以看牆上的畫兒，二來可以看轆轤的升降。

外部已經坐滿了人，馬威到了內部去，找了張靠牆角的空桌坐下。屋裡有兩位中國學生，他全不認識。他向他們有意無意的微微一點頭，他們並沒理他。

「等人？」一個小女跑堂的歪著頭，大咧咧的問。

馬威點了點頭。

那兩位中國學生正談怎麼請求使館抗議罵中國人的電影。馬威聽出來，一個姓茅，一個姓曹，馬威看出來，那個姓茅的戴著眼鏡，可是幾乎沒有眉毛；那個姓曹的沒戴著眼鏡，可是眼神決不充足。馬威猜出來，那個姓茅的主張強迫公使館提出嚴格抗議：如使館不辦，就把自公使至書記全拉出來臭打一頓。那個姓曹的說，國家衰弱，抗議是沒用的；國家強了，不必抗議，人們就根本不敢罵你。兩個人越說越擰蔥，越說聲音越高。姓茅的恨不得就馬上打老曹一頓，而姓曹的決沒帶出願意挨打的神氣，於是老茅也就沒敢動手。兩個人不說了，低著頭吃飯，吃得很帶殺氣。

伊姑娘進來了。

「對不起，馬威，我晚了！」她和馬威握了握手。

「不晚，不晚！」馬威說著把菜單遞給她，她拉了拉衣襟，很自然的坐下。

曹和茅同時看了她一眼。說了幾句中國話，跟著開始說英文。

她點了一碟炸春捲，馬威又配上了兩三樣菜。

「馬威，你這兩天好點啦吧？」伊姑娘微微一笑。

「精神好多了！」馬威笑著回答。

姓茅的惡意的看了馬威一眼，馬威心中有點不舒坦，可是依舊和凱薩林說話。

「馬威，你看見華盛頓沒有？」伊姑娘看著菜單，低聲兒問。

「沒有，這幾天晚上他沒找瑪力來。」馬威說。

「啊！」伊姑娘似乎心中安慰了一些，看了馬威一眼，剛一和他對眼光兒，她又看到別處去了。

春捲兒先來了，馬威給她夾了一個。她用叉子把春捲斷成兩段，非常小心的咬了一口。下巴底下的筋肉輕輕的動著，把春捲慢慢咽下去，吃得那麼香甜，安閒，美滿；她的舉動和瑪力一點也不一樣。

馬威剛把春捲夾開，要往嘴裡送，那邊的老茅用英文說：「外國的妓女是專為陪著人們睡覺的，有錢找她們去睡覺，茶館酒肆裡不是會妓女的地方！我告訴你，老曹，我不反對嫖，我嫖的回數多了；我最不喜歡看年輕輕的小孩子帶著妓女滿世界串！請妓女吃中國飯！哼！」

伊姑娘的臉紅得和紅墨水瓶一樣了，仍然很安穩的，把叉子放下要站起來。

「別！」馬威的臉完全白了，嘴唇顫著，只說了這麼一個字。

「老茅，」那個眼神不十分充足的人說：「你怎麼了！外國婦女不都是妓女！」他是用中國話說的。

姓茅的依舊用英國話說：「我所知道的女人，全是妓女，可是我不愛看人家把妓女帶到公眾的地方來出鋒頭！」他又看了馬威一眼：「出那家子鋒頭！你花得起錢請她吃飯，透著你有錢！咱講究花錢和她們睡一夜！」

伊姑娘站起來了，馬威也站起來，攔著她：「別！你看我治治他！」

凱薩林沒言語，還在那裡站著，渾身顫動著。

馬威走過去，問那位老茅：「你說誰呢？」他的眼睛瞪著，射出兩條純白的火光。

「我沒說誰，飯館裡難道不許說話嗎？」茅先生不敢叫橫，又不願意表示軟弱，這樣的說。

「不管你說誰，我請你道歉，不然，你看這個！」馬威把拳頭在桌上一放。

老茅像小螞蚱似的往裡一跳，跳到牆角，一勁兒搖頭。馬威往前挪了兩步，瞪著茅先生。茅先生的「有若無」的眉毛鬼鬼啾啾的往一塊擰，還是直搖頭。

「好說，好說，不必生氣。」姓曹的打算攔住馬威。

馬威用手一推，老曹又坐下了。馬威釘著茅先生的臉問：「你道歉不？」

茅先生還是搖頭，而且搖得頗有規律。

馬威冷笑了一聲，看準茅先生的臉，左右開花，奉送了兩個嘴巴。正在眼鏡之下，嘴唇之上，茅先生覺得疼得有點入骨；可是心裡覺著非常痛快，也不搖頭了。女跑堂的跑進來兩個，都唧咕唧咕的笑，臉上可都轉了顏色。外部的飯座兒也湊過來看，誰也莫名其妙怎回事。范掌櫃的瞇縫著眼兒過來把馬威拉住。

伊姑娘看了馬威一眼，低著頭就往外走，馬威也沒攔她。

她剛走到內外部分界的小門，看熱鬧的有一位說了話：「凱！你！你在這兒幹嗎呢？」

「保羅！咱們一塊家去吧！」凱薩林低著頭說，沒看她的兄弟。

「你等等，等我弄清楚了再走！」保羅說著，從人群裡擠進去，把范掌櫃的一拉，范掌櫃笑嘻嘻的就倒在地上啦，很聰明的把頭磕在桌腿上，磕成一個青藍色的鵝峰。

「馬威，你是怎回事？」保羅把手插在衣袋裡問：「我告訴你，別以為你是個人似的，和我們的姑娘一塊混！要貪便宜的時候，想著點英國男人的拳頭！」

馬威沒言語，煞白的臉慢慢紅起來。

「你看，老曹，往外帶妓女有什麼好處？」茅先生用英國話說。

馬威一咬牙，猛的向茅先生一撲；保羅兜著馬威的下巴就是一拳；馬威退，退，退，退了好幾步，扶住一張桌子，沒有倒下；茅先生小螞蚱似的由人群跳出去了。范掌櫃的要過來勸，又遲疑，笑嘻嘻的用手摸著頭上的鵝峰，沒敢往前去。

「再來！」保羅冷笑著說。

馬威摸著脖子，看了保羅一眼。

門外的中國人們要進來勸，英國人們把門兒攔住：「看他們打，打完了完事。公平交易，公平的打！」

幾個社會黨的人，向來是奔走和平，運動非戰的；可是到底是英國人，一聽見「公平的打」，從心根兒上贊同，都立在那裡看他們決一勝負。

馬威緩了一口氣，把硬領一把扯下來，又撲過保羅去。保羅的臉也白了，他搪住馬威的右手，一拳照著馬威的左肋打了去，又把馬威送回原地。馬威並沒緩氣，一扶桌子，登時一攢勁，在保羅的胸部虛晃了一下，沒等保羅還手，他的右拳打在保羅的下巴底下。保羅往後退了幾步，一咬牙，又上來了，在他雙手還替身體用力平衡的時候，馬威穩穩當當又給了他一拳。保羅一手扶著桌子，出溜下去了。他兩腿拚命的往起立，可是怎麼也立不起來了。馬威看著他，他還是沒立起來。馬威上前把他攙起來，然後把右手伸給他，說：「握手！」

保羅把頭一扭，沒有接馬威的手。馬威把他放在一張椅子上，撿起硬領，慢慢往外走，嘴唇直往下滴滴血。

幾位社會黨的人們，看著馬威，沒說什麼，可是心裡有點恨他！平日講和平容易，一旦看見外人把本國人給打了，心裡不知不覺的就變了卦！

茅先生和曹先生早已走了，馬威站在飯館外面，找伊姑娘，也不見了。他安上硬領，擦了擦嘴上的血，冷笑了一陣。

8

「媽！媽！」瑪力含著淚說，兩個眼珠好像帶著朝露的藍葡萄珠兒：「好幾天沒看見他了，給他寫信，也沒回信。我得找他去，我得問問他！媽，我現在恨他！」她倒在母親的懷裡，嗚嗚的哭起來。

「瑪力，好瑪力，別哭！」溫都太太拍著瑪力的腦門兒說，眼中也含著淚：「華盛頓一定是忙，沒工夫看你來。愛情和事業是有時候不能兼顧的。信任他，別錯想了他，他一定是忙！瑪力，你是在禮拜六出去慣了，今天沒人和你出去，所以特別的不高興。你等著，晚上他一定來，他要是不來，我陪你看電影去。瑪力？」

瑪力抬起頭來，抱著母親的脖子親了親。溫都太太替女兒往後攏了攏頭髮。瑪力一邊抽達，一邊用小手絹擦眼睛。「媽媽，你看他是忙？你真這麼想嗎？連寫個明信片的工夫都沒有；我不信！我看他是又交了新朋友了，把我忘了！男人都是這樣，我恨他！」

「瑪力，別這麼說！愛情是多少有些波折的。忍耐，信任，他到末末了還是你的人！你父親當年，」溫都太太沒往下說，微微搖了搖頭。

「媽，你老說忍耐，信任！憑什麼女的總得忍耐，信任，而男人可以隨便呢！」瑪力看著母親的臉說。

「你已經和他定了婚，是不是？」溫都太太問，簡單而厲害。

「定婚的條件是要雙方守著的，他要是有意破壞，我為什麼該一個人受苦呢！再說，我沒要和他定婚，是他哀告我的，現在——」瑪力還坐在她母親的懷裡，腳尖兒搓搓著地毯。

「瑪力，別這麼說！」溫都太太慢慢的說：「人類是逃不出天然律的，男的找女的，女的不能離開男的。婚姻是愛的結束，也是愛的嘗試，也是愛的起頭！瑪力，聽媽媽的話，忍耐，信任，他不會拋棄了你，況且，我想這幾天他一定是忙。」

瑪力站起來，在鏡子前面照了照，然後在屋裡來回的走。

「媽媽，我自己活著滿舒服，歡喜，可以不要男人！」

「你？」溫都太太把這個字說得很尖酸。

「要男人的時候，找男人去好了，咱們逃不出天然律的管轄！」瑪力說得有點嘲弄的意思，心裡並不信這個。

「瑪力！」溫都太太看著女兒，把小紅鼻子支起多高。

瑪力不言語了，依舊的來回走。心中痛快了一點，她一點也不信她所說的話，可是這麼說著頗足以出出心中的惡氣！

在愛家庭的天性完全消滅以前，結婚是必不可少的。不管結婚的手續，形式，是怎樣，結婚是一定的。人類的天性是自私的，而最快活的自私便是組織起個小家庭來。這一點天性不容易消滅，不管人們怎麼提倡廢除婚姻。瑪力一點也不信她所說的，只是為出出氣。

溫都太太也沒把瑪力的話往心裡聽，她所盤算的是：怎麼叫瑪力喜歡了。她知道青年男女，特別是現代的青年男女，是閒不住的。總得給他們點事作，不拘是跳舞，跑車，看電影，……反正別叫他們閒著。想了半天，還是看電影最便宜；可是下半天還不能去，因為跟老馬先生定好一塊上街。

想到這裡，溫都太太的思想又轉了一個彎：她自己的婚事怎麼告訴瑪力呢！瑪力是多麼驕傲，能告訴她咱要嫁個老Ｃｈｉｎｋ！由這裡又想到：到底這個婚事值得一干不值呢？為保存社會的地位，還是不嫁他好。可是，為自己的快樂呢？……真的照瑪力的話辦？要男人的時候就去找他？結果許更壞！社會，風俗，男女間的關係是不會真自由的！況且，男女間有沒有真自由存在的地方？——不能解決的問題！她擦了擦小鼻子，看了瑪力一眼，瑪力還來回的走，把臉全走紅了。

「溫都太太！」老馬先生低聲在門外叫。

「進來！」溫都太太很飄灑的說。

老馬先生叼著煙袋扭進來。新買的硬領，比脖子大著一號半，看著好像個白羅圈，在脖子的四圍轉。領帶也是新的，可是繫得絕不直溜。

「過來！」溫都太太笑著說。

她給他整了整領帶。瑪力斜眼看他們一眼。

「咱們不是說上街買東西去嗎？」馬老先生問。

「瑪力有點——不舒服，把她一個人擱下，我不放心。」溫都太太說，然後向瑪力：「瑪力，你跟我們一塊兒去，好不好？」

「我不去，我在家等著華盛頓，萬一他今天來呢！」瑪力把惡氣出了，還是希望華盛頓來。

「也好。」溫都太太說著出去換衣裳。

馬威回來了。他的臉還是煞白，嘴唇還滴滴血，因為保羅把他的牙打活動了一個。硬領兒歪七扭八的，領帶上好些個血點。頭髮刺刺著。呼吸還是很粗。

「馬威！」馬老先生的脖子在硬領裡轉了個大圈。

「嘔！馬威！」瑪力的眼皮紅著，嘴唇直顫。

馬威很驕傲的向他們一笑，一下子坐在椅子上，用袖子擦了擦嘴。

「馬威！」馬老先生走過來，對著馬威的臉問：「怎麼了？」

「打架來著！」馬威說，眼睛看著地毯。

「跟誰？跟誰？」馬老先生的臉白了，小鬍子也立起來。

「保羅！我把他打啦！」馬威笑了笑，看了看自己的手。

「保羅——」

「保羅——」

馬老先生和瑪力一齊說，誰也不好意思再搶了，待了一會兒，馬老先生說：「馬威，咱們可不應當得罪人哪！」

馬老先生是最怕打架，連喝醉了的時候，都想不起用酒杯往人家頭上摔。馬太太活著的時候，小夫妻倒有時候鬧起來，可是和夫人開仗是另一回事，況且夫人多半打不過老爺！馬威小時候，馬老先生一天到晚囑咐他，別和大家打架，遇到街上有打架的，躲遠著點！得，現在居然在倫敦打洋鬼子，而且打的是保羅，伊牧師的兒子！馬老先生呆呆的看著兒子，差點昏過去。

「嘔！馬威！」溫都太太進來，喊得頗像嚇慌了的小鳥。

「他把保羅打了，怎麼好，怎麼好？」馬老先生和溫都太太叨嘮。

「嘔，你個小淘氣鬼！」溫都太太過去看著馬威。然後向馬老先生說：「小孩子們打架是常有的事。」然後又對瑪力說：「瑪力，你去找點清水給他洗洗嘴！」然後又對馬老先生說：「咱們走哇！」

馬老先生搖了搖頭。

溫都太太沒說什麼，扯著馬老先生的胳臂就往外走，他一溜歪斜的跟著她出去。

瑪力拿來一罐涼水，一點漱嘴的藥，一些藥棉花。先叫馬威漱了漱口，然後她用棉花輕輕擦他的嘴唇。她的長眼遮毛在他的眼前一動一動的，她的藍眼珠兒滿含著慈善和同情，給他擦幾下，仰著脖子看一看，然後又擦。她的頭髮挨著他的臉蛋，好像幾根通過電的金絲，叫馬威的臉完全熱透了，完全紅了。他低下頭去，不敢再看她，可是他覺到由她胸脯兒出來的熱氣，溫和，香暖，叫他的全身全顫動起來。

「馬威，你們怎麼打起來的？」瑪力問。

「我和伊姑娘一塊兒吃飯，他進來就給我一拳！」馬威微笑著說。

「嘔！」瑪力看著他，心裡有點恨他，因為他居然敢和保羅打架；又有點佩服他，因為他不但敢打，而且打勝了。英雄崇拜是西洋人的一種特色，打勝了的總是好的，瑪力不由的看著馬威有點可愛。他的領子歪著，領帶上的血點，頭髮亂蓬蓬的，都非常有勁的往外吸她心中的愛力，非常的與平日不同，非常的英美，特別的顯出男性：力量，膽子，粗鹵，血肉，樣樣足以使女性對男性的信仰加高一些，使女性向男性的趨就更熱烈一點。她還給他擦嘴，可是她的心已經被這點崇拜英雄的思想包圍住，越擦越慢，東一下，西一下，有時候擦在他的腮上，有時候擦在他的耳唇上。他的黃臉在她的藍眼珠裡帶上了一層金色，他的頭上射出一圈白光；他已經不是黃臉討厭的馬威，他是一個男性的代表，他是一團熱血，一個英雄，武士。

她的右手在他臉上慢慢的擦，左手輕輕的放在他的膝上。他慢慢的，顫著，把他的手擱在她的手上。他的眼光直著射到她的紅潤的唇上。

「瑪力，瑪力，你知道，」馬威很困難的一個字一個字往外擠：「你知道，我愛你？」

瑪力忽然把手抽出去，站起來，說：「你我？不可能的事！」

「為什麼？我是個中國人？愛情是沒有國界的，中國人就那麼不值錢，連愛情都被剝奪了嗎！」馬威慢慢的站起來，對著她的臉說：「我知道，你們看不起中國人；你們想中國人的時候永遠和暗殺，毒藥，強姦聯在一塊兒。但是咱們在一塊兒快一年啦，你難道看不出我來，我是不是和你們所想的一樣？我知道你們關於中國人的知識是由造謠言的報紙，和下賤的小說裡得來的，你難道就真信那些話嗎？我知道你已經和華盛頓訂婚，我只求你作我的好朋友，我只要你知道我愛你。愛情不必一定由身體的接觸才能表現的，假如你能領略我的愛心，拿我當個好朋友，我一生能永遠快樂！我羨慕華盛頓，可是因為我愛你，我不敢對他起一點嫉妒心！我——」馬威好像不能再說，甚至於不能再站著，他的心要跳出來，他的腿已經受不住身上的壓力，他咕咚一下子坐下了。瑪力用小木梳輕輕的刮頭，半天沒言語。忽然一笑，說：「馬威，你這幾天也沒看見華盛頓？」

「沒有，伊姑娘也這麼問我來著，我沒看見他。」

「凱薩林？她問他幹甚麼？她也認識華盛頓？」瑪力的眼睛睜得很圓，臉上紅了一點，把小木梳擱在衣袋裡，搓搓著手。

「我不知道！」馬威皺著眉說：「對不起！我無心中提起凱薩林來！我不知道他們的關係！好在一個人不能只有一個朋友，是不是？」他微微一笑，故意的冷笑她。

瑪力忽然瞪了他一眼，一聲沒出，跑出去了。

9

溫都太太挺著小脖子在前邊走，馬老先生縮著脖子在後面跟著；走大街，穿小巷，她越走越快，他越走越慢；越人多她越精神，她越精神他越跟不上。要跟個英國人定了婚，在大街上至少可以並著肩，拉著手走；拉著個老中國人在街上扭，不能做的事；她心中有點後悔。要是跟中國婦人一塊兒走，至少他可以把她落下幾丈多遠，現在，居然叫個婦人給拉下多遠；他心中也有點後悔。她站住等著他，他躬起腰來往前扯大步；她笑了，他也笑了，又全不後悔了。

兩個進了猴兒笨大街的一家首飾店。馬老先生要看戒指，夥計給他拿來一盒子小姑娘戴著玩的小銅圈，全是四個便士一隻。馬老先生要看貴一點的，夥計看了他一眼，又拿出一盒鍍銀的來，三個先令兩只。老馬先生還要貴的，夥計笑得很不自然的說：

「再貴的可就過一鎊錢了！」

溫都太太拉了他一把，臉上通紅，說：「咱們上有貴重東西的地方去買吧！」

馬老先生點了點頭。

「對不起！太太！」夥計連忙道歉：「我錯了，我以為這位先生是中國人呢，沒想到他是日本人，我們很有些個日本照顧主兒，真對不起！我去拿好的來！」

「這位先生是中國人！」溫都太太把「是」字說得分外的有力。

夥計看了馬老先生一眼，進去又拿來一盒子戒指，都是金的。把盒子往馬老先生眼前一送，說：「這都是十鎊錢以上的，請看吧！」然後惡意的一笑。

馬老先生也叫上勁兒啦，把盒子往後一推，問：「有二十鎊錢以上的沒有？」

夥計的顏色變了一點，有心要進去打電話，把巡警叫來；因為身上有二十鎊錢的中國人，一定是強盜；普通中國人就沒有帶一鎊錢的資格，更沒有買戒指的膽量；據他想。他正在遲疑不定，溫都太太又拉了馬老先生一把。兩個一齊走出來。夥計把戒指收起去，趕快的把馬老先生的模樣，身量，衣裳，全記下來，預備發生了搶案，他好報告巡警。溫都太太都氣糊塗了，出了店門，拉著馬老先生就走。一邊走一邊說：「不買啦！不買啦！」

「別生氣！別生氣！」馬老先生安慰著她說：「小舖子，沒有貴東西，咱們到別處去買。」

「不買啦！回家！我受不了這個！」她說著往馬路上就跑，抓住一輛飛跑的公眾汽車，小燕兒似的飛上去。馬老先生在汽車後面乾跺了幾腳，眼看著叫汽車跑了。自己叨嘮著：「外國娘們，性傲，性傲，性傲！」

馬老先生有點傷心：婦人性傲，兒子不老實，官運不通，汽車亂跑，……「叫咱老頭子有什麼法子！無法！無法！只好忍著吧！」他低著頭自己叨嘮「先不用回家，給他們個滿不在乎；咱越將就，他們越仰頭犯脾氣！先不用回家，對！」他叫了輛汽車到伊牧師家去。

「我知道你幹什麼來了，馬先生！」伊牧師和馬老先生握了握手，說：「不用道歉，小孩子們打架，常有的事！」

老馬本來編了一車的好話兒，預備透底的賠不是，聽見伊牧師這樣說，心裡倒有點不得勁兒了，慘慘的笑了一笑。

伊牧師臉上瘦了一點，因為晝夜的念中國書，把字典已掀破兩本，還是念不明白。他的小黃眼珠頗帶著些失望的神氣。

「伊牧師，我真沒法子辦！」馬老先生進了客廳，說：「你看，我只有馬威這麼一個，深了不是，淺了不是！他和保羅會——」

「坐下！馬先生！」伊牧師說：「不用再提這回事，小孩子們打完，完事！保羅念書的時候常和人家打架，我也沒辦法，更不願意管！我說，你到教會去了沒有？」

馬老先生的臉紅了，一時回答不出；待了半天，說：「下禮拜去！下禮拜去！」

伊牧師也沒再下問，心裡有點不願意。他往上推了推眼鏡問：「我說，馬先生！你還得幫我的忙呀！我的中文還是不成，你要是不幫助我，簡直的——」

「我極願意幫你的忙！」馬老先生極痛快的說。他心裡想：馬威打了保羅，咱要是能幫助伊牧師，不是正好兩不找，誰也不欠誰的嗎！

「馬先生，」伊牧師好像猜透了馬先生的心思：「你幫助我，和保羅們打架，可是兩回事。他們打架是他們的事，咱們管不著。你要是願意幫我，我也得給你幹點什麼。光陰是值錢的東西，誰也別白耽誤了誰的工夫，是不是？」

「是。」馬老先生點了點頭，其實他心裡說：「洋鬼子真他媽的死心眼兒，他非把你問得稜兒是稜兒，角兒是角兒不可！」

伊牧師眨巴著眼睛笑了：「馬先生，你幾時有工夫？我幫你作什麼？咱們今天決定好，就趕快的做起來！」

「我那天都不忙！」馬先生恨這個「忙」字。

伊牧師剛要說話，伊太太頂著一腦袋亂棉花進來了。她鼻子兩旁的小溝兒顯著特別的深，眼皮腫得特別的高，看著傻而厲害。

「馬先生，馬威是怎麼回事?!」她乾辣辣的問。

「我來，……」

她沒等馬先生說完，梗著脖子，又問：「馬威是怎麼啦?!我告訴你，馬先生，你們中國的小孩子要反呀！敢打我們！二十年前，你們見了外國人就打哆嗦，現在你們敢動手打架！打死一個試試！這裡不是中國，可以無法無天的亂殺亂打，英國有法律！」

馬老先生一聲兒沒出，咽了幾口唾沫。

伊牧師看著老馬怪可憐的，看著伊太太怪可怕的，要張嘴，又閉上了。

馬威並沒把保羅打傷，保羅的脖筋扭了一下，所以馬威得著機會把他打倒。伊太太雖然愛兒子，可是她決不會因為兒子受一點浮傷就這麼生氣，她動了怒，完全是因為馬威——一個小中國孩子——敢和保羅打架。一個英國人睜開眼，他，或是她，看世界都在腳下：香港，印度，埃及，非洲，……都是他，或是她的屬地。他不但自己要驕傲，他也要別的民族承認他們自己確乎是比英國人低下多少多少倍。伊太太不能受這種恥辱，馬威敢打保羅！雖然保羅並沒受什麼傷！誰也不能受這個，除了伊牧師，她有點恨她的丈夫！

「媽！」凱薩林開開一點門縫叫：「媽！」

「幹什麼？」伊太太轉過身去問，好像座過山炮轉動炮口似的。

「溫都姑娘要跟你說幾句話。」

「叫她進來！」伊太太又放了一炮。

凱薩林開開門，瑪力進來了。伊太太趕過兩步去，笑著說，「瑪力你好？」好像把馬先生和伊牧師全忘了。

伊牧師也趕過來，也笑著問：「瑪力你好？」

瑪力沒回答他們。她手裡拿著帽子，揉搓著帽花兒。腦門上挺紅，臉和嘴唇都是白的。眼睛睜得很大，眼角掛著滴未落盡的淚。脖子往前探著一點，兩腳鬆鬆歇歇的在地上抓著，好像站不住的樣兒。

「你坐下，瑪力！」伊太太還是笑著說。

伊牧師搬過一把椅子來，瑪力歪歪擰擰的坐下了，也沒顧得拉一拉裙子；胖胖的腿多半截在外邊露著，伊太太撇了撇嘴。

凱薩林的臉也是白的，很安靜，可是眼神有點慌，看看她媽，看看瑪力。看見馬老先生也沒過去招呼。

「怎麼了，瑪力？」伊太太過去把手放在瑪力的肩上，顯著十分的和善；回頭瞪了老馬一眼，又顯著十分的厲害。

「問你的女兒，她知道！」瑪力顫著指了凱薩林一下。

伊太太轉過身來看著她女兒，沒說話，用眼睛問了她一下。

「瑪力說我搶了她的華盛頓！」伊姑娘慢慢的說。

「誰是華盛頓？」伊太太的腦袋在空氣中畫了個圈。

「騎摩托自行車的那小子，早晚出險！」馬老先生低聲告訴伊牧師。

「我的未婚夫！」瑪力說，說完用兩個門牙咬住下嘴唇。

「你幹嗎搶他？怎麼搶的？」伊太太問凱薩林。

「我幹嗎搶他！」凱薩林安穩而強硬的回答。

「你沒搶他，他怎麼不找我去了?!你剛才自己告訴我的：你常和他一塊去玩，是你說的不是？」瑪力問。

「是我說的！我不知道他是你的情人，我只知道他是我的朋友；朋友們一塊出去遊玩是常有的事。」伊姑娘笑了一笑。

伊太太看兩個姑娘辯論，心中有點發酸。她向來是裁判一切的，那能光聽著她們瞎說。她梗起脖子來，說：「凱！你真認識這個華盛頓嗎？」

「我認識他，媽！」

伊太太皺上了眉。

「伊太太，你得幫助我，救我！」瑪力站起來向伊太太說：「我的快樂，生命，都在這兒呢！叫凱薩林放了他，他是我的人，他是我的！」

伊太太冷笑了一聲：

「瑪力！小心點說話！我的女兒不是滿街搶男人的！瑪力，你錯想了！設若凱真像你所想的那麼壞，我能管教她，我是她母親，我『能』管她！」她喘了一口氣，向凱薩林說：「凱，去弄碗咖啡來！瑪力，你喝碗咖啡？」

瑪力沒言語。

「瑪力，咱們回家吧！」馬老先生看大家全不出聲，乘機會說了一句。

瑪力點了點頭。

馬老先生和伊牧師握了手，沒敢看伊太太，一直走過來，拉住瑪力的手，她的手冰涼。

瑪力和凱薩林對了對眼光，凱薩林還是很安穩，向馬老先生一笑，跟著和瑪力說：「再見，瑪力。咱們是好朋友，是不是？別錯想了我！再見！」

瑪力搖搖頭，一舉手，把帽子扣上。

「瑪力，你等等，我去叫輛汽車！」馬老先生說。

10

吃早飯的時候，大家全撅著嘴。馬老先生看著兒子不對，馬威看著父親不順眼，可是誰也不敢說誰；只好臉對臉兒撅著嘴。溫都太太看著女兒怪可憐的，可是自己更可憐；瑪力看著母親怪可笑的，可是要笑也笑不出來；只好臉對臉兒撅著嘴。苦了拿破侖，誰也不理牠；試著舐瑪力的胖腿，她把腿扯回去了；試著聞聞馬老先生的大皮鞋，他把腳挪開了；沒人理！拿破侖一掃興，跑到後花園對著幾株乾玫瑰撅上嘴！牠心裡說：不知道這群可笑的人們為什麼全撅上嘴！想不透！人和狗一樣，撅上嘴的時候更可笑！

吃完早飯，馬老先生慢慢的上了樓，把煙袋插在嘴裡，也沒心去點著。瑪力給了母親一個冰涼的吻，扣上帽子去上工。馬威穿上大氅，要上舖子去。

「馬威，」溫都太太把馬威叫住：「這兒來！」

馬威隨著她下了樓，到廚房去。溫都太太眼睛裡含著兩顆乾巴巴的淚珠，低聲兒說：「馬威，你們得搬家！」

「為什麼？溫都太太！」馬威勉強笑著問。

溫都太太長長的歎了一口氣：「馬威，我不能告訴你！沒原因，你們預備找房得了！對不起，對不起的很！」

「我們有什麼錯過？」馬威問。

「沒有，一點沒有！就是因為你們沒有錯過，我叫你們搬家！」溫都太太似是而非的一笑。

「父親——」

「不用再問，你父親，你父親，他，一點錯處沒有！你也是好孩子！我愛你們——可是咱們不能再往下，往下；好吧，馬威，你去告訴你父親，我不能和他去說！」

她的兩顆乾巴巴的淚珠，順著鼻子兩旁滾下去，滴得很快。

「好吧，溫都太太，我去告訴他。」馬威說著就往外走。她點了點頭，用小手絹輕輕的揉著眼睛。

「父親，溫都太太叫咱們搬家！」馬威冷不防的進來說，故意的試一試他父親的態度。

「啊！」馬老先生看了馬威一眼。

「咱們就張羅著找房吧？」馬威問。

「你等等！你等等！聽我的信！」馬老先生拔出嘴中的煙裝，指著馬威說。

「好啦，父親，我上鋪子啦，晚上見！」馬威說完，輕快的跑下去。

馬老先生想了半點多鐘，什麼主意也沒想出來。下樓跟她去當面說，不敢。一聲兒不出就搬家，不好意思。找伊牧師來跟她說，又恐怕他不管這些閒事；外國鬼子全不喜歡管別人的事。

「要不怎麼說，自由結婚沒好處呢！」他自己念道：「這要是中間有個媒人，豈不是很容易辦嗎：叫大媒來回跑兩趟說說弄弄，行了！你看，現在夠多難辦，找誰也不好；咱自己是沒法去說！」

老馬先生又想了半點多鐘，還是沒主意；試著想溫都太太的心意：

「她為什麼忽然打了退堂鼓呢？想不透！一點也想不透！嫌我窮？咱有舖子呀！嫌咱老，她也不年青呀！嫌咱是中國人？中國人是頂文明的人啦，嗐！嫌咱醜？有眼睛的都可以看出來，咱是多麼文雅！沒髒沒玷兒，地道好人！不要我，新新！」他的小鬍子立起來，頗有生氣的趨勢：「咱犯得上要她不呢？這倒是個問題！小洋娘們，小尖鼻子，精明鬼道，吹！誰屑於跟她搗亂呢！吹！搬家，搬就搬！太爺不在乎！」老馬先生生氣的趨勢越來越猛，嘴唇帶著小鬍子一齊的顫。忽然站起來，叼著煙袋就往樓下走。

「喝一回去！」他心裡說：「給他個一醉方休！誰也管不了！太爺！」他輕輕拍了胸膛一下，然後大拇指在空中一挑。

溫都太太聽見他下來，故意的上來看他一眼。馬老先生斜著眼飄了她一下，扣上帽子，穿上大氅，開門出去了。出了門，回頭向門環說：「太爺。」

溫都太太一個人在廚房裡哭起來了。

……………

馬威在小櫃房兒坐著，看著春季減價的報單子，明信片，目錄，全在桌兒上堆著，沒心去動。

事情看著是簡單，當你一細想的時候，就不那麼簡單了。馬威心中那點事，可以用手指頭數過來的；只是數完了，他還是照樣的糊塗，沒法辦！搬家，跟父親痛痛快快的說一回，或者甚至鬧一回；鬧完了，重打鼓，另開張，幹！這很容易，想著很容易；辦辦看？完了！到底應搬家不？到底應和父親鬧一回不？最後，到底應把她完全忘掉？說著容易！大人物和小人物有同樣的難處，同樣的困苦；大人物之所以為大人物，只是在他那點決斷。馬威有思想，有主見，只是沒有決斷。

他坐在那裡，只是坐著。思想和倫敦的苦霧一樣黑暗，靈魂像在個小盒子裡扣著，一點亮兒看不見，漸漸要沉悶死了。心中的那點愛，隨著瑪力一股，隨著父親一股，隨著李子榮一股，零落的分散盡了；只剩下個肉身子坐在那裡。活的地獄！

他盼著來個照顧主兒，沒有，半天連一個人也沒來。盼著父親來，沒有，父親是向不早來的。

李子榮來了。

他好像帶著一團日光，把馬威的混身全照亮了。

「老馬！怎麼還不往外送信呀？」李子榮指著桌上的明信片說。

「老李，別忙，今天準都送出去。」馬威看著李子榮，大眼睛裡發出點真笑：

「你這幾天幹什麼玩呢？」

「我？窮忙一鍋粥！」他說著把帽子摘下來，用袖子擦擦帽沿，很慎重的放在桌兒上：「告訴你點喜事！老馬！」

「誰的喜事？」馬威問。

「咱的！」李子榮指著自己的鼻子說，臉上稍微紅了一點：「咱的，咱定了婚啦！」

「什麼？你？我不信！我就沒看見你跟女人一塊走過！」馬威扶著李子榮的肩膀說。

「你不信？我不冤你，真的！母親給定的！」李子榮的臉都紅勻了：「二十一歲，會做飯，作衣裳，長得還不賴！」

「你沒看見過她？」馬威板著臉問。

「看見過！小時候，天天一塊兒玩！」李子榮說得很得意，把頭髮全抓亂了。

「老李，你的思想很新，怎麼能這麼辦呢！你想想將來的樂趣！你想想！你這麼能幹，這麼有學問；她？一個鄉下老兒，一個字不認識，只會做飯，作衣裳，老李，你想想！」

「她認識字，認識幾個！」李子榮打算替她辯護，不由的說漏了。

「認識幾個！」馬威皺著眉說：「老李，我不贊成你的態度！我並不是看咱們自己太高，把普通的女人一筆掃光，我是說你將來的樂趣，你似乎應當慎重一點！你想想，她能幫助你嗎，她不識字——」

「認識幾個！」李子榮找補了一句。

「——對，就算認得幾個吧，你想她能幫助你的事業嗎？你的思想，學問；她的思想和那幾個字，弄不到一塊兒！」

「老馬，你的話有理。」李子榮想了一想，說：「但是，你得聽我的，我也有一片傻理兒不是？咱們坐下說！」兩個青年臉對臉的坐下，李子榮問：「你以為我的思想太舊？」

「假如不是太糊塗！」馬威說，眼珠裡擠出一點笑意。

「我一點也不糊塗！我以為結婚是必要的，因為男女的關係——」李子榮抓了抓頭髮，想不起相當的字眼兒來，看了棚頂一眼，說：「可是，現在婚姻的問題非常的難解決：我知道由相愛而結婚是正當的辦法，但是，你睜開眼看看中國的婦女，看看她們，看完了，你的心就涼了！中學的，大學的女學生，是不是學問有根底？退一步說是不是會洗衣裳，作飯？愛情，愛情的底下，含藏著互助，體諒，責任！我不能愛一個不能幫助我，體諒我，替我負責的姑娘；不管她怎麼好看，不管她的思想怎樣新——」

「你以為做飯，洗衣裳，是婦女的唯一責任？」馬威看看李子榮問。

「一點不錯，在今日的中國！」李子榮也看著馬威說：「今日的中國沒婦女作事的機會，因為成千累萬的男人還閒著沒事作呢。叫男人都有了事做，叫女人都能幫助男人料理家事！有了快樂的，穩固的家庭，社會才有起色，人們才能享受有趣的生活！有一點知識是最危險的事，今日的男女學生就是吃這個虧，只有一點知識，是把事實輕輕的一筆勾銷。念過一兩本愛情小說，便瘋了似的講自由戀愛，結果，還是那點老事，男女到一塊兒睡一夜，完事！男女間相互的責任，沒想；快樂，不會有的！我不能說我恨他們，但是我寧可娶個會做飯，洗衣裳的鄉下老，也不去和那位『有一點知識』，念過幾本小說的姑娘去套交情！」

「好啦，別說了，老李！」馬威笑著說：「去和我父親談一談吧，他準愛聽你這一套！不用說了，你不能說服了我，我也不能叫你明白我；最好說點別的，不然，咱們就快打起來了！」

「我知道你看不起我！」李子榮說：「看我俗氣！看我不明白新思想！我知道，老馬！」

「除去你太注重事實，沒有看不起的地方，老李！」

「除去你太好亂想，太不注重事實，沒有看不起你的地方，老馬！」

兩個青年全笑起來了。

「咱們彼此瞭解，是不是？」李子榮問。

「事實上！感情上咱們離著很遠很遠，比由地球到太陽的距離還遠！」馬威回答。

「咱們要試著明白彼此，是不是？」

「一定！」

「好了，慶賀慶賀咱的婚事！」

馬威立起來，握住李子榮的手，沒說出什麼來。

「我說，老馬！我不是為談婚姻問題來的，真！把正事兒都忘了！」李子榮很後悔的樣子說：「我請你來了！」

「請我吃飯，慶賀你的婚事？」馬威問。

「不是！不是！請你吃飯？你等著吧，多咱你聽說老李成了財主，多咱你才有吃我的希望！」

李子榮笑了一陣，覺得自己說的非常俏皮：「是這麼回事：西門太太今天晚上在家裡請客，吃飯，喝酒，跳舞，音樂，應有盡有。這一晚上她得花好幾百鎊。我告訴你，老馬，外國闊人真會花錢！今天晚上的宴會是為什麼？為是募捐建設一個醫院。你猜什麼醫院？貓狗醫院！窮人有了醫院，窮人的貓狗生了病上那兒去呢？西門太太沒事就跟西門爵士這樣念叨。募捐立個貓狗醫院！西門爵士告訴她。你看，還是男人有主意不是，老馬？我說到那裡去了？」

李子榮拍著腦門想了想：「對了，西門夫人昨天看見了我，叫我給她找個中國人，作點遊戲，或是唱個歌。她先問我會唱不會？我說，西門太太，你要不怕把客人全嚇跑了，我就唱。她笑了一陣，告訴我，她決無意把客人全嚇跑！我於是便想起你來了，你不是會唱兩段『昆曲』嗎，今天晚上去唱一回，你幫助她，她決不會辜負你！我的經驗是：英國的工人頂有涵養，英國的貴族頂有度量；我就是不愛英國中等人！你去不去？白吃白喝一晚上，就手兒看看英國上等社會的狀況，今天的客人全是闊人。你去不去？」

「我沒禮服呀！」馬威的意思是願意去。

「你有中國衣裳沒有？」

「有個綢子夾襖，父親那裡還有個緞子馬褂。」

「成了！成了！你拿著衣裳去找我，我在西門爵士的書房等你，在那裡換上衣裳，我把你帶到西門太太那裡去。你這一穿中國衣裳，唱中國曲，她非喜歡壞了不可！我告訴你，你記得年前西門爵士在這兒買的那件中國繡花裙子？西門太太今天晚上就穿上，我前天還又給她在皮開得栗找了件中國舊灰鼠深藍官袍，今天晚上她是上下一身兒中國衣裳。一來是外國人好奇，二來中國東西也真好看！我有朝一日做了總統，我下令禁止中國人穿西洋衣服！世界上還有比中國服裝再大雅，再美的！」

「中國人穿西裝也是好奇！」馬威說。

「俗氣的好奇！沒有審美的好奇！」李子榮說。

「西服方便，輕利！」馬威說。

「作事的時候穿小褂，一樣的方便！綢子衫兒，葛布衫兒比什麼都輕利，而且好看！」李子榮說。

「你是頑固老兒，老李！」

「你，維新鬼！老馬！」

「得，別說了，又快打起來啦！」

「晚上在西門宅上見，七點！不用吃晚飯，今天晚上是法國席！晚上見了！」李子榮把帽子拿起來，就手兒說：「老馬！把這些傳單和信，趕緊發出去。再要是叫我看見在這裡堆著，咱們非打一回不可！」

「給將來的李夫人寄一份去吧？」馬威笑著問。

「也好，她認識幾個字！」

「這是英文的，先生！」

李子榮扣上帽子，打了馬威一拳，跑了。

11

風裡裹著些暖氣，把細雨絲吹得綿軟無力，在空中逗遊著，不直著往下落。街上的賣花女已經擺出水仙和一些雜色的春花，給灰暗的倫敦點綴上些有希望的彩色。聖誕和新年的應節舞劇，馬戲，什麼的，都次第收場了；人們只講究著足球最後的決賽，和劍橋牛津兩大學賽船的預測。英國人的好賭和愛遊戲，是和吃牛肉抽葉子煙同樣根深蒂固的。

公園的老樹掛著水珠，枝兒上已露出些紅苞兒。樹根的濕土活軟的放出一股潮氣，一兩個小野水仙從土縫兒裡頂出一團小白骨朵兒。青草比夏天還綠的多，風兒吹過來，小草葉輕輕的擺動，把水珠兒次第的擺下去。倫敦是喧鬧的，忙亂的，可是這些公園老是那麼安靜幽美，叫人們有個地方去換一口帶著香味的空氣。

老馬先生背著手在草地上扭，腳步很輕，恐怕踩死草根伏著的蚯蚓。沒有拿傘，帽沿上已淋滿了水珠。鞋已經濕透，還是走；雖然不慌，心中確是很堅決的，走！走著，走著，走到街上來了；街那邊還有一片草地；街中間立著個戰死炮兵的紀念碑。馬先生似乎記得這個碑，又似乎不大認識這個地方；他向來是不記地名的；更不喜歡打聽道兒。打算過街到那邊的公園看看，馬路上的汽車太多，看著眼暈。他跺了跺鞋上的泥，又回來了。

找了條板凳，坐了一會兒。一個老太太拉著條臉長脖子短的小狗，也坐下了。他斜眼瞪了她一眼，瞪了小狗半眼，立起來往草地上走。

「喪氣！大早晨的遇見老娘們，還帶著條母狗！」他往草葉上吐了兩口唾沫。

走了一會兒，又走到街上來了，可是另一條街：汽車不少，沒有紀念碑。「這又是什麼街呢？」他問自己。遠處的牆上有個胡同名牌，身分所在，不願意過去看；可有貴人在街上找地名的？沒有！咱也不能那麼幹！打算再回公園去繞，腿已經發酸，鞋底兒冰涼；受了寒不是玩的！回家吧！

回家？把早晨帶出來的問題一個沒解決，就回家？不回去？再在公園繞上三天，三個禮拜，甚至於三年，就會有了主意嗎？不一定！難！難！難！自幼兒沒受過困苦，沒遭過大事，沒受過訓練，那能那麼巧，一遇見事就會有辦法！回家，還是回家！見了她就說！

叫了輛汽車回家。

溫都太太正收拾書房，馬老先生進來了。

「嘿嘍！出去走得怎麼樣？」她問。

「很好，很好！」他回答：「公園裡很有意思，小水仙花，這麼一點，」他伸著小指說：「剛由土裡冒出來。瑪力上工去啦？她今天歡喜點了吧？」

「她今天可喜歡了！」她一邊擦窗戶一邊說，並沒看著他：「多瑞姑姑死了，給瑪力留下一百鎊錢，可憐的多瑞！這一百鎊錢把瑪力的小心給弄亂了，她要買帽子，要買個好留聲機，要買件皮襖，又打算存在銀行生利。買東西就不能存起來生利，不能兩顧著，是不是？小瑪力，簡直的不知道怎麼好了！」

「華盛頓還是沒來？」馬老先生問。

「沒有！」她很慢的搖搖頭。

「少年人不可靠！不可靠！」他歎息著說。

她回過頭來，看著他，眼中有一星的笑意。

「少年人不可靠！少年人的愛情是一時的激刺，不想怎麼繼續下去，怎麼組織起個家庭來！」馬老先生自有生以來沒說過這麼漂亮的話，而且說得非常自然，誠懇。說完了一搖頭，又表示出無限的感慨！——早晨這一趟公園慢步真沒白走，真得了些帶詩味的感觸。說完，他看著溫都太太，眼裡帶出不少懇求哀告的神氣來。

她也聽出他的話味來，可是沒說什麼，又轉回身去擦玻璃。

他往前走了兩步，很勇敢，很堅決，心裡說：「今兒個就是今兒個了，成敗在此一舉啦！」

「溫都太太！溫都太太！」他只叫了這麼兩聲，他的聲音把心中要說的話都表示出來。他伸著一隻手，手指頭都沉重的顫著。

「馬先生！」她回過身來，手在窗台上支著：「咱們的事兒完了，不用再提！」

「就是因為那天買戒指的時候，那個夥計說了那麼幾句話？」他問。

「不！理由多了！那個不過是一個起頭。那天回來，我細細想了一回，理由多了，沒有一個理由叫我敢再進行的！我愛你——」

「愛就夠了，管別的呢！」他插嘴說。

「社會！社會！社會專會殺愛情！我們英國人在政治上是平等的，可是在社交上我們是有階級的。我們婚姻的自由是限於同等階級的。有同等地位，同等財產，然後敢談婚姻，這樣結婚後才有樂趣。一個王子娶一個村女，只是寫小說的願意這麼寫，事實上是做不到的！就打算這是事實，那個小鄉下姑娘也不會快樂，社會，習慣，禮節，言語，全變了，全是她所不知道的，她怎能快活！」

她喘了一口氣，無心中的用抹布擦了擦小鼻子，然後接著說：「至於你我，沒有階級的隔膜；可是，種族的不同在其中作怪！種族比階級更厲害！我想了，細細的想了，咱們還是不冒險好！你看，瑪力的事兒，十分有九分是失敗了；為她打算，我不能嫁你；一個年青氣壯的小夥子愛上她，一聽說她有個中國繼父，要命他也不娶她！人類的成見，沒法子打破！你初來的時候，我也以為你是什麼妖怪野鬼，因為人人都說你們不好嗎。現在我知道你並不是那麼壞，可是社會上的人不知道；咱們結婚以後還是要在社會上活著的；社會的成見就三天的工夫能把你我殺了！英國男人娶外國婦人是常有的事，人們看著外國的婦女懷疑可是不討厭；英國婦人嫁外國男人，另一回事了；你知道，馬先生，英國人是一個極驕傲的民族，看不起嫁外國人的婦人，討厭娶英國老婆的外國人！我常聽人們說：東方婦女是家中的寶貝，不肯叫外人看見，更不肯嫁給外國人，英國人也是一樣，最討厭外國人動他們的婦女！馬先生，種族的成見，你我打不破，更犯不上冒險的破壞！你我可以永遠作好朋友，只能作好朋友！」

馬老先生混身全麻木了，一句話也說不出來了。待了老大半天，他低聲兒說：「我還可以在這兒住？」

「嘔！一定！我們還是好朋友！前些天我告訴馬威，叫你們搬家，是我一時的衝動！我要真有心叫你搬，為什麼我不催促你呢！在這兒住，一定！」她笑了一笑。

他沒言語，低著頭坐下。

「我去叫拿破侖來跟你玩。」她搭訕著走出去了。

第五段　再見！倫敦！

1

三月中間，倫敦忽然見著響晴的藍天。樹木，沒有雲霧的障蔽，好像分外高瘦了一些。榆樹枝兒紛紛往下落紅黃的鱗片，柳枝很神速的掛上一層輕黃色。園中的野花，帶著響聲，由濕土裡往外冒嫩芽。人們臉上也都多帶出三分笑意。肥狗們樂得滿街跳，向地上的樹影汪汪的叫。街上的汽車看著花梢多了，在日光裡跑得那麼利嗖，車尾冒出的藍煙，是真有點藍色了。鋪子的金匾，各色的點綴，都反射出些光彩來，叫人們的眼睛有點發花，可是心中痛快。

雖然天氣這麼好，伊家的大小一點笑容都沒有，在客廳裡會議。保羅叼著煙袋，皺著眉。伊牧師的腦杓頂著椅子背，不時的偷看伊太太一眼。她的頭髮連一點春氣沒有，乾巴巴的在頭上繞著，好像一團死樹根兒。她的脖子還是梗得很直，眼睛帶出些毒光，鼻子邊旁的溝兒深，很深，可是很乾，像兩條凍死的護城河。

「非把凱薩林拉回來不可！我去找她，我去！」伊太太咬著牙說。

「我不能再見她的面！趁早不用把她弄回來！媽！」保羅說，態度也很堅定。

「咱們不把她弄回來，瑪力要是告下華盛頓來，咱們全完，全完！誰也不用混啦！我在教會不能再做事，你在銀行也處不下去啦！她要是告狀，咱們就全完，毀到底！你我禁得住報紙的宣揚嗎！把她弄回來，沒第二個辦法！」伊太太說，說得很沉痛，字字有力。

「她要是肯和人跑了，咱們就沒法子把她再叫回來！」保羅說，臉上顯著非常的憤怒：「我早知道她！自私，任性，不顧臉面！我早知道她！」

「不用空恨她！沒用！想辦法！你恨她，我的心都碎了！自幼兒到現在，我那一天不給她些《聖經》上的教訓？我那一天不拿眼睛釘著她？你恨她，我才真應當恨她的呢！可是，無濟於事，恨她算不了什麼；再說，咱們得用愛力感化她！她跑了，咱們還要她，自要她肯改邪歸正；自要她明白基督的教訓；自要她肯不再念那些邪說謬論！我去找她，找到天邊，也把她找回來！我知道她現在不會快樂，我把她找回來，叫她享受一切她從前的快樂；我知道她跟我在一塊兒是最快活的；叫我的女兒快活是我的責任，不管她怎麼樣對不起我！」伊太太一氣說完，好像心中已打好了稿子，一字不差的背了一過。眼中有點濕潤，似乎是一種淚，和普通人的淚完全不同。

「她決不會再回來！她要是心裡有咱們，她就決不會跟華盛頓那小子跑了！媽，你怎辦都好，我走！我要求銀行把我調到印度，埃及，日本，那兒也好；我不能再見她！英國將來有亡的那一天，就亡在這群自私，不愛家，不愛國，不愛上帝的男女們！」保羅嚷著說，說完，站起來，出去了。

歐洲大戰的結果，不但是搖動各國人民的經濟基礎，也搖動了人們的思想：有思想的人把世界上一切的舊道德，舊觀念，重新估量一回，重新加一番解釋。他們要把舊勢力的拘束一手推翻，重新建設一個和平不戰的人類。婚姻，家庭，道德，宗教，政治，在這種新思想下，全整個的翻了一個觔斗；幾乎有連根拔去的樣子。普通的人們在這種波浪中，有的心寬量大，隨著這個波浪游下去，在這種波浪中，他們得到許多許多的自由；有的心窄見短，極力的逆著這個潮浪往回走，要把在浪中浮著的那些破殘的舊東西，捉住，緊緊的捉住。這兩隊人滾來滾去，誰也不瞭解誰，誰也沒心去管誰；只是彼此猜疑，痛恨；甚至於父子兄弟間也演成無可調和的慘劇。

英國人是守舊的，就是守舊的英國人也正在這個怒潮裡滾。

凱薩林的思想和保羅的相差至少有一百年：她的是和平，自由；打破婚姻，宗教；不要窄狹的愛國；不要貴族式的代議政治。保羅的呢：戰爭，愛國，連婚姻與宗教的形式都要保存著。凱薩林看上次的大戰是萬惡的，戰前的一切是可怕的；保羅看上次的大戰是最光榮的，戰前的一切是黃金的！她的思想是由讀書得來的；他的意見是本著本能與天性造成的。她是個青年，他也是個青年，大戰後的兩種青年。她時時處處含著笑懷疑，他時時處處叼著煙袋斷定。她要知道，明白；他要結果，效用。她用腦子，他用心血。誰也不明白誰，他恨她，因為他是本著心血，感情，遺傳，而斷定的！

她很安穩的和華盛頓住在一塊，因為他與她相愛。為什麼要買個戒指戴上？為什麼要上教堂去摸摸《聖經》？為什麼她一定要姓他的姓？……凱薩林對這些問題全微微的一笑。

瑪力——和保羅是一樣的——一定要個戒指，一定要上教堂去摸《聖經》，一定叫人稱呼她華盛頓太太。她的舉動像個小野貓兒，她的思想卻像個死牛。她喜歡露出白腿叫男人看，可是她的腿只露到膝下，風兒把裙子刮起一點，便趕快的拉住，看著傻氣而可笑。她只是為態度，衣帽，叫男人遠遠看著她活著的。她最後的利器便是她的美。憑著她的美捉住個男人，然後成個小家庭，完了！她的終身大事只盡於此！她不喜歡有小孩，這雖是新思想之一，可是瑪力信這個只是為方便。小孩子是最會破壞她的美貌的，小孩是最麻煩的，所以她不願意生小孩；而根本不承認她有什麼生育制限的新思想。

華盛頓拿瑪力與凱薩林一比較，他決定和凱薩林一塊住了。他還是愛瑪力，沒忘了她；可是他和凱薩林的關係似乎在「愛」的以上。這點在「愛」以上的東西是歐戰以後的新發現，還沒有人知道是什麼東西。這點東西是不能以形式限制住的，這點東西是極自由的，極活潑的。瑪力不會瞭解，還不會享受，因為她的「愛」的定義是以婚姻，夫婦，家庭，來限定的；而這點東西是決不能叫那些老風俗捆住的。

凱薩林與華盛頓不恥手拉著手兒去見伊太太，也不怕去見瑪力；只是伊太太與瑪力的不瞭解，把他與她嚇住了；他與她不怕人，可是對於老的思想有些不敢碰。這不是他與她的軟弱，是世界潮流的擊撞，不是個人的問題，是歷史的改變。他與她的良心是平安的，可是良心的標準是不同的；他與她的良心不能和伊太太，瑪力的良心擱在同一天平上稱。好吧，他與她頂好是不出頭，不去見伊太太與瑪力。

「可憐的保羅！要強的保羅！我知道他的難處！」伊太太在保羅出去以後，自己叨嘮著。

伊牧師看了她一眼，知道到了他說話的時候了，嗽了兩下，慢慢的說：

「凱不是個壞丫頭，別錯想了她。」

「你老向著她說話，要不是你慣縱著她，她還作不出這種醜事呢！」伊太太一炮把老牧師打悶過去。

伊牧師確是有點恨她，可是不敢發作。

「我找她去！我用基督耶穌的話把她勸回來！」伊太太勉強一笑，和魔鬼咧嘴一樣的和善。

「你不用找她去，她不回來。」伊牧師低聲的說：「她和他在一塊兒很快樂呢，她一定不肯回來；要是不快樂呢，她有掙飯吃的能力，也不肯回來。我願意她回來，她最愛我，我最疼她！」他的眼圈兒濕了，接著說：「可是我不願意強迫她回來。她有她的主張，意見。她能實行她的主張與意見，她就快活；我不願意剝奪她的快活！現在的事，完全在瑪力身上，瑪力要告狀，咱們全完；她高高一抬手，萬事皆休；全在她一個人身上。你不用去找凱，我去看她，聽一聽她的意見，然後我去求瑪力！」

「求——瑪力！！求！！！」伊太太指著他的鼻子說，除了對於上帝，她沒用過這個「求」字！

「求她！」伊牧師也叫了勁，聲音很低，可是很堅決。「你的女兒跑了，去求一個小丫頭片子！你的身分，伊牧師！」伊太太喊。

「我沒身分！你和保羅都有身分，我沒有！你要把女兒找回來，只為保持你的臉面，不管她的快樂！同時你一點沒想到瑪力的傷心！我沒身分，我去求她！她肯聽我的呢，她算犧牲了自己，完成凱薩林的快樂；她不肯聽我的呢，她有那分權利與自由，我不能強迫她！可憐的瑪力！」

伊太太想抓起點東西往他的頭上摔；忽然想起上帝，沒敢動手。她惡狠狠的瞪了他一眼，頂著那頭亂棉花走出去了。

…………

伊牧師和溫都太太對著臉坐著，瑪力抱著拿破侖坐在鋼琴前面。在燈光下，伊牧師的臉是死白死白的。

「瑪力！瑪力！」他說：「凱薩林不對，華盛頓也不對；只委屈了你！可是事已至此，你要嚴重的對他呢，連他帶我就全毀了！你有法律上的立腳地，你請求賠償，是一定可以得到的。連賠償帶手續費，他非破產不可！報紙上一宣揚，我一家子也全跟著毀了！你有十足的理由去起訴，你有十足的理由去要求賠償，我只是求你，寬容他一些！

「華盛頓不是個壞小子，凱薩林也不是個壞丫頭，只是他們的行動，對不起你；你能寬容他們，他們的終身快樂是你給的！你不饒恕他們，我一點也不說你太刻，因為你有充分的理由；我是來求你，格外的留情，成全他們，也成全了我們！在法律上他與她是應當受罰的，在感情上他們有可原諒的地方。他們被愛情的衝動做下這個錯事，他們決無意戲弄你，錯待你，瑪力！你說一句話，瑪力，饒恕他們，還是責罰他們。瑪力姑娘，你說一句話！」

瑪力的淚珠都落在拿破侖的身上，沒有回答。

「我看，由法律解決是正當的辦法，是不是？伊牧師！」溫都太太嘴唇顫著說。

伊牧師沒言語，雙手捧著腦門。

「不！媽！」瑪力猛孤丁的站起來說：「我恨他，我恨他！我——愛他！我不能責罰他！我不能叫他破產！可是，得叫他親自來跟我說！叫他親自來！我不能聽旁人的，媽，你不用管！伊牧師，你也管不了！我得見他，我也得見她！我看看他們，只要看看他們！哈哈！哈哈！」瑪力忽然怪笑起來。

「瑪力！」溫都太太有點心慌，過去扶住女兒。伊牧師坐在那裡像傻了一樣。

「哈哈！哈哈！」瑪力還是怪笑，臉上通紅，笑了幾聲，把頭伏在鋼琴上哭起來。

拿破侖跑到伊牧師的腿旁，歪著頭看著他。

2

馬威和李子榮定好在禮拜天去看倫敦北邊的韋林新城。這個新城是戰後才建設的。城中各處全按著花園的佈置修的，夏天的時候，那一條街都聞得見花香。城中只有一個大舖子，什麼東西都賣。城中全燒電氣，煤炭是不准用的，為是保持空氣的清潔。只有幾條街道可以走車馬，如是，人們日夜可以享受一點清靜的生活。城中的一切都近乎自然，可是這個「自然」的保持全仗著科學：電氣的利用，新建築學的方法，花木的保護法，道路的佈置，全是科學的。這種科學利用，把天然的美增加了許多。把全城弄成極自然，極清潔，極優美，極合衛生，不是沒有科學知識的所能夢想得到的。

科學在精神方面是求絕對的真理，在應用方面是給人類一些幸福。錯用了科學的是不懂科學，因科學錯用了而攻擊科學，是不懂科學。人生的享受只有兩個：求真理與娛樂。只有科學能供給這兩件。

兩個人坐車到邦內地，由那裡步行到新城去。順著鐵路走，處處有些景致。綠草地忽高忽低，樹林子忽稀忽密。人家兒四散著有藏在樹後的，有孤立在路旁的，小園裡有的有幾隻小白雞，有的掛著幾件白汗衫，看著特別的有鄉家風味。路上，樹林裡，都有行人：老太婆戴著非常複雜的帽子，拄著汗傘，上教堂去作禮拜。青年男女有的挨著肩在樹林裡散逛，有的騎著車到更遠的鄉間去。中年的男人穿著新衣裳，帶著小孩子，在草地上看牛，雞，白豬，鳥兒，等等。小學生們有的成群打夥的踢足球，有的在草地上滾。

工人們多是叼著小泥煙袋，拿著張小報，在家門口兒念。有時候也到草地上去和牛羊們說回笑話。

英國的鄉間真是好看：第一樣處處是綠的，第二樣處處是自然的，第三樣處處是平安的。

「老李，」馬威說：「你看伊姑娘的事兒怎麼樣？你不贊成她吧？」

李子榮正出神的看著一株常綠樹，結著一樹的紅豆兒，好像沒聽見馬威說什麼。

「什麼？嘔，伊姑娘！我沒有什麼不贊成她的地方。你看那樹的紅豆多麼好看？」

「好看！」馬威並沒注意的看，隨便回答了一句，然後問：「你不以為她的行動出奇？」

「有什麼出奇！」李子榮笑著說：「這樣的事兒多了！不過我決不肯冒這個險。她，她是多麼有本事！她心裡有根：她願意和一個男人一塊住，她就這麼辦了，她有她的自由，她能幫助他。她不願意和他再混，好，就分離，她有能力掙飯吃。你看，她的英文寫得不錯，她會打字，速記，她會辦事，又長的不醜，她還怕什麼！凡是敢實行新思想的，一定心裡有點玩藝兒；沒真本事，光瞎喊口號，沒有個成功！我告訴你，老馬，我就佩服外國人一樣：他們會掙錢！你看伊太太那個傢伙，她也掙三四百一年。你看瑪力，小布人似的，她也會賣帽子。你看亞力山大那個野調無腔，他也會給電影廠寫佈景。你看博物院的林肯，一個小詩人，他也會翻譯中國詩賣錢。我有一天問他，中國詩一定是有價值，不然你為什麼翻譯呢？你猜，他說什麼？『中國東西現在時興，翻點中國詩好賣錢！』他們的掙錢能力真是大，真厲害。有了這種能力，然後他們的美術，音樂，文學，才會發達，因為這些東西是精神上的奢侈品，沒錢不能做出來。你看西門爵士那一屋子古玩，值多少錢！他說啦，他死的時候，把那些東西都送給倫敦博物院。中國人可有把一屋子古玩送給博物院的？連窩窩頭還吃不上，還買古玩，笑話！有了錢才會寬宏大量，有了錢才敢提倡美術，和慈善事業。錢不是壞東西，假如人們把錢用到高尚的事業上去。我希望成個財主，拿出多少萬來，辦圖書館，辦好報紙，辦博物院，辦美術館，辦新戲園，多了！多了！好事情多了！」李子榮吸了口氣，空氣非常的香美。

馬威還想著伊姑娘的事，並沒聽清李子榮說的是什麼。

「可憐的瑪力！」馬威歎息了一聲。

「我說的話，你全沒聽？老馬！」李子榮急了。

「聽見了，全聽見了！」馬威笑了：「可憐的瑪力！」

「扔開你的瑪力和凱薩林！可憐？我才可憐呢！一天到晚窮忙，還發不了財！」李子榮指手畫腳的嚷，把樹上的小鳥嚇飛了一群。

馬威不說話了，一個勁兒往前走。頭低著，好像叫思想給贅沉了似的。

李子榮也不出聲，扯開粗腿，和馬威賽開了跑。兩個人一氣走了三哩，走得喘吁吁的。臉全紅了，手指頭也漲起來。

誰也不服誰，誰也不說話，只是走，越走越有勁。

馬威回頭看了李子榮一眼，李子榮往起一挺胸脯，兩個人又走下去了。

「可憐的瑪力！」李子榮忽然說，學著馬威的聲調。馬威站住了，看著李子榮說：「你是成心耍我呀，老李！什麼瑪力呀？又可憐呀？」

「你老說我太注重事實嗎，我得學著浪漫一點，是不是？」李子榮說。

兩個人走得慢了。

「老李，你不明白我！」馬威拉住李子榮的胳臂，說：「說真的，我還是對瑪力不死心！我簡直的沒辦法！有時候我半夜半夜的睡不著覺，真的！我亂想一回：想想你的勸導，想想父親的無望，想想事業，想想學問；不論怎麼想吧，總忘不了她！她比仙女還美，同時比魔鬼還厲害！」

「好老馬，你我真和親弟兄一樣，我還是勸你不必妄想！」李子榮很誠懇的說：「我看她一定把華盛頓給告下來，至少也要求五六百鎊的賠償。她得了這筆錢，好好的一打扮，報紙上把她的影片一登，我敢保，不出三個月她就和別人結婚。外國人最怕報紙，可是也最喜歡把自己的姓名，像片，全登出來。這是一種廣告。誰知道小瑪力？沒人！她一在報紙上鬧騰，行了，她一天能接幾百封求婚書。你連半點希望也沒有！不必妄想，老馬！」

「你不知道瑪力，她不會那麼辦！」馬威很肯定的說。

「咱們等著瞧！錢，名，都在此一舉，她不是個傻子！況且華盛頓破壞婚約，法律上有保護瑪力的義務。」

「我沒望？」馬威說得很淒慘。

李子榮搖了搖頭。

「我再試一回，她再拒絕我，我就死心了！」馬威說。

「也好！」李子榮帶著不贊成的口氣。

「我告訴你，老李，我跟她說一回；再跟父親痛痛快快說一回，關於鋪子的事。她拒絕我呢，我無法。父親不聽我的呢，我走！他一點事兒不管，老花錢，說不下去；我得念書。不能一天黏在鋪子裡。我忍了這麼些日子了，他一點看不出來；我知道不抓破面皮的跟他說，他要命也不明白我們的事情，非說不可了！」

「打開鼻子說亮話，頂好的事！不過——」李子榮看見路旁的里數牌：「哈，快到了，還有半哩地。我說，現在可快一點鐘了，咱們上那兒去吃飯呢？新城裡一定沒飯館！」

「不要緊，車站上許有酒館，喝杯酒，來兩塊麵包，就成了。」馬威說。

離車站不遠有一帶土坡，上面不少小松樹。兩個人上了土坡，正望見新城。高低的房屋，全在山坡下邊，房屋那邊一條油光光的馬路，是上劍橋的大道。汽車來回的跑，遠遠看著好像幾個小黑梭。天是陰著，可是沒霧，遠遠的還可以看見韋林舊城。城裡教堂的塔尖高高的在樹梢上挺出來，看著像幾條大筍。兩城之間，一片高低的綠地，地中圈著些牛羊。羊群跑動，正像一片雪被風吹著流動似的。兩個人看了半天，捨不得動。教堂的鐘輕輕的敲了一點。

……………

自從由韋林新城回來，馬威時時刻刻想和瑪力談一談，可是老沒得機會。

有一天晚上，溫都太太有些頭疼，早早的就睡了。馬老先生吃完晚飯出去了，並沒告訴別人到那裡去。瑪力一個人抱著拿破侖在客廳裡坐著，哭喪著臉和拿破侖報委屈。馬威在屋外咳嗽了一聲，推門進來。

「哈嘍，馬威！」

「瑪力，你沒出去？」馬威說著過去逗拿破侖。

「馬威，你願意幫助我嗎？」瑪力問。

「怎麼幫助你？」馬威往前又湊了湊。

「告訴我，華盛頓在那兒住？」她假意的笑著說。

「我不知道，真的！」

「無關緊要，不知道不要緊！」她很失望的一撇嘴。

「瑪力，」他又往前湊湊，說：「瑪力！你還是愛華盛頓？你不會給真愛你的人一點機會？」

「我恨他！」瑪力往後退退身子：「我恨你們男人！」

「男人裡有好的！」馬威的臉紅了一點，心裡直跳。

瑪力樂了，樂的挺不自然。

「馬威，你去買瓶酒，咱們喝，好不好？我悶極了，我快瘋了！」

「好，我去買，你要喝什麼？」

「是有辣勁的就成，我不懂得酒。」

馬威點點頭，拿上帽子，出去了。

…………

「馬威。我臉紅了！很熱！你摸！」

馬威摸了摸她的臉蛋，果然很熱。

「我摸摸你的！」瑪力的眼睛分外的光亮，臉上紅的像朝陽下的海棠花。

他把她的手握住了，他的渾身全顫動著。他的背上流著一股熱氣。他把她的手，一塊兒棉花似的，放在他的唇邊。她的手背輕輕往上迎了一迎。他還拉著她的手，那一隻手繞過她的背後，把嘴唇送到她的嘴上。她臉上背上的熱氣把他包圍起來，他什麼也不知道了，只聽得見自己心房的跳動。他把全身上的力量全加到他的唇上，她也緊緊摟著他，好像兩個人已經化成一體。他的嘴唇，熱，有力，往下按著；她的唇，香軟，柔膩，往上湊和。他的手腳全涼了，無意識的往前躬了躬身，把嘴唇更嚴密的，滾熱的，往下扣。她的眼睛閉著，頭兒仰著，把身子緊緊靠著他的。

她睜開眼，用手輕輕一推他的嘴，他向後退了兩步，差點沒倒下。

她又灌下去一杯！喝得很凶，怪可怕的。舐了舐嘴唇，她立起來，看著馬威。

「哈哈，原來是你！小馬威！我當你是華盛頓呢！你也好，馬威，再給我一個吻！這邊！」她歪著右臉遞給他。馬威傻子似的往後退了兩步，顫著說：「瑪力！你醉了？」

「我沒醉！你才醉了呢！」她搖晃著向他走過來：「你敢羞辱我，吻我！你！」

「瑪力！！」他拉住她的手。

她由他拉著手，低下頭，一個勁兒笑。笑著，笑著，她的聲音變了，哭起來。

拿破侖這半天看著他們，莫名其妙是怎一回事。忽然小耳朵立起來，叫了兩聲。馬老先生開門進來了。

看見他們的神氣，馬老先生呆著想了半天，結果，他生了氣。

「馬威！這是怎回事呀！」馬老先生理直氣壯的問。馬威沒回答。

「瑪力，你睡覺去吧！」他問瑪力。

瑪力沒言語，由著馬威把她攙到樓下去。

馬威心裡刀刺的難過。後悔不該和她喝酒，心疼她的遭遇，恨她的不領略他的愛情，愛她的溫柔嘴唇，想著過去幾分鐘的香色……難過！沒管父親，一直上樓了。

馬老先生的氣頭不小，自從溫都太太拒絕了他，他一肚的氣，至今沒地方發送；現在得著個機會，非和馬威鬧一回不可。

他把他們剩下的酒全喝了，心氣更壯了。上了樓來找馬威。

馬威也好，把門從裡面鎖好，馬老先生乾跺腳，進不去。

「明天早晨見，馬威！明天咱們得說說！沒事兒把人家大姑娘灌醉了，拉著人家的手！你有臉皮沒有哇？明天見！」

馬威一聲也沒出。

3

馬老先生睡了一夜平安覺，把怒氣都睡出去了。第二天早晨，肚子空空的，只想吃早飯，把要和馬威算賬也忘了。吃完早飯，他回到書房去抽煙，沒想到馬威反找他來了。

馬威皺著眉，板著臉，眼睛裡一點溫和的樣兒也沒有。馬老先生把昨天晚上的怒氣又調回來了。心裡說：「我忘了，你倒來找尋我！好，咱們得說說，小子！」

馬威看著他父親沒有一處不可恨的。馬老先生看著兒子至少值三百軍棍。誰也沒這麼恨過誰，他們都知道；可是今天好像是有一股天外飛來的邪氣，叫他們彼此越看越發怒。

「父親，」馬威先說了話：「咱們談一談，好不好？」

「好吧！」馬老先生咂著煙袋，從牙縫裡擠出這麼兩個字來。

「先談咱們的買賣？」馬威問。

「先談大姑娘吧。」馬老先生很俏皮的看了他兒子一眼。

馬威的臉色白了，冷笑著說：「大姑娘吧，二姑娘吧，關於婦女的事兒咱們誰也別說誰，父親！」

馬老先生嗽了兩聲，沒言語，臉上慢慢紅起來。

「談咱們的買賣吧？」馬威問。

「買賣，老是買賣！好像我長著個『買賣腦袋』似的！」馬老先生不耐煩的說。

「怎麼不該提買賣呀？」馬威瞪著他父親問：「吃著買賣，喝著買賣！今天咱們得說開了，非說不可！」

「你，兔崽子！你敢瞪我！敢指著臉子教訓我！我是你爸爸！我的鋪子，你不用管，用不著你操心！」馬老先生真急了，不然，他決不肯罵馬威。

「不管，更好！咱們看誰管，誰管誰是王——」馬威沒好意思罵出來，推門出去了。

馬威出了街門，不知道上那兒好。不上鋪子去，耽誤一天的買賣；上鋪子去，想著父親的話真刺心。壓了壓氣，還是得上鋪子去；父親到底是父親，沒法子治他；況且買賣不是父親一個人的，鋪子倒了，他們全得挨餓。沒法子，誰叫有這樣的父親呢！

倫敦是大的，馬威卻覺著非常的孤獨寂寞。倫敦有七百萬人，誰知道他，誰可憐他；連他的父親都不明白他，甚至於罵他！瑪力拒絕了他，他沒有一個知心的！他覺著非常的淒涼，雖然倫敦是這麼熱鬧的一個地方。他沒有地方去，雖然倫敦有四百個電影院，幾十個戲館子，多少個博物院，美術館，千萬個鋪子，無數的人家；他卻沒有地方去；他看什麼都淒慘；他聽什麼都可哭；因為他失了人類最寶貴的一件東西：愛！

他坐在鋪子裡，聽著街上的車聲，聖保羅堂的鐘聲，他知道還身在最繁華熱鬧的倫敦，可是他寂寞，孤苦，好像他在戈壁沙漠裡獨身遊蕩，好像在荒島上和一群野鳥同居。

他鼓舞著自己，壓制著怒氣，去，去跳舞，去聽戲，去看足球，去看電影；啊，離不開這個舖子！沒有人幫助我，父親是第一個不管我的！和他決裂，不肯！不管他罷，也不去跳舞，遊戲；好好的念書，作事，由苦難中得一點學問經驗；說著容易，感情的激刺往往勝過理智的安排。心血潮動的時候不會低頭念書的！

假如瑪力能愛我，馬威想：假如我能天天吻她一次，天天拉拉她的手，能在一塊兒說幾句知心的話，我什麼事也不管了，只是好好作事，念書；把我所能得的幸福都分給她一半。或者父親也正這麼想，想溫都太太，誰管他呢！可憐的瑪力，她想華盛頓，正和我想她一樣！人事，愛情，永遠是沒系統的，沒一定的！世界是個大網，人人想由網眼兒撞出去，結果全死在網裡；沒法子，人類是微弱的，意志是不中用的！

不！意志是最偉大的，是鋼鐵的！誰都可以成個英雄，假如他把意志的鋼刃斫斷了情絲，煩惱！馬威握著拳頭捶了胸口兩下。幹！幹！往前走！什麼是孤寂？感情的一種現象！什麼是弱懦？意志的不堅！

進來個老太婆，問馬威賣中國茶不賣。他勉強笑著把她送出去了。

「這是事業？嘔，不怪父親恨做買賣！賣茶葉不賣？誰他媽的賣茶葉！」

只有李子榮是個快樂人！馬威想：他只看著事情，眼前的那一釘點事情，不想別的，於是也就沒有苦惱。他和獅子一樣，捉鹿和捉兔用同等的力量，而且同樣的喜歡；自要捉住些東西就好，不管大小。李子榮是個豪傑，因為他能自己造出個世界來！他的世界裡只有工作，沒有理想；只有男女，沒有愛情；只有物質，沒有玄幻；只有顏色，沒有美術！然而他快樂，能快樂的便是豪傑！

馬威不贊成李子榮，卻是佩服他，敬重他。有心要學他，不成，學不了！

「嘿嘍，馬威！」亞力山大在窗外喊，把玻璃震得直顫：「你父親呢？」他開開門進來，差點給門軸給推出了槽。他的鼻子特別紅，嘴中的酒味好像開著蓋的酒缸。他穿著新紅灰色的大氅，站在那裡，好似一座在夕陽下的小山。

「父親還沒來，幹什麼？」馬威把手擱在亞力山大的手中，叫他握了握。亞力山大的大拇指足有馬威的手腕那麼粗。

「好，我交給你吧。」亞力山大掏出十張一鎊錢的票子。一邊遞給馬威，一邊說：「他叫我給押兩匹馬，一匹贏了，一匹輸了；勝負相抵，我還應當給他這些錢。」

「我父親常賭嗎？」馬威問。

「不用問，你們中國人都好賭。你明白我的意思？」亞力山大說：「我說，馬威，你父親真是要和溫都太太結婚嗎？那天他喝了幾盅，告訴我他要買戒指去，真的？」

「沒有的事，英國婦人那能嫁中國人，你明白我的意思？」馬威笑著說，說得非常俏皮而不好聽。

亞力山大看了馬威一眼，撇著大嘴笑了笑。然後說：「他們不結婚，兩好，兩好！我問你，你父親沒告訴你，他今天到電影廠去？」

「沒有，上那兒去作什麼？」馬威問。

「你看，是不是！中國人凡事守秘密，不告訴人。你父親允許幫助我做電影，今天應當去。他可別忘了哇！」

馬威心中更恨他父親了。

「他在家哪？」亞力山大問。

「不知道！」馬威回答的乾短而且難聽。

「回頭見，馬威！」亞力山大說著，一座小山似的挪動出去。

「賭錢，喝酒，買戒指，作電影，全不告訴我！」馬威自己叨嘮：「好！不用告訴我！咱們到時候再說！」

4

四月中的細雨，忽晴忽落，把空氣洗得怪清涼的。嫩樹葉兒依然很小，可是處處有些綠意。含羞的春陽只輕輕的，從薄雲裡探出一些柔和的光線；地上的人影，樹影都是很微淡的。野桃花開得最早，淡淡的粉色在風雨裡擺動，好像媚弱的小村女，打扮得簡單而秀美。

足球什麼的已經收場了，人們開始講論春季的賽馬。遊戲是英國教育中最重要的一部，也是英國人生活中不可少的東西。從遊戲中英國人得到很多的訓練：服從，忍耐，守秩序，愛團體……。

馬威把他的運動又擱下了，也不去搖船，也不去快走；天天皺著眉坐在家裡，或是舖子裡，咂著滋味發愁。伊姑娘也見不著，瑪力也不大理他。老拿著本書，可是念不下去，看著書皮上的金字恨自己。李子榮也不常來；來了，兩個人也說不到一塊兒。馬老先生打算把買賣收了，把錢交給狀元樓的范掌櫃的擴充飯館的買賣，這樣，馬老先生可以算作股東，什麼事不用管，專等分紅利。馬威不贊成這個計劃，爺兒倆也沒短拌嘴。

除去這些事實上的纏繞，他精神上也特別的沉悶。春色越重，他心裡身上越難過，說不出的難過；這點難過是由原始人類傳下來的，遇到一定的時令就和花兒一樣的往外吐葉發芽。

他嫌大氅太重，穿著件雨衣往鋪子走。走到聖保羅堂的外面，他呆呆的看著鐘樓上的金頂；他永遠愛看那個金頂。

「老馬！」李子榮從後面拉了他一把。

馬威回頭看，李子榮的神色非常的驚慌，臉上的顏色也不正。

「老馬！」李子榮又叫了一聲：「別到鋪子去！」

「怎麼啦？」馬威問。

「你回家！把鋪子的鑰匙交給我！」李子榮說的很快，很急切。

「怎樣啦？」馬威問。

「東倫敦的工人要來拆你們的鋪子！你趕快回家，我會對付他們！」李子榮張著手和馬威要鑰匙。

「好哇！」馬威忽然精神起來：「我正想打一回呢！拆鋪子？好！咱們打一

回再說！」

「不！老馬！你回家，事情交給我了！你我是好朋友不是？你信任我？」李子榮很急切的說。

「我信任你！你是我的親哥哥！但是我不能把你一個人留下，萬一他們打你呢？」馬威問。

「他們不會打我！你要是在這兒，事情可就更不好辦了！你走！你走！馬威，你走！」李子榮還伸著手和他要鑰匙。馬威搖了搖頭，咬著牙說：「我不能走，老李！我不能叫你受一點傷！我們的鋪子，我得負責任！我和他們打一回！我活膩了，正想痛痛快快的打一回呢！」

李子榮急得直轉磨，馬威是無論怎說也不走。

「你要把我急死，馬威！」李子榮說，噴出許多唾沫星兒來。

「我問你，他們有什麼理由拆我們的鋪子呢？」馬威冷笑著問。

「沒工夫說，他們已經由東倫敦動了身！」李子榮搓著手說。

「我不怕！你說！」馬威極堅決的說。

「來不及了！你走！」

「你不說，好，你走，老李！我一個人跟他們拚！」

「我不能走，老馬！到危險的時候不幫助你？你把我看成什麼東西了？」李子榮說得非常的堂皇，誠懇，馬威的心軟了。馬威看李子榮，在這一兩分鐘內，不只是個會辦事掙錢的平常人，也是個心神健全的英雄。馬威好像看透了李子榮的心，一顆血紅的心，和他的話一樣的熱烈誠實。

「老李，咱們誰也別走，好不好？」

「你得允許我一個條件：無論遇見什麼事，不准你出來！多咱你聽見我叫你打，你再動手！不然，你不准出櫃房兒一步！你答應這個條件嗎？」

「好，我聽你的！老李，我不知道說什麼好！你為我們的事這樣——」

「快走，沒工夫扯閒話！」李子榮扯著馬威進了胡同：「開門！下窗板！快！」

「給他們收拾好了，等著叫他們拆？」馬威問，臉上的神色非常激憤。

「不用問！叫你做什麼，做什麼！把電燈撚開！不用開櫃房的電門！好了，你上裡屋去，沒我的話，不准出來！在電話機旁邊坐下，多咱聽我一拍手，給巡警局打電，報告被搶！不用叫號碼，叫『巡警局』，聽見沒有？」李子榮一氣說完，把屋中值錢的東西往保險櫃裡放了幾件。然後坐在貨架旁邊，一聲也不發了，好像個守城的大將似的。

馬威坐在屋裡，心中有點跳。他不怕打架，只怕等著打架。他偷偷的立起來，看看李子榮。他心裡平安多了，李子榮紋絲不動的在那裡坐著，好像老和尚參禪那麼穩當；馬威想：有這麼個朋友在這裡，還有什麼可怕的呢！

「坐下！老馬！」李子榮下了命令。馬威很機械的坐下了。

又過了四五分鐘，窗外發現了一個戴著小柿餅帽子的中國人，鬼鬼啾啾的向屋內看了一眼。李子榮故意立起來，假裝收拾架子上的貨物。又待了一會兒，窗外湊來好幾個戴小柿餅帽子的了，都指手畫腳的說話。李子榮聽不清楚他們說的是什麼，只聽見廣東話句尾的長餘音：嘔——！嘍——！嘔——……

嘩啦！一塊磚頭把玻璃窗打了個大窟窿。

李子榮一拍手，馬威把電話機抄在手裡。

嘩啦！又是一塊磚頭。

李子榮看了馬威一眼，慢慢往外走。

嘩啦！兩塊磚頭一齊飛進來，帶著一群玻璃碴兒，好像兩個彗星。一塊剛剛落在李子榮的腳前面，一塊飛到貨架上打碎了一個花瓶。

李子榮走到門前面。外面的人正想往裡走。李子榮用力推住了門鈕，外面的人就往裡撞。李子榮忽然一撒手，外面的人三四個一齊倒進了，摔成一堆。

李子榮一跳，騎在最上邊那個人身上，兩腳分著，一腳踩著底下的一支脖子。嘔——！哼！嘍——！底下這幾位無奇不有的直叫。李子榮用力往下坐，他們也用力往起頂。李子榮知道他不能維持下去，他向門外的那幾個喊：「阿醜！阿紅！李三興！潘各來！這是我的鋪子，我的鋪子！你們是怎回事?!」他用廣東話向他們喊。

他認識他們，他是他們的翻譯官，是東倫敦的華人都認識他。

外面的幾個聽見李子榮叫他們的名子，不往前擠了，彼此對看了看，好像不知道怎麼辦才好。李子榮看外邊的楞住了，他借著身下的頂撞，往後一挺身，正摔在地上。他們爬起來了，他也爬起來了，可是正好站在他們前面，擋著他們，不能往前走。

「跑！跑！」李子榮揚著手向他們喊：「巡警就到！跑！」他們回頭看了看胡同口，已經站了一圈人；幸而是早晨，人還不多。他們又彼此看了看，還正在猶疑不定，李子榮又給了他們一句：「跑！！！」

有一個跑了，其餘的也沒說什麼，也開始拿腿。巡警正到胡同口，拿去了兩個，其餘的全跑了。

……………

各晚報的午飯號全用大字登起來：「東倫敦華人大鬧古玩鋪。」「東倫敦華人之無法無天！」「驚人的搶案！」「政府應設法取締華人！」……馬家古玩鋪和馬威的像片全在報紙的前頁登著，《晚星報》還給馬威像片下印上「隻手打退匪人的英雄」。新聞記者一群一群的拿著像匣子來和馬威問詢，並且有幾個還找到戈登胡同去見馬老先生；對於馬老先生的話，他們登的是：「Me no say. Me no speak.」雖然馬老先生沒有這麼說。寫中國人的英文，永遠是這樣狗屁不通；不然，人們以為描寫的不真；英國人沒有語言的天才，故此不能想到外國人會說好英文。

這件事驚動了全城，東倫敦的街上加派了兩隊巡警，監視華人的出入。當晚國會議員質問內務總長，為什麼不把華人都驅出境外。馬家古玩鋪外面自午到晚老有一圈人，馬威在三點鐘內賣了五十多鎊錢。

馬老先生嚇得一天沒敢出門，盼著馬威回來，看看到底兒子叫人家給打壞了沒有。同時決定了，非把鋪子收閉了不可，不然，自己的腦袋早晚是叫人家用磚頭給打下來。門外老站著兩個人，據溫都太太說，他們是便衣偵探。馬老先生心更慌了，連煙也不抽了，唯恐怕叫偵探看見煙袋鍋上的火星。

5

倫敦的華工分為兩黨：一黨是有工便做，不管體面的。電影廠找挨打的中國人，便找這一黨來。第二黨是有血性的苦工人，不認識字，不會說英國話，沒有什麼手藝，可是真心的愛國，寧可餓死也不作給國家丟臉的事。這兩黨人的知識是一樣的有限，舉動是一樣的粗鹵，生活是一樣的可憐。他們的分別是：一黨只管找飯吃，不管別的；一黨是找飯吃要吃的體面。這兩黨人是不相容的，是見面便打的。傻愛國的和傻不愛國的見面沒有第二個辦法，只有打！他們這一打，便給外國人許多笑話聽；愛國的也挨罵，不愛國的也挨罵！

他們沒有什麼錯處，錯處全在中國政府不管他們！政府對人民不加保護，不想辦法，人民還不挨罵！

中國留英的學生也分兩派：一派是內地來的，一派是華僑的子孫。他們也全愛國，只是他們不明白國勢。華僑的子孫生在外國，對中國國事是不知道的。內地來的學生時時刻刻想使外國人瞭解中國，然而他們沒想到：中國的微弱是沒法叫外國人能敬重我們的；國與國的關係是肩膀齊為兄弟，小老鼠是不用和老虎講交情的。

外國人在電影裡，戲劇裡，小說裡，罵中國人，已經成了一種歷史的習慣，正像中國戲台上老給曹操打大白臉一樣。中國戲台上不會有黑臉曹操，外國戲台上不會有好中國人。這種事不是感情上的，是歷史的；不是故意罵人的，是有意做好文章的。中國舊戲家要是作出一齣有黑臉曹操的戲，人家一定笑他不懂事；外國人寫一齣不帶殺人放火的中國戲，人們還不是一樣笑他。曹操是無望了，再過些年，他的臉也不見得能變顏色；可是中國還有希望，自要中國人能把國家弄強了，外國人當時就擱筆不寫中國戲了。人類是欺軟怕硬的。

亞力山大約老馬演的那個電影，是英國最有名一位文人寫的。這位先生明知中國人是文明人，可是為迎合人們心理起見，為文學的技藝起見，他還是把中國人寫得殘忍險詐，彼此拿刀亂殺；不這樣，他不能得到人們的贊許。

這個電影的背景是上海，亞力山大給佈置一切上海的景物。一條街代表租界，一條街代表中國城。前者是清潔，美麗，有秩序；後者是汙濁，混亂，天昏地暗。

這個故事呢，是一個中國姑娘和一個英國人發生戀愛，她的父親要殺她，可是也不知怎麼一股勁兒，這個中國老頭自己服了毒。他死了，他的親戚朋友想報仇，他們把她活埋了；埋完了她，大家去找那個英國少年；他和英國兵把他們大打而特打；直到他們跪下求情，才饒了他們。東倫敦的工人是扮演這群挨打的東西。馬老先生是扮一個富商，掛得小辮，人家打架的時候，他在旁邊看熱鬧。

聽見這件事，倫敦的中國學生都炸了煙。連開會議，請使館提出抗議。使館提出抗議去了，那位文人第二天在報紙上臭罵了中國使館一頓。罵一國的使館，本來是至少該提出嚴重交涉的；可是中國又不敢打仗，又何必提出交涉呢。學生們看使館提議無效，而且挨了一頓罵，大家又開會討論辦法。會中的主席是那位在狀元樓挨打的茅先生。茅先生的意見是：提出抗議沒用，只好消極的不叫中國人去演。大家舉了茅先生作代表，到東倫敦去說。工人們已經和電影廠簽了字，定了合同，沒法再解約。於是茅先生聯合傻愛國的工人們，和要作電影的這群人們宣戰。馬老先生自然也是一個敵人，況且工人們看他開著鋪子，有吃有喝的，還肯作這樣丟臉的事，特別的可恨。於是大家主張先拆他的鋪子，並且臭打馬老先生一頓。學生們出好主意，傻工人們答應去執行，於是馬家古玩鋪便遭了磚頭的照顧。

李子榮事前早有耳聞，但是他不敢對馬威說。他明知道馬老先生決不是要掙那幾鎊錢，亞力山大約他，他不能拒絕，中國人講面子嗎。（他不知道馬老先生要用這筆錢買戒指。）他明知道一和馬威說，他們父子非吵起來不可。他要去和工人們說，他明知道，說不圓全，工人許先打他一頓。和學生們去說，也沒用，因為學生們只知道愛國而不量實力。於是他沒言語。

事到臨頭了，他有了主意：叫馬家父子不露面，他跟他們對付，這樣，不致有什麼危險。叫工人們砸破些玻璃，出出他們的惡氣；砸了的東西自然有保險公司來賠；同時叫馬家古玩鋪出了名，將來的買賣一定大有希望。現今作買賣是第一要叫人知道，這樣一鬧呢，馬家父子便出了名，這是一種不花錢的廣告。他對工人呢，也沒意思叫他們下獄受苦；他們的行動不對，而立意不錯；所以他叫馬威等人們來到才給巡警打電話，匀出他們砸玻璃的工夫，也匀出容他們跑的工夫。

他沒想到巡警捉去兩個中國人。

他沒想到馬老先生就這麼害怕，決定要把鋪子賣了。他沒想到學生會決議和馬威為難。

他沒想到工人為捉去的兩人報仇，要和馬老先生拚個你死我活。

他沒想到那片電影出來的很快，報紙上故意的讚揚故事的奇警，故意捎著撩著罵中國使館的抗議。

他故意的在事後躲開，好叫馬威的像片登在報上，（一種廣告，）誰知道中國人看見這個像片都咬著牙咒罵馬威呢！

世事是繁雜的，誰能都想得到呢！但是李子榮是自信的人，——他非常的恨自己。

馬威明白李子榮，他要決心往下作買賣，不管誰罵他，不管誰要打他。機會到了，不能不好好作一下。他不知道他父親的事，工人被捕也不是他的過錯。他良心上無愧，他要打起精神來做！這樣才對得起李子榮。

他沒想到他父親就那麼軟弱，沒膽氣，非要把鋪子賣了不可！賣了鋪子？可是他要賣，沒人能攔住他，鋪子是他的！

馬老先生不明白人家為什麼要打他，成天撅著小鬍子歎息世道不良。他不明白為什麼馬威反打起精神作買賣，他總以為李子榮給馬威上了催眠術；心中耽憂兒子生命的安全，同時非常恨李子榮。他不明白為什麼溫都太太慶賀他的買賣將來有希望，心裡說：

「媽的鋪子叫人家給砸了，還有希望？外國人的心不定在那塊長著呢！」

打算去找伊牧師去訴委屈，白天又不敢出門，怕叫工人把他捉了去；晚上去找他，又怕遇見伊太太。

亞力山大來了一次，他也是這麼說：「老馬！你成了！砸毀的東西有保險公司賠償！你的鋪子已經出了名，趕緊辦貨呀！別錯過了機會！你明白我的意思？」

馬老先生一點也不明白。

他晚上偷偷的去找狀元樓范掌櫃的，一來商議出賣古玩鋪，二來求范老闆給設法向東倫敦的工人說和一下，他情願給那兩個被捉的工人幾十鎊錢。范老闆答應幫助他，而且給老馬熱了一碟燒賣，開了一瓶葡萄酒。馬先生喝了盅酒，吃了兩個薄皮大餡的燒賣，落了兩個痛快的眼淚。

回家看見馬威正和溫都母女談得歡天喜地，心中有點吃醋。她們現在拿馬威當個英雄看，同時鼻子眼睛的頗看不起老馬。老馬先生有點恨她們，尤其是對溫都太太。他恨不能把她揪過來踢兩腳，可是很懷疑他是否打得過她，外國婦女身體都很強壯。更可氣的是：拿破侖這兩天也不大招呼他，因為他這幾天不敢白天出門，不能拉著小狗出去轉一轉；拿破侖見了他總翻白眼看他。

沒法子，只好去睡覺。在夢裡向故去的妻子哭了一場！——老沒夢見她了！

6

馬威立在玉石牌樓的便道上，太陽早已落了，公園的人們也散盡了。他面前只有三個影兒：一個無望的父親，一個忠誠的李子榮，一個可愛的瑪力。父親和他談不到一塊，瑪力不接受他的愛心，他只好對不起李子榮了！走！離開他們！

……………

屋裡還黑著，他悄悄立在李子榮的床前。李子榮的呼聲很勻，睡得像個無知無識的小孩兒。他站了半天，低聲叫：「子榮！」李子榮沒醒。他的一對熱淚落在李子榮的被子上。「子榮，再見！」

倫敦是多麼慘淡呀！當人們還都睡得正香甜的時候。電燈煤氣燈還都亮著，孤寂的亮著，死白的亮著！倫敦好像是個死鬼，只有這些燈光悄悄的看著——看著什麼？沒有東西可看！倫敦是死了，連個靈魂也沒有！

再過一兩點鐘，倫敦就又活了，可是馬威不等著看了。「再見！倫敦！」

「再見！」好像有個聲音這樣回答他。誰？……

老舍作品精選：10

二馬【經典新版】

作者：老舍
發行人：陳曉林
出版所：風雲時代出版股份有限公司
地址：10576台北市民生東路五段178號7樓之3
電話：(02) 2756-0949
傳真：(02) 2765-3799
執行主編：劉宇青
美術設計：吳宗潔
行銷企劃：林安莉
業務總監：張瑋鳳

初版日期：2022年7月
ISBN：978-626-7025-94-9

風雲書網：http://www.eastbooks.com.tw
官方部落格：http://eastbooks.pixnet.net/blog
Facebook：http://www.facebook.com/h7560949
E-mail：h7560949@ms15.hinet.net
劃撥帳號：12043291
戶名：風雲時代出版股份有限公司

風雲發行所：33373桃園市龜山區公西村2鄰復興街304巷96號
電話：(03) 318-1378
傳真：(03) 318-1378
法律顧問：永然法律事務所 李永然律師
北辰著作權事務所 蕭雄淋律師

行政院新聞局局版台業字第3595號 營利事業統一編號22759935

定價：300元

國家圖書館出版品預行編目資料

老舍作品精選. 10 : 二馬 / 老舍著. -- 臺北市 :
風雲時代出版股份有限公司, 2022.06 面； 公分

ISBN 978-626-7025-94-9 (平裝)

857.7 111005976